AGATHA CHRISTIE

OS RELÓGIOS

UM CASO DE
HERCULE POIROT

AGATHA CHRISTIE

OS RELÓGIOS

UM CASO DE
HERCULE POIROT

Tradução
Elton Mesquita

GLOBOLIVROS

The Clocks Copyright © 1963 Agatha Christie Limited. All rights reserved.
AGATHA CHRISTIE, POIROT and the Agatha Christie Signature are registered trade marks of Agatha Christie Limited in the UK and/or elsewhere. All rights reserved.

Translation entitled *Os relógios* © 2014 Agatha Christie Limited.

Copyright da tradução © 2014 by Editora Globo

Todos os direitos reservados. Nenhuma parte desta edição pode ser utilizada ou reproduzida — em qualquer meio ou forma, seja mecânico ou eletrônico, fotocópia, gravação etc. — nem apropriada ou estocada em sistema de bancos de dados, sem a expressa autorização da editora.

Texto fixado conforme as regras do novo Acordo Ortográfico da Língua Portuguesa (Decreto Legislativo nº 54, de 1995)

Título original: *The Clocks*

Editora responsável: Ana Lima Cecilio
Editores assistentes: Erika Nogueira Vieira e Juliana de Araujo Rodrigues
Revisão: Lucimara Carvalho
Capa e ilustração: Rafael Nobre / Babilônia Cultura Editorial
Diagramação: Jussara Fino

CIP-BRASIL. CATALOGAÇÃO NA PUBLICAÇÃO
SINDICATO NACIONAL DOS EDITORES DE LIVROS, RJ

C479d
Christie, Agatha, 1890-1976
Os relógios/Agatha Christie;
tradução Elton Mesquita. – 1. ed.
São Paulo: Globo, 2014.

Tradução de: *The clocks*
ISBN 978-85-250-5702-0

1. Ficção policial inglesa.
I. Mesquita, Elton. II. Título.

14-10789   CDD: 823
                  CDU: 821.111-3

1ª edição, 2014 – 5ª reimpressão, 2023

Direitos de edição em língua portuguesa para o Brasil adquiridos por Editora Globo S.A.
Rua Marquês de Pombal, 25 – 20230-240 – Rio de Janeiro – RJ – Brasil
www.globolivros.com.br

*Para meu velho amigo Mario,
com lembranças felizes da comida deliciosa do Caprice.*

PRÓLOGO

A tarde do dia 9 de setembro era exatamente igual a qualquer outra tarde. Nenhuma das pessoas envolvidas nos eventos daquele dia poderia afirmar ter tido uma premonição do desastre (isto é, exceto miss Packer do nº 47 de Wilbraham Crescent, que se especializara em premonições, e que depois sempre descrevia com detalhes os pressentimentos e tremores peculiares que a tinham afligido. Mas miss Packer do 47 estava tão longe do nº 19, e tão pouco preocupada com os acontecimentos de lá, que parecia desnecessário ela ter tido qualquer premonição, fosse qual fosse).

No Escritório de Serviços de Secretaria e Datilografia Cavendish (cuja diretora era a miss K. Martindale), o dia 9 de setembro mostrava-se monótono e rotineiro. O telefone tocava, as máquinas de escrever martelavam e o fluxo de negócios era mediano, nem acima nem abaixo do volume usual. Nada daquilo era particularmente interessante. Até as 14h35, o dia 9 de setembro poderia ter sido um dia como outro qualquer.

Às 14h35, a mademoiselle Martindale acionou seu interfone, e Edna Brent, no escritório externo, atendeu com a costumeira voz roufenha e levemente anasalada, enquanto manobrava com a língua uma bala *toffee* ao longo do maxilar.

— Sim, miss Martindale?

— Vamos, Edna — não foi *assim* que eu lhe ensinei a falar ao telefone. Pronuncie com *clareza* e mantenha a respiração baixa, *atrás* da voz.

— Desculpe, miss Martindale.

— Assim é melhor. Quando você tenta, você consegue. Mande Sheila Webb vir falar comigo.

— Ela ainda não voltou do almoço, miss Martindale.

—Ah. — Miss Martindale consultou o relógio em sua mesa. 14h36. Exatamente seis minutos atrasada. Sheila Webb vinha relaxando ultimamente. — Diga para ela vir assim que chegar.

— Sim, miss Martindale.

Edna levou a bala de volta para o topo da língua e, chupando com prazer, voltou a digitar *Amor nu*, de Armand Levine. O erotismo laborioso da história não a interessava — assim como não interessava à maioria dos leitores de mr. Levine, apesar dos seus esforços. Ele era um exemplo notável do fato de que nada pode ser mais chato que pornografia chata. Apesar das capas sórdidas e títulos provocativos, suas vendas caíam a cada ano, e sua última conta pelos serviços de datilografia já havia sido enviada três vezes.

A porta se abriu e Sheila Webb entrou um pouco sem fôlego.

— A Raiva Ruiva mandou chamar você — disse Edna.

Sheila Webb fez uma careta.

— Que sorte... justo no dia em que eu me atraso!

Ela ajeitou o cabelo, pegou bloco de notas e lápis e bateu à porta da chefe.

Miss Martindale ergueu os olhos. Ela era uma mulher na casa dos quarenta, e era toda eficiência. Sua juba de cabelo ruivo-pálido e seu temperamento eram a origem do apelido "Raiva Ruiva".

— Você está atrasada, miss Webb.

— Desculpe, miss Martindale. Houve um engarrafamento de ônibus horrível.

— Sempre há um engarrafamento de ônibus horrível a essa hora do dia. Você deve se preparar de acordo. — Ela verificou uma anotação no bloco de notas. — Uma cliente chamada miss Pebmarsh ligou. Ela quer uma estenógrafa às três. E pediu que fosse você. Você já trabalhou para ela?

— Não que eu me lembre, miss Martindale. Não recentemente, pelo menos.

— O endereço é Wilbraham Crescent, nº 19. — Ela fez uma pausa. Havia um tom inquisitivo em sua voz, mas Sheila Webb apenas balançou a cabeça.

— Não me lembro de já ter ido lá.

Miss Martindale olhou para o relógio.

— Três da tarde. Dá para chegar tranquilamente. Você tem outras tarefas pra hoje à tarde? Ah, sim — seus olhos percorreram a agenda perto do cotovelo. — O professor Purdy, no Hotel Curlew. Às cinco. É pra você estar de volta antes disso. Se não, eu mando Janet.

Ela fez um gesto de dispensa com a cabeça e Sheila voltou ao escritório externo.

— Alguma coisa interessante, Sheila?

— Só mais um daqueles dias chatos. Uma dona em Wilbraham Crescent. E o professor Purdy às cinco. Ah, esses nomes chatos de velho! Como eu queria que alguma coisa emocionante acontecesse de vez em quando.

A porta de miss Martindale se abriu.

— Sheila, tem uma observação aqui. Se miss Pebmarsh não estiver lá, é para você entrar; a porta não está fechada. Entre e siga até a sala à direita do saguão e espere. Você consegue se lembrar ou é melhor eu escrever?

— Eu vou me lembrar, miss Martindale.

Miss Martindale voltou para seu santuário.

Edna Brent enfiou a mão sob a cadeira e trouxe, escondido, um sapato chamativo e um salto agulha, que se soltara.

— E agora como é que eu vou pra casa? — gemeu.

— Ah, para de se preocupar; a gente pensa em alguma coisa — disse uma outra moça, e voltou a digitar.

Edna suspirou e trocou a folha de papel da máquina.

"*O desejo o consumia. Com dedos frenéticos ele rasgou o delicado* chiffon *dos seios dela e a fez sentar na caveira*".

— Droga — disse Edna, e esticou o braço para pegar a borracha.

Sheila pegou a bolsa e saiu.

Wilbraham Crescent era um delírio executado por um construtor vitoriano nos anos 1880. Era uma meia-lua de casas geminadas e quintais cujos fundos se tocavam. Tal arranjo era fonte de considerável atrapalhamento para as pessoas que não conheciam o lugar. Os que vinham pelo lado externo não conseguiam encontrar os números mais baixos, e os que vinham pelo lado interno não conseguiam discernir a localização dos números mais altos. As casas eram boas, arrumadas, com sacadas artísticas e respeitáveis. A modernização até então mal as tocara — quer dizer, do lado de fora. Cozinhas e banheiros tinham sido os primeiros pontos tocados pelo vento da mudança.

Não havia nada diferente no nº 19. A casa tinha boas cortinas e uma maçaneta de bronze bem polido na porta. Havia roseiras comuns de cada lado do caminho que levava até a entrada.

Sheila Webb abriu o portão da frente, foi até a porta e tocou a campainha. Não houve resposta e, após esperar um minuto ou dois, ela fez como fora instruída e girou a maçaneta.

A porta se abriu e ela entrou. A porta à direita do saguão estava aberta. Ela bateu, esperou, e então entrou. Era uma sala de espera comum e agradável, um pouco mobiliada demais para o gosto moderno. A única coisa notável era a profusão de relógios: um relógio de pé batendo em um canto, um relógio de porcelana de Dresden no lintel da lareira, um relógio quadrado de prata na mesa, um pequeno relógio dourado, chique, em uma peça perto da lareira e, em uma mesa perto da janela, um relógio portátil de couro, com a palavra ROSEMARY em letras douradas gastas no canto.

Sheila Webb olhou para o relógio na mesa com alguma surpresa. A peça informava ser pouco mais de 16h10. O olhar de Sheila foi até o relógio na chaminé. A mesma coisa.

Sheila tremeu violentamente quando ouviu uma vibração e um clique acima de sua cabeça, e de um relógio de madeira insculpida na parede, um cuco saltou pela portinha e anunciou, alto e peremptório: *Cu-cô, cu-cô, cu-cô!* A nota áspera parecia quase ameaçadora. A portinha bateu e o cuco desapareceu.

Sheila Webb deu um meio sorriso e foi até o canto do sofá. Então ela parou subitamente e recuou com um espasmo.

O corpo de um homem jazia estatelado no chão. Seus olhos estavam semiabertos e baços. Havia uma mancha úmida e escura na frente do seu terno cinza-escuro. Quase mecanicamente, Sheila se agachou. Ela tocou a bochecha do homem — fria —, e a mão estava igual... Ela tocou a mancha úmida e afastou a mão rapidamente, encarando a cena com horror.

Naquele momento ela ouviu um clique no portão lá fora e sua cabeça se voltou mecanicamente para a janela. Por ela Sheila viu o vulto de uma mulher apressada vindo pelo caminho. Sheila engoliu, sentindo a garganta seca. Ficou enraizada no lugar, incapaz de se mover, de gritar, encarando o espaço à frente.

A porta se abriu e uma mulher idosa alta entrou, carregando uma sacola de compras. Ela tinha cabelos grisalhos ondulados, repuxados da testa, e seus olhos eram de um azul belo e claro. Seu olhar passou por Sheila, sem vê-la.

Sheila emitiu um som fraco, um mero grunhido. Os olhos grandes e azuis da mulher se voltaram para ela e a mulher falou rispidamente:

— Tem alguém aqui?

— Eu... é... — a moça se interrompeu ao ver que a mulher vinha rapidamente em sua direção, dando a volta no sofá.

E então ela gritou.

— Não... não... a senhora vai pisar ne-nele... *Ele está morto!*

OS RELÓGIOS

I

A NARRATIVA DE COLIN LAMB

I

Para usar a terminologia policial: às 14h59 do dia 9 de setembro eu estava em Wlbraham Crescent, seguindo na direção oeste. Era meu primeiro contato com Wilbraham Crescent, e francamente Wilbraham Crescent estava me confundindo pra valer.

Eu seguia um palpite com uma persistência que se tornava cada dia mais obstinada, embora o palpite parecesse ter cada vez menos chances de se mostrar acertado. É assim que eu sou.

Eu procurava o número 61. Estava conseguindo encontrá-lo? Não, não estava. Tendo seguindo assiduamente os números de 1 a 35, eu parecia ter chegado ao fim de Wilbraham Crescent. Uma rua resolutamente chamada Albany Road impedia meu progresso. Eu voltei. Do lado norte não havia casas, apenas uma parede. Atrás da parede, blocos de apartamentos modernos assomavam para o céu. A entrada deles obviamente ficava em outra rua. Nada que pudesse me ajudar.

Eu olhei para os números pelos quais passava. 24, 23, 22, 21. Diana Lodge (provavelmente era o número 20, com um gato alaranjado no poste do portão limpando o focinho), 19...

A porta do 19 se abriu e uma moça saiu correndo com a velocidade de uma bomba caindo. A semelhança a uma bomba era intensificada pelo grito que acompanhava seu progresso. Era alto e agudo e singularmente inumano. A moça passou pelo portão e colidiu comigo com uma força que quase me atirou ao chão. Ela não apenas trombou comigo, ela me agarrou em um aperto frenético e desesperado.

— Calma — disse eu, recuperando o equilíbrio. Eu a sacudi levemente. — Calma aí.

A moça se acalmou. Ela ainda me agarrava, mas tinha parado de gritar. Em vez disso, ela arquejava — profundos soluços arquejantes.

Não posso dizer que reagi à situação com brilhantismo. Eu perguntei se estava havendo alguma coisa. Reconhecendo o quão débil fora minha pergunta, eu a emendei.

— O que houve?

A moça respirou fundo.

— Lá *dentro!* — gesticulou ela, apontando para trás.

— O quê?

— Tem um homem no chão... morto... Ela ia pisar nele.

— Quem ia? Por quê?

— Eu acho que... porque ela é cega. E tem sangue nele. — Ela olhou para baixo e soltou uma das mãos que me agarravam — E em mim. Tem sangue em *mim*.

— De fato, tem — respondi. Olhei para as manchas na manga do meu casaco. — E agora em mim também — comentei. Suspirei e considerei a situação. — É melhor me levar lá dentro e me mostrar.

Mas ela começou a tremer violentamente.

— Eu não posso... eu *não posso*... Eu não vou entrar lá de novo.

— Talvez você tenha razão. — Olhei em volta.. Não havia nenhum lugar adequado para deixar uma moça quase desmaiando. Deitei-a delicadamente na calçada e a deixei sentada com as costas apoiadas no gradil de ferro.

— Você fica aqui até eu voltar. Não devo demorar. Você vai ficar bem. Incline-se para frente e apoie a cabeça entre os joelhos se começar a passar mal.

— Eu... eu acho que estou melhor agora.

Ela não parecia muito certa disso, mas eu não queria conversar. Dei uma batidinha reconfortante em seu ombro e parti rapidamente pelo caminho até a casa. Passei pela porta, hesitei um momento no corredor, olhei para a porta à esquerda, vi uma sala de jantar vazia, atravessei o saguão e entrei na sala de estar do outro lado.

A primeira coisa que vi foi uma senhora idosa de cabelos grisalhos sentada em uma cadeira. Ela virou a cabeça subitamente quando eu entrei e disse:

— Quem é?

Imediatamente percebi que a mulher era cega. Seus olhos, que me fitavam diretamente, estavam focalizados em um ponto atrás da minha orelha esquerda.

Eu falei abruptamente, indo direto ao ponto.

— Uma moça saiu correndo pela rua dizendo que há um homem morto aqui.

Ao falar, pude sentir o quão absurdo era aquilo. Não parecia possível que pudesse haver um homem morto numa sala arrumada, com aquela mulher calma sentada em uma cadeira com as mãos juntas.

Mas ela respondeu imediatamente.

— Atrás do sofá.

Eu dei a volta até as costas do móvel. E então vi: os braços afastados, os olhos esgazeados, a mancha de sangue coagulando.

— Como isso aconteceu? — perguntei abruptamente.

— Eu não sei.

— Mas é claro. Quem é ele?

— Não faço ideia.

— Temos que chamar a polícia — eu olhei ao redor. — Onde fica o telefone?

— Eu não tenho telefone.

Então eu me concentrei na mulher.

— A senhora mora aqui? Essa casa é sua?

— Sim.

— A senhora pode me dizer o que aconteceu?

— Certamente. Eu tinha voltado das compras...

Eu notei a sacola de compras em uma cadeira perto da porta.

— Então entrei. Na mesma hora percebi que havia alguém na sala. É fácil perceber, quando se é cego. Eu perguntei quem era. Não houve resposta... só o som de alguém respirando muito acelerado. Eu fui na direção do som, e então a pessoa gritou algo sobre alguém estar morto, e que eu ia pisar nele. E então, seja lá quem fosse, passou por mim e saiu gritando.

Aquiesci com a cabeça. As histórias das duas batiam.

— E o que a senhora fez?

— Eu segui devagar e com cuidado até meu pé bater em um obstáculo.

— E então?

— Eu me ajoelhei. Toquei em alguma coisa... uma mão de homem. Estava fria... não tinha pulso... Eu me levantei e vim pra cá e me sentei. Para esperar. Imaginei que logo alguém apareceria. A jovem, quem quer que fosse, daria o alarme. Achei melhor não sair da casa.

Fiquei impressionado com a calma daquela mulher. Ela não tinha gritado nem saído em pânico da casa. Tinha se sentado calmamente para esperar. Era o mais sensato a fazer, mas devia ter lhe custado algum esforço.

— Quem é você, exatamente? — perguntou ela

— Meu nome é Colin Lamb. Calhou de eu estar passando.

— Onde está a jovem?

— Eu a deixei encostada no portão. Ela está em choque. Onde fica o telefone mais próximo?

— Há uma cabine telefônica alguns metros mais à frente, antes de chegar à esquina.

— Claro. Eu me lembro de passar por ela. Eu vou chamar a polícia. A senhora vai... — eu hesitei.

Não sabia se dizia "...vai ficar aqui?" ou "...vai ficar bem?"

Ela me livrou de ter que escolher.

— É melhor você trazer a moça pra dentro de casa — disse ela com firmeza.

— Eu não sei se ela vai vir — respondi.

— Não pra este cômodo naturalmente. Deixe-a na sala de jantar do outro lado do saguão. Diga a ela que estou fazendo chá.

Ela se ergueu e veio em minha direção.

— Mas... a senhora consegue...

Um tênue sorriso sombrio apareceu por um momento em seu rosto.

— Meu caro jovem. Eu tenho preparado refeições para mim em minha cozinha desde que vim morar nesta casa há quatorze anos. Ser cega não é necessariamente ser inútil.

— É claro. Foi estúpido de minha parte. Talvez seja hora de eu saber o seu nome...?

— Millicent Pebmarsh — Senhorita.

Eu saí e segui pelo caminho. A moça me viu e começou a se levantar com dificuldade.

— Eu... eu acho que estou melhor agora.

Eu a ajudei a se levantar.

— Ótimo — disse, animado.

— Tem... tem um homem morto lá, não tem?

— Com certeza tem. Eu vou só até o telefone chamar a polícia. Se eu fosse você, esperaria na casa. — Levantei a voz para cobrir seus protestos. — Fique na sala de jantar, é à esquerda de quem entra. Miss Pebmarsh está fazendo um chá para você.

— Então aquela é miss Pebmarsh? E ela é cega?

— Sim. Foi um choque para ela também é claro, mas ela está suportando bem. Vamos, eu levo você até lá. Uma xícara de chá vai fazer bem enquanto você espera a polícia chegar.

Eu pus o braço em seus ombros e a fiz seguir pelo caminho até a casa. Deixei-a sentada confortavelmente na mesa da sala de jantar e parti apressado outra vez em busca do telefone.

II

— Delegacia de Polícia de Crowdean — disse uma voz sem emoção.

— Posso falar com o inspetor-chefe Hardcastle?

A voz disse cuidadosa:

— Eu não sei se ele está. Quem fala?

— Diga que é Colin Lamb.

— Um momento, por favor.

Eu esperei. Então a voz de Dick Hardcastle soou.

— Colin? Eu não esperava você tão cedo. Onde você está?

— Crowdean. Na verdade estou em Wilbraham Crescent. Tem um homem morto no chão do nº 19, acho que esfaqueado. Ele morreu há meia hora mais ou menos.

— Quem o encontrou? Você?

— Não, eu era um passante inocente. De repente saiu uma moça da casa correndo feito louca. Quase me derrubou. Ela disse que tinha um homem morto no chão e que uma cega estava pisando nele.

— Você não está brincando comigo, não é? — perguntou Dick, desconfiado.

— Admito que parece fantástico. Mas os fatos são como eu disse. A cega é miss Millicent Pebmarsh, a dona da casa.

— E ela estava pisando no morto?

— Não, não desse jeito. É que ela sendo cega, não sabia que ele estava lá.

— Vou começar os procedimentos. Espere por mim aí. O que você fez com a garota?

— Miss Pebmarsh está preparando um chá pra ela.

Dick comentou que aquilo parecia bem agradável.

2

A máquina da Lei assumira o controle do nº 19 de Wilbraham Crescent. Havia um médico-legista e um fotógrafo da polícia e coletores de digitais. Eles se moviam com eficiência, cada um ocupado com a própria rotina.

Finalmente o inspetor-chefe Hardcastle chegou: um homem alto, de expressão inescrutável e sobrancelhas expressivas, parecendo um deus vistoriando e certificando-se de que aquilo que pusera em movimento estava sendo feito, e feito do jeito certo. Ele deu uma última olhada no corpo, trocou algumas palavras breves com o médico da polícia e então passou para a sala de jantar onde três pessoas sentavam-se diante de xícaras de chá vazias. Miss Pebmarsh, Colin Lamb e uma moça alta com cabelos castanhos cacheados e grandes olhos assustados. "Bem bonita", pensou o inspetor.

Ele se apresentou a miss Pebmarsh.

— Inspetor-chefe Hardcastle.

Ele sabia um pouco sobre miss Pebmarsh, embora seus caminhos jamais tivessem se cruzado profissionalmente. Mas ele já a vira por aí e sabia que ela era ex-professora, e que seu trabalho tinha a ver com o ensino de Braille no Instituto Aaronberg para

Crianças Cegas. Parecia extremamente improvável que um homem fosse encontrado morto em sua casa arrumada e austera, mas o improvável acontece mais frequentemente do que as pessoas estão dispostas a acreditar.

— Isso foi uma coisa terrível, miss Pebmarsh — disse ele. — Creio que deve ter sido um grande choque. Eu vou precisar de uma declaração precisa do que aconteceu de todos vocês. Pelo que entendi foi a senhorita — ele olhou rapidamente para o bloco de notas que um policial lhe entregara — Sheila Webb quem descobriu o corpo. Se eu puder usar sua cozinha, miss Pebmarsh, eu irei com miss Webb até lá, para não incomodarmos.

Ele abriu a porta que ligava a sala de jantar à cozinha e esperou que a moça passasse. Um jovem detetive à paisana já estava postado na cozinha, escrevendo discretamente em uma pequena mesa de tampo de fórmica.

— Esta cadeira aqui parece confortável — disse Hardcastle, puxando uma versão modernizada de uma cadeira Windsor.

Sheila Webb sentou-se, nervosa, encarando-o com os grandes olhos assustados.

Hardcastle quase disse: "Eu não vou comer você, minha filha", mas se conteve e disse em vez disso:

— Não há motivo para se preocupar. Só queremos saber direito o que aconteceu. Bom, o seu nome é Sheila Webb, e qual o seu endereço?

— Palmerstone Road 14, depois do gasoduto.

— Sim, claro. E você tem emprego, suponho.

— Sim, sou estenógrafa. Eu trabalho no Escritório de Serviços de Secretaria de miss Martindale.

— Escritório de Serviços de Secretaria e Datilografia Cavendish é o nome todo, não é?

— Isso mesmo.

— E há quanto tempo você trabalha lá?

— Quase um ano. Bom, dez meses.

— Entendo. Agora me conte como você veio parar no nº 19 de Wilbraham Crescent hoje.

— Bom, foi assim: — Sheila Webb agora falava com mais confiança. — Miss Pebmarsh ligou para o escritório e pediu uma estenógrafa às três da tarde. Então quando eu voltei do almoço, miss Martindale disse para eu vir para cá.

— Isso era só rotina, não? Digo... seu nome era o próximo da lista — não sei como vocês se organizam lá.

— Não foi bem assim. Miss Pebmarsh tinha me requisitado especialmente.

— Miss Pebmarsh requisitou você especialmente. — As sobrancelhas de Hardcastle registraram o fato. — Entendo... você já tinha trabalhado para ela antes?

— Não — respondeu Sheila rapidamente.

— Não tinha? Tem certeza disso?

— Ah, sim. Absoluta. Quer dizer, ela não é o tipo de pessoa fácil de esquecer. Isso é que é esquisito.

— De fato. Bom, não vamos falar disso agora. Quando você chegou aqui?

— Deve ter sido pouco antes das três, porque o relógio cuco — ela se interrompeu abruptamente. Seus olhos se arregalaram. — Que estranho... nossa, muito estranho... Na hora eu nem notei.

— Não notou o quê, miss Webb?

— Ué, os relógios.

OS RELÓGIOS 25

— O que têm os relógios?

— O relógio cuco deu as três certinho, mas os outros estavam uma hora adiantados. Que estranho!

— Com certeza, bem estranho — concordou o inspetor. — E quando você notou o corpo?

— Só quando passei por trás do sofá. E o... e ele estava lá. Foi horrível, horrível...

— Horrível, realmente. E você reconheceu o homem? Era alguém que você já viu antes?

— Oh, *não*.

— Tem certeza disso? Ele devia estar parecendo um tanto diferente de sua aparência normal, não é. Pense com cuidado. Você tem certeza absoluta de que não era alguém que você já tinha visto?

— Certeza absoluta.

— Certo. Tudo bem. E o que você fez?

— O que eu *fiz*?

— Sim.

— Ué, nada... eu não fiz nada. Não consegui.

— Entendo. Então você não mexeu nele.

— Sim, mexi sim. Pra ver se... quer dizer, só pra ver, mas ele estava frio e, e eu sujei a mão de sangue. Horrível... pegajoso e espesso...

Ela começou a tremer.

— Pronto, pronto — disse Hardcastle, soando como um tio preocupado. — Já acabou, está bem? Esqueça o sangue. Vamos adiante. O que aconteceu depois?

— Eu não sei... Ah sim, ela chegou.

— Miss Pebmarsh, você diz.

— Sim. Mas na hora eu não pensei que ela fosse miss Pebmarsh. Ela entrou com uma sacola de *compras*. — Seu tom de voz indicava a sacola como algo incongruente e irrelevante.

— E o que você disse?

— Eu acho que não disse nada... Eu tentei, mas não consegui. Estava tudo entalado *aqui*. — Ela indicou a garganta.

O inspetor acenou.

— E então... e então ela disse: "Quem é?" e veio por trás do sofá e eu pensei, eu pensei que ela ia... ia pisar *naquilo*. E eu gritei. E quando comecei, não consegui parar, e de algum jeito saí da sala e passei pela porta da frente...

"Feito louca", pensou o inspetor, lembrando-se da descrição de Colin.

Sheila Webb lançou para ele um olhar amedrontado e infeliz e disse inesperadamente:

— Desculpe.

— Não tem nada para se desculpar. Você relatou a história muito bem. Não precisa mais ficar pensando nisso. Ah, só uma coisa, por que você estava naquela sala?

— Por quê? — ela pareceu intrigada.

— Sim. Você chegou aqui, possivelmente alguns minutos adiantada, e tocou a campainha, suponho. Mas se ninguém respondeu, por que você entrou?

— Ah, isso. Por que ela me mandou fazer isso.

— Quem mandou?

— Miss Pebmarsh.

— Mas eu achei que você não tinha falado com ela.

— Não, eu não. Ela falou isso para miss Martindale: para eu entrar e esperar na sala de estar à direita do saguão.

— Percebo — Hardcastle disse, pensativo.

Sheila Webb perguntou timidamente:

— Isso... isso é tudo?

— Creio que sim. Vou pedir que você espere aqui mais dez minutos, caso surja algo que eu precise perguntar. Depois eu mando um carro da polícia levar você em casa. E sua família, você tem família?

— Meu pai e minha mãe morreram. Eu vivo com minha tia.

— E o nome dela é...?

— Miss Lawton.

O inspetor se ergueu e estendeu a mão.

— Muito obrigado, miss Webb. — Tente descansar bastante hoje à noite. Você vai precisar, depois do que passou hoje.

Ela sorriu timidamente para ele enquanto passava pela porta em direção à sala de jantar.

— Cuide de miss Webb, Colin — disse o inspetor. — Agora, miss Pebmarsh, posso incomodá-la um pouco e pedir que venha até aqui?

Hardcastle tinha estendido um pouco a mão para guiar miss Pebmarsh, mas ela passou resolutamente por ele, verificou que havia uma cadeira encostada à parede tocando nela, puxou-a um pouco para frente e se sentou.

Hardcastle fechou a porta. Antes que pudesse falar, Millicent Pebmarsh disse abruptamente:

— Quem é aquele rapaz?

— O nome dele é Colin Lamb.

— Foi o que ele me informou. Mas quem é ele? Por que ele veio aqui?

Hardcastle olhou para ela um pouco surpreso.

— Calhou de ele estar vindo pela rua quando miss Webb saiu gritando a toda da sua casa. Depois de vir aqui e se inteirar do que tinha acontecido, ele nos telefonou e pedimos que ele voltasse pra cá e esperasse.

— Você o chamou pelo primeiro nome.

— Bastante observadora, miss Pebmarsh — ("observadora"? péssima escolha de palavras, e no entanto não havia outra) —, Colin Lamb é meu amigo, embora já faça algum tempo desde que o vi a última vez. — Ele acrescentou: — Ele é biólogo marinho.

— Ah! Entendo.

— Agora, miss Pebmarsh, vou ficar feliz se puder me dizer tudo o que sabe sobre esse caso surpreendente.

— Com muito gosto. Mas não há muito a dizer.

— A senhorita já mora aqui há algum tempo, não é?

— Desde 1950. Eu sou... era professora. Quando me disseram que nada podia ser feito quanto à minha visão, e que eu logo ficaria cega, eu me tornei especialista em Braille e em várias técnicas para ajudar os cegos. Eu trabalho no Instituto Aaronberg para Crianças Cegas e Deficientes.

— Obrigado. Agora, vamos falar dos eventos desta tarde. A senhorita estava esperando alguma visita?

— Não.

— Eu vou ler a descrição física do morto para ver se a senhorita se lembra de alguém em particular. Um metro e oitenta a um e noventa, aproximadamente 60 anos, cabelo preto agrisalhando, olhos castanhos, rosto fino e sem barba, queixo firme. Bem nutrido, mas não gordo. Terno cinza-escuro, mãos bem cuidadas. Pode ser um bancário, contador, advogado... algum profissional liberal. Parece alguém que a senhorita conheça?

Millicent Pebmarsh considerou com cuidado antes de responder.

— Não posso dizer que sim. Claro, é uma descrição muito genérica. Muita gente se enquadraria nela. Pode ser alguém que eu vi ou encontrei em alguma ocasião, mas certamente ninguém que eu conheça bem.

— A senhorita não recebeu nenhuma carta recentemente de alguém anunciando visita?

— Definitivamente não.

— Muito bem. Bom, a senhorita ligou para o Escritório de Serviços de Secretaria e Datilografia Cavendish e requisitou os serviços de uma estenógrafa e...

Ela o interrompeu.

— Desculpe, mas não fiz nada disso.

— A senhorita *não* ligou para o Escritório de Serviços de Secretaria Cavendish e nem requisitou...? — Hardcastle a encarou.

— Eu não tenho telefone em casa.

— Há uma cabine telefônica no final da rua — observou o inspetor Hardcastle.

— Sim, claro. Mas eu só posso reafirmar, inspetor Hardcastle, que não preciso de uma estenógrafa e que eu não, repito, *não* telefonei pra esse tal Escritório Cavendish, nem fiz esse pedido.

— Nem requisitou miss Webb em especial?

— Eu nunca ouvi esse nome na vida.

Hardcastle a encarou atônito.

— A senhorita deixou a porta da frente destrancada — observou ele.

— Eu costumo fazer isso de dia.

— Alguém pode entrar.

— Parece que alguém entrou agora — respondeu secamente miss Pebmarsh.

— Miss Pebmarsh, de acordo com o legista, esse homem morreu mais ou menos entre 13h30 e 14h45. Onde a senhorita estava nesse período?

Miss Pebmarsh refletiu.

— Às 13h30, ou eu já tinha saído ou estava me preparando para sair. Tinha que fazer compras.

— Pode me dizer exatamente onde foi?

— Deixe-me ver. Fui aos correios, à agência de Albany Road; remeti uma encomenda, comprei selos, e aí sim fui fazer compras para a casa... depois comprei botões de pressão e alfinetes de segurança no armarinho Field & Wren e voltei para cá. Posso dizer exatamente a hora, porque meu relógio cuco cantou três vezes quando eu estava passando pelo portão. Dá pra ouvir da rua.

— E os outros relógios?

— Como é que é?

— Todo os outros relógios estão uma hora adiantados.

— Adiantados? O relógio de pé no canto?

— Não só esse, todos os outros relógios na sala de jantar.

— Não estou entendendo esse "outros relógios". Não há outros relógios na sala de jantar.

3

Hardcastle a encarou.

— Ora vamos, miss Pebmarsh. E o lindo relógio de porcelana de Dresden no lintel da lareira? E tem um relógio estilo *ormolu* francês pequeno. E um relógio de prata, e ah, sim, tem também o relógio com o nome "Rosemary" escrito em um canto.

Foi a vez de miss Pebmarsh encará-lo.

— Ou o senhor ou eu estamos loucos, inspetor. Eu garanto que não tenho relógio de porcelana nem, como foi que o senhor disse, um relógio com "Rosemary" escrito nem relógio *ormolu* francês nem... qual era o outro?

— Relógio de prata — respondeu Hardcastle, mecanicamente.

— Nem esse. Se o senhor não acredita, pode perguntar à faxineira. O nome dela é mrs. Curtin.

O inspetor-chefe Hardcastle ficou surpreso. Havia uma certeza positiva e despachada no tom de voz de miss Pebmarsh que passava convicção. Ele levou um momento ou dois sopesando as coisas mentalmente. Então se levantou.

— Miss Pebmarsh, será que se importaria de me acompanhar até a outra sala?

— Certamente. Francamente, agora quero ver esses relógios eu mesma.

— "Ver"? — Hardcastle questionou o termo rapidamente.

— "Examinar", melhor dizendo — respondeu miss Pebmarsh —, mas mesmo os cegos, inspetor, usam expressões convencionais que não necessariamente se aplicam às suas capacidades. Quando eu digo que gostaria de *ver* esses relógios, quero dizer que gostaria de examinar e *senti-los* com meus próprios dedos.

Seguido por miss Pebmarsh, Hardcastle saiu da cozinha, atravessou o pequeno saguão e entrou na sala de estar. O coletor de impressões digitais olhou para ele.

— Já terminei aqui, chefe — disse ele —, pode tocar nas coisas sem problema.

Hardcastle acenou e pegou o pequeno relógio portátil com "Rosemary" escrito em um canto. Ele o colocou nas mãos de miss Pebmarsh. Ela o manuseou com cuidado.

— Parece um relógio portátil comum — disse ela — do tipo em couro, que dobra. Não é meu, inspetor Hardcastle, e digo com certeza que não estava nesta sala quando eu saí de casa à uma e meia.

— Obrigado.

O inspetor pegou o relógio de volta. Ele ergueu com cuidado o pequeno relógio de porcelana do lintel.

— Cuidado — disse, colocando-o nas mãos dela —, esse quebra.

Millicent Pebmarsh tocou no pequeno relógio de porcelana com dedos delicados e inquisitivos. Então sacudiu a cabeça.

— Parece um lindo relógio — disse ela —, mas não é meu. Onde é que o senhor disse que estava?

— Do lado direito do lintel.

— Era para haver uma vela de porcelana lá — uma de duas —, disse miss Pebmarsh.

— Sim — respondeu Hardcastle —, a vela foi empurrada pro final do lintel.

— O senhor disse que há mais um relógio?

— Mais dois.

Hardcastle pegou de volta o relógio de porcelana de Dresden e entregou a ela o pequeno relógio *ormolu* francês dourado. Ela o tocou rapidamente e o devolveu.

— Não. Esse também não é meu.

Ele lhe entregou o relógio de prata e ela o devolveu.

— Os únicos relógios que ficam nesta sala são um relógio de pé no canto perto da janela...

— Certo.

— ... e um cuco perto da porta.

Hardcastle estava tendo dificuldades para saber o que dizer depois daquilo. Ele olhou inquisitivamente para a mulher diante dele com a segurança adicional de saber que ela, por sua vez, não podia perscrutá-lo. Havia uma pequena ruga de perplexidade na testa dela.

— Eu não consigo entender. Simplesmente não consigo — disse ela enfática.

Ela estendeu a mão, conhecendo com facilidade sua localização no cômodo, e se sentou. Hardcastle olhou para o coletor de digitais que estava perto da porta.

— Você averiguou os relógios?

— Averiguei tudo, senhor. Não consegui nada no relógio dourado, mas ali não haveria nada mesmo. A superfície não gruda. A mesma coisa com o relógio de porcelana. Mas não há nada no relógio portátil de couro, nem no de prata, o que é bem improvável se tudo estivesse normal; era para haver alguma impressão. Aliás, não deram corda em nenhum deles, e todos estão no mesmo horário: 16h13.

— E no resto da sala?

— Há três ou quatro conjuntos diferentes de impressões na sala, eu diria que todos de mulher. O conteúdo dos bolsos está na mesa.

Com um aceno de cabeça ele chamou atenção para uma pequena pilha de coisas na mesa. Hardcastle foi até lá e deu uma olhada. Tratava-se de uma carteira contendo sete libras e dez xelins, alguns trocados, um lenço de seda sem marcas, uma pequena caixa de pílulas para a digestão e um cartão. Hardcastle se curvou para ler.

Mr. R. H. Curry,
Cia. de Seguros Metropolis & Provincial Ltda.
Denvers Street, 7
Londres, W2.

Hardcastle voltou ao sofá onde estava miss Pebmarsh.

— Alguma chance da senhorita estar esperando alguém de uma companhia de seguros?

— Companhia de seguros? Certamente que não.

— A Cia. de Seguros Metropolis & Provincial — disse Hardcastle.

Miss Pebmarsh sacudiu a cabeça.

— Jamais ouvi falar dela — disse.

— A senhorita não planejava contratar algum tipo de seguro?

— Não, não planejava. Eu tenho seguro contra furto e incêndio com a Companhia de Seguros Jove, que tem filial aqui. Eu não tenho seguro pessoal. Eu não tenho família ou relações próximas, então não vejo motivo para ter seguro.

— Percebo. O nome "Curry" significa algo para a senhorita? Mr. R. H. Curry. — Ele a observava com atenção. Não via reação alguma em seu rosto.

— "Curry" — ela repetiu o nome, e então sacudiu a cabeça. — Não é um nome muito comum, não é? Não, creio que nunca ouvi nem conheci ninguém com esse nome. É o nome do homem que morreu?

— Parece bem possível — disse Hardcastle.

Miss Pebmarsh hesitou por um instante.

— O senhor quer que eu... que eu... toque...?

Ele a entendeu imediatamente.

— A senhorita faria isso, miss Pebmarsh? Quer dizer, se não for pedir demais. Eu não entendo muito disso, mas talvez seus dedos lhe digam mais sobre a aparência de alguém do que só uma descrição.

— Exatamente — disse miss Pebmarsh. — Concordo que não é algo agradável de fazer, mas estou bem disposta, se o senhor acha que pode ajudar.

— Obrigado — disse Hardcastle. — Deixe-me guiá-la...

Ele a levou para trás do sofá, indicou que ela se ajoelhasse, e então guiou gentilmente suas mãos até o rosto do homem. Ela estava bem calma, não demonstrava nenhuma emoção. Seus dedos passaram pelos cabelos, orelhas, parando um pouco atrás da orelha esquerda, na linha do nariz, na boca e no queixo. Então ela ergueu o rosto e se levantou.

— Eu tenho uma boa ideia da aparência dele, mas tenho certeza de que não é ninguém que eu conheça ou já tenha visto.

O coletor de digitais, que tinha empacotado suas coisas e saído da sala, enfiou a cabeça pela porta e disse, indicando o corpo:

— Vieram buscar. Tudo bem levarem agora?

— Sim — disse o inspetor Hardcastle. — Venha, sente-se aqui. Está bem, miss Pebmarsh?

Ele a colocou em uma cadeira, no canto. Dois homens entraram na sala. A remoção do finado mr. Curry foi rápida e profissional. Hardcastle foi até o portão e depois retornou para a sala de estar. Ele se sentou perto de miss Pebmarsh.

— Trata-se de uma situação fora do comum, miss Pebmarsh — disse ele. — Eu gostaria de repassar os pontos principais com a senhorita para ver se entendi tudo corretamente. Me corrija se eu estiver errado. A senhorita não esperava visitas hoje, não fez nenhuma requisição de seguro, nem recebeu nenhuma carta avisando que o representante de uma companhia de seguros a visitaria hoje. Isso está certo?

— Está certo.

— A senhorita *não* precisou de serviços de estenografia ou datilografia e *não* telefonou para o Escritório Cavendish requisitando tais serviços em sua residência às três da tarde.

— Novamente está certo.

— Quando a senhorita saiu de casa aproximadamente às 13h30, só havia dois relógios na sala, o relógio cuco e o relógio de pé. Nenhum outro

Prestes a responder, miss Pebmarsh hesitou.

— Se é para falar a verdade absoluta, não posso concordar com essa declaração. Sem enxergar, eu não poderia notar a ausência ou presença de alguma coisa que não estivesse normalmente na sala. Quer dizer, a última vez que pude me certificar do que estava nesta sala foi quando a espanei esta manhã. Tudo estava no lugar. Geralmente eu mesma espano esta sala porque a faxineira costuma ser descuidada com os bibelôs.

— A senhorita saiu de casa pela manhã?

— Sim. Às dez, eu fui para o Instituto Aaronberg como de costume. Eu dou aulas lá até as 12h15. Voltei para cá por volta de 12h45, preparei ovos mexidos e uma xícara de chá na cozinha e saí de novo, como já disse, às 13h30. Aliás, eu almocei na cozinha e não vim para esta sala.

— Entendo — disse Hardcastle. — Então a senhorita pode dizer com certeza que às dez da manhã de hoje não havia relógios extras aqui, mas eles *podem* ter sido introduzidos em algum momento da manhã.

— Quanto a isso, o senhor terá que perguntar à faxineira, mrs. Curtin. Ela vive em Dipper Street, nº 17.

— Obrigado, miss Pebmarsh. Agora só restam os seguintes fatos, e aqui eu preciso que a senhorita me diga qualquer ideia ou palpite que lhe ocorra. Em algum momento de hoje, quatro relógios foram trazidos para cá. Os ponteiros desses relógios foram ajustados para as 16h13. Esse horário sugere algo à senhorita?

— 16h13... — miss Pebmarsh sacudiu a cabeça. — Absolutamente nada.

— Agora vamos do relógio ao homem morto. Parece improvável que a faxineira o tivesse deixado entrar, e depois deixado-o sozinho na casa, a menos que a senhorita tivesse dito a ela que estava esperando por ele, mas isso podemos perguntar a ela mesma. Ele veio aqui para ver a senhorita por algum motivo, assunto de negócios ou particular. Entre as 13h30 e as 14h45 ele foi esfaqueado e morto. Quanto a ele ter vindo aqui com hora marcada, a senhorita diz não saber nada a respeito. Ele provavelmente tem algum envolvimento com seguros — mas novamente a senhorita não sabe de nada. A porta estava destrancada, então ele pode ter entrado e se sentado para esperar a senhorita.. mas por quê?

— Isso tudo é estúpido — disse miss Pebmarsh, impaciente. — Então o senhor acha que esse tal de — como é o nome? — Curry trouxe os relógios?

— Não há sinal de um recipiente em parte alguma — respondeu Hardcastle. — Ele não poderia ter trazido os quatro relógios nos bolsos. Agora, miss Pebmarsh, pense com cuidado: há alguma associação em sua mente, alguma sugestão que a senhorita poderia fazer sobre os relógios ou, se não, pelo menos sobre a *hora*. 16h13?

Ela sacudiu a cabeça.

— Eu tentei me convencer de que trata-se do trabalho de um lunático, ou que alguém entrou na casa errada. Mas nem isso explica nada de verdade. Não, inspetor, eu não posso ajudá-lo.

Um jovem oficial apareceu. Hardcastle juntou-se a ele no saguão e de lá foi até o portão. Ele conversou por alguns minutos com os homens.

— Podem levar a moça pra casa agora — disse ele. — O endereço é Palmerston Road, 14.

Ele voltou e entrou novamente na sala de jantar. Pôde ouvir pela porta aberta da cozinha que miss Pebmarsh estava usando a pia. Ele ficou no umbral.

— Eu vou levar os relógios, miss Pebmarsh. Vou deixar um recibo.

— Não é necessário, inspetor. Eles não são meus.

Hardcastle se voltou para Sheila Webb.

— Pode ir pra casa, miss Webb. O carro da polícia irá levá-la.

Sheila e Colin se levantaram.

— Leve-a até o carro, pode ser, Colin? — disse Hardcastle, puxando uma cadeira, sentando-se e começando a rabiscar um recibo.

Colin e Sheila saíram e passaram pelo caminho até o portão. Sheila parou de repente.

— Minhas luvas, eu deixei...

— Eu vou pegar.

— Não, eu sei onde elas estão. *Agora* não tem problema... Agora que levaram *aquilo* embora.

Ela correu de volta e se reuniu a Colin depois de alguns momentos.

— Desculpe eu ter ficado tão atarantada antes.

— Qualquer um ficaria — disse Colin.

Hardcastle aproximou-se deles quando Sheila entrava no carro. Então, enquanto o veículo se afastava, ele se voltou para o jovem oficial.

— Eu quero aqueles relógios da sala de estar empacotados direitinho — todos menos o relógio cuco na parede e o relógio de pé.

Ele deu mais algumas instruções e então voltou-se para o amigo.

— Tenho que ir a alguns lugares. Quer vir junto?

— Por mim tudo bem — disse Colin.

4
A NARRATIVA DE COLIN LAMB

— Para onde vamos? — perguntei a Dick Hardcastle.

Ele falou com o motorista.

— Escritório de Serviços de Secretaria Cavendish. Fica em Palace Street, na direção da Esplanada, à direita.

— Sim, senhor.

O carro partiu. Agora já havia uma multidão observando com interesse fascinado. O gato alaranjado ainda estava sentado no poste do portão de Diana Lodge, no número ao lado. Ele já não estava limpando o focinho, mas se sentava bem reto, sacudindo levemente a cauda e observando as cabeças da multidão com o completo desdém pela raça humana que é a prerrogativa especial de gatos e camelos.

— O Escritório Cavendish e depois a faxineira, nessa ordem — disse Hardcastle — porque o tempo está correndo. — Ele olhou para o relógio. — Já passa das quatro. — Ele parou antes de acrescentar: — Moça atraente, não?

— De fato — disse eu.

Ele lançou um olhar divertido em minha direção.

— Mas ela contou uma história impressionante. Quanto mais cedo verificarmos, melhor.

— Você não acha que ela...

Ele me interrompeu.

— Eu estou sempre interessado em pessoas que encontram cadáveres.

— Mas ela estava quase louca de medo! Se você ouvisse o jeito que ela gritava...

Ele me lançou outro olhar perscrutador e repetiu que ela era bem atraente.

— E o que você estava fazendo vagando por Wilbraham Crescent, Colin? Admirando nossa delicada arquitetura vitoriana? Ou você tinha algum propósito?

— Eu tinha um propósito. Eu estava procurando o nº 61... e não conseguia encontrar. Acho que não existe.

— Ah, existe sim. Os números vão até... 88, acho.

— Mas olha só, Dick, quando eu cheguei ao nº 28, Wilbraham Crescent acabou.

— O pessoal novo sempre se atrapalha. Se você tivesse virado à direita em Albany Road e à direita novamente, teria chegado ao outro lado de Wilbraham Crescent. As casas foram construídas com as costas uma pra outra, entende. Os quintais se tocam.

— Entendo — eu disse, quando ele terminou de explicar aquela peculiar geografia. — Como aqueles lugares que em Londres chamam de *squares* e *gardens*. Onslow Square, não é? Ou Cadogan. Você começa em um lado de um *square*, daí de repente está em um jardim ou praça. Nem os táxis se entendem ali. Bom, então *existe* um nº 61. Você faz ideia de quem vive lá?

— 61? Deixe-me ver... Sim, creio que Bland, o construtor.

— Oh, céus — disse eu. — Isso é mau.

— Não é um construtor que você procura?

— Não. Não estou procurando um construtor. A menos que... talvez ele tenha se mudado recentemente?

— Eu acho que Bland nasceu aqui. Ele com certeza é um nativo... já trabalha nisso há anos.

— Que frustrante.

— Ele é um construtor bem ruim — disse Hardcastle encorajando-o. — Usa material de má qualidade. Constrói casas que parecem mais ou menos OK até você ir morar nelas. Aí tudo começa a cair e dar errado. Ele abusa da lei até onde dá. E costuma "dar jeitinho" nas coisas, mas sempre consegue escapar da lei por pouco.

— Não adianta ficar me tentando, Dick. O homem que eu quero supostamente é um pilar de honestidade.

— Bland andou fazendo bastante dinheiro ano passado — quer dizer, a esposa dele. Ela é canadense, veio pra cá durante a guerra e conheceu Bland. A família não queria que ela se casasse com ele, e acabou deserdando-a quando ela desobedeceu. Então ano passado um tio-avô morreu, cujo único filho tinha morrido em um desastre aéreo... então com as baixas de guerra e tudo mais, mrs. Bland acabou sendo a última sobrevivente da família. Então o tio-avô deixou o dinheiro para ela. Acho que salvou Bland de ir à bancarrota.

— Parece que você sabe bastante sobre mr. Bland.

—Ah, bom. O Imposto de Renda sempre se interessa quando alguém fica rico do dia pra noite. Estavam se perguntando se ele não estava fazendo alguma coisa por baixo dos panos. Então investigaram e parece que estava tudo OK.

— De qualquer forma, não estou interessado em um sujeito que enriqueceu de repente. Não é a história que procuro.

— Não? Você já sabia disso, não é?

Acenei concordando.

— E já acabou ou não acabou ainda?

— Tem uma história aí — respondi, evasivo. — Nós vamos jantar hoje à noite como combinamos? Ou esse caso vai atrapalhar?

— Não, está tudo certo. Agora o importante é colocar o processo em andamento. Precisamos descobrir o que for possível sobre mr. Curry. Com toda certeza, assim que soubermos quem ele era e o que fazia, teremos uma boa ideia de quem o queria fora do caminho. — Ele olhou para fora da janela. — Chegamos.

O Escritório de Serviços de Secretaria e Datilografia Cavendish ficava na rua de lojas principal, chamada um tanto pomposamente de Palace Street. O lugar tinha sido adaptado, como muitos dos estabelecimentos da área, a partir de uma residência vitoriana. À direita, uma casa parecida ostentava uma placa dizendo: "Edwin Glen, Fotógrafo Artístico. Especialista, Fotografias Infantis, Grupos de Casamento etc". Confirmando a placa, a janela mostrava-se repleta de ampliações de fotografias de crianças de vários tamanhos e idades, desde bebês até crianças de seis anos. Provavelmente a ideia era atrair mamães carinhosas. Havia algumas imagens de casais também. Jovens rapazes de aparência recatada e garotas sorridentes. Do outro lado do Escritório Cavendish ficavam os escritórios de um comerciante de carvão estabelecido há muito, e há muito defasado. Mais além, as casas de estilo antiquado tinham sido derrubadas e um prédio brilhante de três andares se anunciava como o Café e Restaurante Orient.

Hardcastle e eu subimos os quatro degraus, passamos pela porta da frente e, obedecendo uma placa em uma porta que dizia

"Entre", entramos. Era uma sala espaçosa, e três moças estavam datilografando, concentradas. Duas continuaram a datilografar, sem prestar atenção à chegada dos estranhos. A terceira, que trabalhava em uma mesa com telefone diretamente oposta à porta, parou e olhou para nós com curiosidade. Ela parecia estar chupando bala. Tendo ajeitado a bala em uma posição conveniente na boca ela perguntou, em um tênue tom anasalado:

— Posso ajudar?
— Miss Martindale? — perguntou Hardcastle.
—Acho que ela está ao telefone agora. — Naquele instante houve um clique e a moça pegou o receptor do telefone e mexeu em uma chave no aparelho, dizendo: — Dois cavalheiros querem falar com a senhorita — Ela olhou para nós e perguntou: — Por favor, quais os seus nomes?
— Hardcastle — disse Dick.
— Mr. Hardcastle, miss Martindale. — Ela desligou o telefone e se levantou. — Por aqui, por favor — disse, indo até uma porta com uma placa de bronze que dizia MISS MARTINDALE. Ela abriu a porta, se encostou no umbral para que passássemos, disse: — Mr. Hardcastle — e fechou a porta atrás de nós.

Miss Martindale olhou para nós, erguendo a vista da grande mesa atrás da qual se sentava. Ela era uma mulher de aparência eficiente, perto dos cinquenta anos, com cabelos ruivos claros em um penteado *pompadour* e um olhar alerta.

Ela olhou para nós, de um para o outro.
— Mr. Hardcastle?

Dick pegou um dos seus cartões de visita e entregou a ela. Eu fiquei na minha e me sentei em uma cadeira com encosto perto da porta.

As sobrancelhas alaranjadas se erguerem com surpresa e algum desprazer.

— Inspetor-chefe Hardcastle? O que posso fazer pelo senhor, inspetor?

— Eu vim para obter algumas informações, miss Martindale. Acho que a senhorita poderá me ajudar.

Pelo tom de voz, achei que Dick iria fazer algum rodeio, usar de charme. Eu duvidava que miss Martindale fosse suscetível a charme. Ela era o tipo que os franceses chamam tão adequadamente de *femme formidable*.

Eu estava estudando a disposição geral da sala. Nas paredes acima da mesa de miss Martindale havia uma coleção de fotografias autografadas. Reconheci uma delas: era mrs. Ariadne Oliver, escritora policial, que eu conhecia por alto. *Com gratidão, Ariadne Oliver*, estava escrito em tinta negra numa letra forte. *Meu muito obrigado, Garry Gregson*, dizia a escrita em outra fotografia, a de um escritor de *thrillers* que morrera há cerca de dezesseis anos. *Sempre em meu coração, Miriam*, dizia a fotografia de Miriam Hogg, uma escritora especializada em histórias românticas. O sexo era representado pela fotografia de um homem tímido sofrendo de queda de cabelo, assinada com *Obrigado por tudo, Armand Levine*. Aqueles troféus pareciam idênticos. Os homens em sua maioria seguravam cachimbos e usavam *tweed*; as mulheres pareciam sinceras e sumiam dentro de casacos de pele.

Enquanto eu vistoriava o lugar, Hardcastle continuou com as perguntas.

— A senhorita emprega uma moça chamada Sheila Webb?

— Correto. Infelizmente ela não está aqui no momento. Pelo menos...

Ela tocou no interfone e falou com o escritório externo.

— Edna, Sheila Webb já voltou?

— Não, miss Martindale, ainda não.

Miss Martindale desligou o interfone.

— Ela saiu a trabalho mais cedo, hoje à tarde — explicou ela. — Eu achei que ela já podia ter voltado. Talvez ela tenha ido ao Hotel Curlew, no fim da esplanada; ela tinha um compromisso lá às cinco.

— Entendo — disse Hardcastle. — Pode me dizer uma coisa sobre miss Sheila Webb?

— Não há muito que eu possa dizer — disse miss Martindale. — Ela já está conosco há... deixe-me ver... sim, perto de um ano. O trabalho dela é bastante satisfatório.

— A senhorita sabe onde ela trabalhava antes de trabalhar aqui?

— Creio que posso descobrir, se o senhor precisar mesmo dessa informação, inspetor Hardcastle. As referências dela devem estar arquivadas aqui. Pelo que lembro ela trabalhava em Londres e seus empregadores forneceram boas referências dela. Acho, mas não tenho certeza, que ela trabalhava em alguma firma... alguma imobiliária.

— A senhorita disse que ela trabalha bem?

— É bastante adequada — respondeu miss Martindale, que claramente não era de desperdiçar elogios.

— Mas não de primeira classe?

— Eu não diria isso. Ela tem uma boa velocidade média e é educada o suficiente. Datilografa com cuidado e exatidão.

— A senhorita a conhece pessoalmente, à parte do seu relacionamento profissional?

— Não. Creio que ela vive com uma tia. — Nesse ponto miss Martindale ficou um tanto tensa. — Posso perguntar, inspetor Hardcastle, *por que* o senhor está fazendo todas essas perguntas? Ela se meteu em alguma encrenca?

— Eu não diria isso, miss Martindale. A senhorita conhece uma miss Millicent Pebmarsh?

— Pebmarsh — disse miss Martindale, franzindo as sobrancelhas alaranjadas. — Onde foi que eu... ah, é claro. Sheila foi até a casa de miss Pebmarsh esta tarde. O compromisso era para as três.

— Como esse compromisso foi marcado, miss Martindale?

— Por telefone. Miss Pebmarsh ligou e disse que precisava dos serviços de uma estenógrafa; ela pediu que eu enviasse miss Webb.

— Ela requisitou Sheila Webb especialmente?

— Sim.

— A que horas foi o telefonema?

Miss Martindale refletiu por um instante.

— Eu mesma atendi. O que significa que foi na hora do almoço. Mais provavelmente dez para as duas. Antes das duas, com certeza. Ah, espere, eu anotei aqui: exatamente às 13h49.

— Foi a própria miss Pebmarsh quem falou ao telefone? — Miss Martindale pareceu um pouco surpresa.

— Presumo que sim.

— Mas a senhorita não reconheceu a voz? Não a conhece pessoalmente?

— Não. Eu não a conheço. Ela disse ser miss Millicent Pebmarsh, me deu o endereço, um número em Wilbraham Crescent. Então, como eu disse, ela requisitou Sheila Webb, se ela estivesse livre; pediu que ela fosse à sua casa às três da tarde.

Era uma declaração clara e definitiva. Eu achei que miss Martindale seria uma testemunha excelente.

— O senhor pode me fazer a bondade de dizer do que se trata? — disse miss Martindale, com alguma impaciência.

— Bom, o que há, miss Martindale, é que miss Pebmarsh nega ter feito essa ligação.

Miss Martindale ficou encarando-o.

— É mesmo? Que estranho.

— A senhorita, por outro lado, diz que *houve* um telefonema, mas que não havia como saber se era miss Pebmarsh do outro lado da linha.

— Não, é claro que não posso dizer com certeza. Eu não a conheço. Mas eu não entendo por que fazer tal coisa. Foi um trote, é isso?

— Foi bem mais que um trote — disse Hardcastle. — Miss Pebmarsh — ou quem quer que tenha sido — deu algum motivo para requisitar miss Sheila Webb em particular?

Miss Martindale refletiu por um instante.

— Creio que ela disse que Sheila Webb já havia trabalhado para ela antes.

— E trabalhou mesmo?

— Sheila disse não se lembrar de já ter trabalhado para miss Pebmarsh. Mas isso não prova nada, inspetor. Afinal, minhas funcionárias fazem trabalhos externos o tempo todo, para pessoas diferentes, em lugares diferentes; é improvável que se lembrem de algum compromisso que tenha ocorrido meses atrás. Sheila não tinha muita certeza quanto a isso. Ela só disse que não se lembrava de já ter estado lá. Mas inspetor, mesmo que seja um trote, não entendo qual é o seu interesse nisso.

— Já vou chegar lá. Quando miss Webb chegou ao nº 19 de Wilbraham Crescent, ela entrou na casa e foi até a sala de estar. Ela me disse que essas foram as instruções que ela recebeu. Confere?

— Está certo. Miss Pebmarsh disse que talvez se atrasasse um pouco, e que Sheila deveria entrar e esperar.

— Quando miss Webb entrou na sala de estar, ela encontrou um homem morto estirado no chão.

Miss Martindale encarou Hardcastle. Por um momento ela não conseguiu articular nada.

— O senhor disse um *homem morto*, inspetor?

— Um homem assassinado. Esfaqueado, aliás.

— Oh, minha nossa... ela deve ter ficado muito abalada.

Parecia o tipo de declaração eufemística característica de miss Martindale.

— O nome "Curry" quer dizer algo para a senhorita? Mr. R. H. Curry?

— Não, creio que não.

— Da Companhia de Seguros Metropolis & Provincial?

Miss Martindale continuou negando com a cabeça.

— A senhorita percebe o meu dilema — disse o inspetor. — A senhorita disse que recebeu um telefonema de miss Pebmarsh, que requisitou Sheila Webb para um trabalho em sua casa às três da tarde. Miss Pebmarsh nega ter feito isso. Sheila Webb vai até lá. E encontra um homem morto. — Ele parou, esperançoso.

Miss Martindale olhou para ele com uma expressão vazia.

— Parece tudo improvável demais — disse ela, desaprovando.

Dick Hardcastle suspirou e se levantou.

— Belo lugar esse aqui — disse ele, educadamente. — A senhorita já está nesse ramo há algum tempo, não?

— Quinze anos. Os negócios vão muito bem. Começamos de baixo, mas expandimos rapidamente e hoje em dia já estamos quase com mais trabalho do que podemos dar conta. Agora eu emprego oito moças, e elas sempre têm o que fazer.

— Vocês fazem bastante trabalho literário, pelo que vejo. — Hardcastle olhava para as fotografias na parede.

— Sim, no começo eu me especializei em escritores. Trabalhei muitos anos como secretária para um escritor de *thrillers* famoso, mr. Garry Gregson. De fato, recebi uma ajuda financeira dele para começar meu escritório. Eu conhecia muitos dos amigos escritores dele, e eles me recomendaram. Meu conhecimento especializado das necessidades dos escritores me foi muito útil. Eu ofereço um serviço que tem bastante procura: pesquisa. Datas e citações, perguntas sobre procedimentos policiais e questões jurídicas, sobre classificação de venenos, esse tipo de coisa. E nomes e endereços estrangeiros, restaurantes, para os romances que se passam no estrangeiro. Antigamente o público não se importava muito com exatidão, mas hoje em dia os leitores costumam escrever para os autores sempre que podem, apontando erros.

Miss Martindale fez uma pausa. Hardcastle disse, educadamente:

— Creio que a senhorita tem muitos motivos para se orgulhar.

Ele foi em direção à porta. Eu a abri antes dele.

No escritório externo, as três moças estavam se preparando pra sair. As máquinas de datilografia estavam cobertas. A recepcionista, Edna, estava de pé, parecendo desolada, segurando um salto-agulha e um sapato, de onde o salto se soltara.

— Comprei faz só um mês — reclamava ela. — E foi tão caro... Foi aquela boca de lobo maldita na esquina perto da confeitaria, quase aqui do lado. Prendeu o salto e saiu... Nem dava pra caminhar, tive que tirar os dois sapatos e voltar pra cá com dois pãezinhos de almoço, e agora não sei como é que eu vou fazer pra ir pra casa ou subir no ônibus...

Naquele instante nossa presença foi notada e Edna escondeu rapidamente o sapato com um olhar apreensivo na direção de miss Martindale que, pelo que percebi, não era o tipo de mulher que aprovava saltos-agulha.

— Obrigado, miss Martindale — disse Hardcastle. — Sinto muito ter tomado tanto do seu tempo. Se a senhorita se lembrar de alguma coisa...

— Naturalmente — respondeu miss Martindale, interrompendo-o de forma brusca.

Ao entrarmos no carro, eu disse:

— Então, apesar das suas suspeitas, a história de Sheila Webb acabou sendo verdade.

— Está bem, está bem — disse Dick. — Você venceu.

5

— Mãe! — disse Ernie Curtin, desistindo por um momento da tarefa que o absorvia: fazer um aeromodelo metálico subir e descer pelos caixilhos da janela, acompanhado de um ruído que era meio gemido, meio zumbido, em uma imitação do que seria um foguete atravessando o espaço sideral em direção a Vênus. — Mãe, o que a senhora acha que é?

Mrs. Curtin, uma mulher de rosto severo que lavava utensílios de louça na pia não respondeu.

— Mãe, tem um carro da polícia parado aqui na frente.

— Para de inventar história, Ernie — disse mrs. Curtin, batendo com as xícaras e pires no secador. — Cê sabe o que eu já falei sobre isso.

— Eu? Eu não! — respondeu Ernie, virtuosamente. — E tem um carro da polícia aqui na frente sim, e dois homens saindo.

Mrs. Curtin se virou na direção do filho.

— O que que cê fez dessa vez, hein? — ela exigiu saber. — Já tá arranjando encrenca pra gente, não é?

— Não tô! Eu não fiz nada!

— É o Alf, não é? Ele e aquele bando dele! Curriola! Eu já te falei, e seu pai também, que isso de andar com curriola não é coisa de gente direita. Só dá encrenca. Primeiro te mandam pra vara de menores, e num instante cê vai parar no reformatório. Eu não aceito, tá entendendo?

— Tão vindo pra porta — anunciou Ernie.

Mrs. Curtin deixou a pia e foi até o filho, perto da janela.

— Ué... — murmurou ela.

Naquele instante bateram à porta. Enxugando as mãos rapidamente na toalha de chá, mrs. Curtin passou pelo corredor e abriu a porta. Ela olhou com ar de desconfiança e desafio para os dois homens no batente.

— Mrs. Curtin? — perguntou o mais alto dos dois, polidamente.

— Isso mesmo.

— Posso entrar um instante? Sou o Inspetor-chefe Hardcastle.

Mrs. Curtin recuou um tanto a contragosto. Ela escancarou a porta e fez um gesto para que o inspetor entrasse. Era um pequeno cômodo, limpo e arrumado, e dava a impressão de receber poucas visitas, o que era a mais pura verdade.

Ernie, atraído pela curiosidade, veio pelo corredor e deslizou para a sala.

— Seu filho? — perguntou o inspetor Hardcastle.

— Sim — respondeu mrs. Curtin, acrescentando beligerante: — É um bom menino, não importa o que o senhor diga.

— Tenho certeza de que é — disse o inspetor Hardcastle, polidamente.

Um pouco do ar de desafio no rosto da mr. Curtin pareceu arrefecer.

— Eu vim fazer algumas perguntas sobre o nº 19 de Wilbraham Crescent. A senhora trabalha lá, pelo que soube.

— Nunca disse que não — respondeu mrs. Curtin, ainda incapaz de esquecer sua disposição prévia.

— Para miss Millicent Pebmarsh.

— Sim, eu trabalho para a miss Pebmarsh. Uma pessoa muito boa.

— Cega — disse o inspetor-chefe Hardcastle.

— Sim, pobrezinha. Mas nem dá pra notar. Fico besta como ela acha tudo e sabe se orientar. E sai pra rua também, atravessa e tudo. Ela não é de arrumar encrenca por qualquer coisa, ao contrário de certas pessoas.

— A senhora trabalha lá pela manhã?

— Isso mesmo. Eu chego lá entre as nove e meia e dez horas, e saio meio-dia, ou quando termino tudo. — E então ela acrescentou, ríspida: — O senhor não veio aqui porque *roubaram* alguma coisa lá, não é?

— Bem pelo contrário — disse o inspetor, pensando nos quatro relógios.

Mrs. Curtin olhou para ele sem compreender.

— E qual o problema?

— Esta tarde, um homem foi encontrado morto na sala de estar do nº 19, em Wilbraham Crescent.

Mrs. Curtin ficou encarando o inspetor. Ernie Curtin tremeu de êxtase, abriu a boca para dizer "Maneiro!", mas considerou ser pouco sábio chamar atenção para sua presença e fechou a boca novamente.

— Morto? — disse mrs. Curtin, sem acreditar. E com ainda mais incredulidade, acrescentou: — Na *sala de estar?*

— Sim. Ele foi esfaqueado.

— Então foi *assassinato?*

— Sim, assassinato.

— Quem matou ele? — exigiu saber mrs. Curtin.

— Infelizmente ainda não chegamos nesse ponto — disse o inspetor Hardcastle. — Achamos que talvez a senhora pudesse nos ajudar.

— Eu não sei nada de assassinato nenhum — disse mrs. Curtin, enfática.

— Não, mas pode nos ajudar com uma ou duas questões. Hoje de manhã, por exemplo, algum homem apareceu na casa?

— Não que eu me lembre. Hoje não. Como era esse homem?

— Um homem de idade, perto dos sessenta. Bem-vestido, terno escuro. Ele pode ter se apresentado como corretor de seguros.

— Eu não teria deixado ele entrar. Nem corretor de seguro, nem vendedor de aspirador de pó ou da Enciclopédia Britânica. Nada desse tipo. Miss Pebmarsh não tolera vendedor de porta e eu também não.

— O nome do homem, de acordo com o cartão de visita, era mr. Curry. A senhora já ouviu esse nome?

— Curry? Curry? — Mrs. Curtin sacudiu a cabeça. — Parece indiano pra mim — disse ela, desconfiada.

— Ah, não. Ele não era indiano.

— Quem encontrou ele, miss Pebmarsh?

— Uma moça, uma estenógrafa, que foi até lá por causa de um mal-entendido. Ela achou que tinha sido chamada para executar um trabalho para miss Pebmarsh. Foi ela quem descobriu o corpo. Miss Pebmarsh voltou pra casa quase na mesma hora.

Mrs. Curtin deu um suspiro profundo.

— Mas que fuzuê — disse ela — que fuzuê!

— Talvez tenhamos que pedir que a senhora dê uma olhada no corpo — disse o inspetor Hardcastle — e nos diga se já viu esse homem em Wilbraham Crescent ou visitando a casa. Miss Pebmarsh tem absoluta certeza de que ele nunca esteve lá. Agora, há algumas questões menores que eu gostaria de esclarecer. A senhora se lembra de quantos relógios ficam na sala de estar?

Mrs. Curtin sequer hesitou.

— Tem o relógio grandão no canto, relógio de pé, que chamam, e o relógio cuco na parede. Ele pula e diz "cuco". Até assusta a gente assim às vezes. — Ela acrescentou, rapidamente: — Eu não mexi em nenhum deles. Eu nunca mexo. Miss Pebmarsh gosta ela mesmo de dar corda neles.

— Não há nada de errado com eles — o inspetor garantiu. — A senhora tem certeza de que esses eram os únicos relógios na sala hoje de manhã?

— Mas é claro. Que outros era pra ter?

— Não havia, por exemplo, um pequeno relógio quadrado de prata, ou um relógio dourado pequeno — esse estava no lintel da lareira —, ou um relógio de porcelana com flores, ou um relógio de couro com o nome "Rosemary" escrito no canto?

— Claro que não. Não tinha nada disso.

— A senhora teria notado se eles estivessem lá?

— É claro que teria.

— Todos esses quatro relógios estavam mais ou menos uma hora adiantados em relação ao relógio de pé e o relógio cuco.

— Devem ser estrangeiros — disse mrs. Curtin. — Uma vez eu e meu marido fomos de trem pra Itália e pra Suíça e lá era tudo uma hora adiantado. Acho que é por causa desse Mercado

Comum. Eu não tolero isso de Mercado Comum, nem meu marido. A Inglaterra pra mim já está mais do que bom.

O inspetor Hardcastle preferiu não ser arrastado para uma discussão política.

— Pode me dizer exatamente a que horas a senhora saiu da casa de miss Pebmarsh hoje?

— Meio-dia e quinze, pouco mais, pouco menos.

— Miss Pebmarsh estava em casa?

— Não, ela ainda não tinha voltado. Geralmente ela volta entre meio-dia e meio-dia e meia, mas varia.

— E a que horas ela saiu de casa?

— Antes de eu chegar. Eu chego às dez.

— Bom, obrigado, mrs. Curtin.

— Coisa esquisita esses relógios — disse mrs. Curtin. — Talvez miss Pebmarsh tenha comprado eles numa liquidação. Eram antigos? Parecem, pelo jeito que o senhor falou.

— Miss Pebmarsh costuma fazer esse tipo de compra?

— Ela comprou um carpete de pelo faz uns quatro meses numa liquidação. Estava em muito boa condição. E bem barato, ela falou. E comprou umas cortinas de veludo também. Precisavam de um corte, mas estavam novas em folha.

— Mas ela não costuma comprar antiguidades ou quadros, bibelôs de porcelana, essas coisas, em liquidações?

Mrs. Curtin sacudiu a cabeça.

— Não pelo que eu conheço dela, mas nessas coisas de liquidação a gente nunca sabe, não é? Assim, a gente se empolga. Só quando chega em casa que a gente pensa "e agora o que que eu vou fazer com isso?" Eu comprei seis potes de geleia uma vez. Depois que eu fui pensar que eu podia fazer geleia eu mesma, muito mais em conta. E xícaras e pires também. Dava pra ter comprado mais barato no mercado numa quarta-feira.

Ela sacudiu a cabeça, sombriamente. Sentindo que não tinha mais nada a descobrir ali naquele momento, o inspetor Hardcastle partiu. Ernie então fez sua contribuição ao assunto que estivera sendo discutido.

— Assassinato! Que maneiro!

Naquele momento a conquista do espaço sideral foi substituída em sua mente por um assunto dos dias atuais que tinha um fascínio realmente excitante.

— Será que foi miss Pebmarsh quem apagou ele, será? — sugeriu ele, empolgado.

— Não fala besteira — respondeu a mãe. Um pensamento cruzou sua mente. — Será que eu devia ter contado pra ele...?

— Contado o que, mamãe?

— Não interessa — disse mrs. Curtin. — Não era nada mesmo.

6

A NARRATIVA DE COLIN LAMB

I

Depois de mandarmos dois bons bifes malpassados pra dentro, acompanhados de chope, Dick Hardcastle deu um suspiro de satisfação confortável, anunciou que se sentia melhor e disse:

— Pro diabo com corretores de seguro mortos, relógios chiques e moças berrando! Vamos falar de você, Colin. Eu achava que você não queria ter mais nada a ver com esse lugar. E eis você vagando pelas ruelas de Crowdean. Não tem muito para um biólogo marinho fazer em Crowdean, posso garantir.

— Não faça pouco da biologia marinha, Dick. É um assunto muito útil. É só mencionar que as pessoas ficam tão entediadas e com tanto medo de você começar a falar a respeito, que você nem precisa falar mais nada depois.

— Fica mais difícil de te pegar na mentira, hein?

— Você está esquecendo — eu disse, friamente — que eu *sou* biólogo marinho. Me diplomei por Cambridge. Não é um diploma lá muito bom, mas é um diploma. É um campo muito interessante, e um dia eu vou voltar a ele.

— Bom, é claro que eu sei no que você anda trabalhando. E parabéns. O julgamento de Larkin é mês que vem, não é?

— Sim.

— Incrível que ele tenha conseguido repassar informações por tanto tempo. Era pra alguém ter suspeitado.

— Mas não suspeitaram. Quando a gente se convence de que um camarada é um bom sujeito, é bem difícil cogitar que talvez ele não seja.

— Ele provavelmente era bem inteligente — comentou Dick.

Eu sacudi a cabeça.

— Olha, de verdade, eu acho que não. Acho que ele só fazia o que mandavam. Ele tinha acesso a documentos muito importantes. Ele saía com eles, os papéis eram fotografados e devolvidos, e no mesmo dia estavam de volta no lugar. Boa organização. Ele se acostumou a almoçar em lugares diferentes todo dia. Nós achamos que ele pendurava o casaco sempre perto de onde havia um casaco parecido — mas o dono do outro casaco mudava sempre. Eles trocavam os casacos, mas o homem que os trocava nunca falava com Larkin, e Larkin nunca falava com ele. Nós gostaríamos de saber bem mais sobre toda a mecânica da coisa. Foi tudo muito bem planejado, e com *timing* perfeito. Alguém soube usar a cabeça.

— E é por isso que você ainda anda vagando pela Estação da Marinha em Portlebury?

— Sim, nós conhecemos o lado da Marinha e o lado de Londres. Nós sabemos quando e onde Larkin recebia o pagamento, e como. Mas tem uma lacuna aí. Entre as duas pontas existe uma organizaçãozinha muito bem planejada. É essa a parte sobre a qual queremos saber mais, pois é nessa parte que está o cérebro da coisa. *Em algum lugar* existe uma central bem organizada, com excelente planejamento, que deixa um rastro que é alterado para confundir, não uma vez só, mas umas sete ou oito vezes.

— Por que Larkin fez isso? Idealismo político? Ego inflado? Ou só dinheiro mesmo?

— Ele não é idealista. Acho que foi só pelo dinheiro mesmo.

— E não dava pra ter pego ele logo por aí? Ele gastou o dinheiro, não gastou? Ele não ficou guardando.

— Ah, não, ele esbanjou pra valer. Na verdade, nós chegamos nele um pouco mais cedo do que estamos dizendo.

Hardcastle acenou, compreendendo.

— Entendo. Vocês descobriram logo, mas ficaram usando ele um pouco ainda. Não foi?

— Mais ou menos. Ele tinha conseguido contrabandear informações bem importantes antes de o pegarmos, então nós deixamos que ele passasse mais algumas coisas aparentemente valiosas. No meu tipo de trabalho, às vezes temos que fingir que estamos sendo feitos de bobos.

— Acho que eu não gostaria de ter o seu trabalho, Colin — disse Hardcastle, pensativo.

— Não é o trabalho empolgante que as pessoas pensam. Na verdade, é geralmente um grande tédio. Mas tem algo além disso. Hoje em dia a gente sente que nada mais é secreto. Nós sabemos os segredos d'Eles, e Eles sabem os nossos. Nossos agentes frequentemente são os agentes d'Eles também. No final, é um pesadelo estabelecer quem está traindo quem! Às vezes eu acho que todo mundo conhece o segredo de todo mundo, e todo mundo conspira pra fingir que ninguém sabe de nada.

— Entendo o que você quer dizer.

Dick olhou para mim com curiosidade.

— Eu entendo porque você ainda está vagando por Portlebury. Mas Crowdean fica a uns dezessete quilômetros de Portlebury.

— Olha, eu estou atrás mesmo é de crescentes.

— Crescentes? — Hardcastle pareceu intrigado.

— Sim. Ou luas. Luas novas, luas ascendentes etc. Eu comecei minha busca em Portlebury mesmo. Lá tem um bar chamado À Lua Crescente. Eu perdi um bom tempo lá. Parecia perfeito. Depois teve o Lua e Estrela. O bar Lua Ascendente, o Foice Alegre, o Cruz & Crescente... isso foi num lugarzinho chamado Seamede. Não deu em nada. Daí eu abandonei as luas e comecei a procurar Crescentes. Vários Crescentes em Portlebury. Lansbury Crescent, Aldridge Crescent, Livermead Crescent, Victoria Crescent.

Eu percebi a expressão aparvalhada de Dick e comecei a rir.

— Não faça essa cara, Dick. Eu estava atrás de algo sólido.

Eu peguei minha carteira, tirei uma folha de papel e a passei para ele. Era uma folha de bloco de anotações de hotel, em que algo tinha sido rabiscado grosseiramente.

— Um sujeito chamado Hanbury estava com isso na carteira. Hanbury trabalhou bastante no caso Larkin. Ele era bom — muito bom. Foi atropelado em Londres. O carro sumiu e ninguém anotou a placa. Eu não sei o que isso aí significa, mas foi algo que Hanbury anotou ou copiou por ter achado importante. Alguma ideia que ele teve? Ou algo que ele viu ou ouviu? Alguma coisa a ver com uma lua ou crescente, daí o nº 61 e a inicial M. Eu assumi o caso depois da morte dele. Ainda não sei pelo que estou procurando, mas tenho certeza de que há algo aí.

Eu não sei o que o 61 significa. Não sei o que M significa. Estou trabalhando em um perímetro que tem Portlebury como centro. Três semanas de trabalho incessante e sem frutos. Crowdean está na minha rota, e isso é tudo. Dick, eu não esperava grande coisa de Crowdean. Só existe um Crescente aqui — Wilbraham Crescent. Eu ia caminhar por lá e ver o que dava pra descobrir sobre o nº 61 antes de perguntar se você tinha alguma dica pra me ajudar. Era isso que eu estava fazendo hoje à tarde — mas eu não consegui encontrar o nº 61.

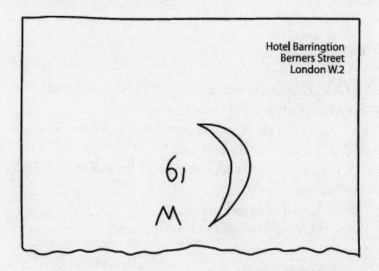

— Como eu disse, no nº 61 mora um construtor da área.

— E não é isso que eu procuro. Eles têm empregados estrangeiros lá?

— Pode ser que sim. Muita gente tem hoje em dia. Se for o caso, teremos um registro. Eu vou averiguar pra você amanhã.

— Obrigado, Dick.

— Amanhã irei fazer algumas perguntas de praxe nas duas casas ao lado do nº 19. Se eles viram alguém indo até a casa etc. Posso incluir as casas diretamente *atrás* do 19, as que têm quintais colados. Acho até que o 61 fica bem atrás do 19. Posso levar você comigo se você quiser.

Eu aceitei a oferta imediatamente.

— Eu vou ser o sargento Lamb e tomar notas.

Nós combinamos que eu fosse à delegacia às nove e meia da manhã seguinte.

II

Eu fui à delegacia na manhã seguinte na hora combinada e encontrei meu amigo espumando de raiva.

Depois que ele dispensou um subalterno infeliz, eu perguntei delicadamente qual o problema.

Por um instante Hardcastle pareceu incapaz de falar. Então ele esbravejou:

— As pragas daqueles relógios!

— De novo os relógios? O que foi agora?

— Um deles sumiu.

— Sumiu? Qual?

— O portátil de couro. O que tinha "Rosemary" no canto.

Eu assobiei.

— Isso é fora do comum. Como é que aconteceu?

— Os malditos imbecis... acho que eu sou um deles também... — (Dick era um sujeito muito honesto) — A gente tem que lembrar de explicar tudo direitinho sem deixar furo ou alguma coisa dá errado. Os relógios estavam lá ontem, na sala de estar. Eu pedi para miss Pebmarsh passar a mão neles para ver se pareciam familiares. Ela não reconheceu nenhum. Então foram remover o corpo.

— E?

— Eu fui até o portão supervisionar, então voltei para a casa, falei com miss Pebmarsh, que estava na cozinha, e disse que tinha que levar os relógios, e que eu faria um recibo pra ela.

— Eu me lembro. Eu ouvi você.

— Então eu disse à moça que a mandaria pra casa em uma das viaturas, e pedi que você a levasse até lá.

— Sim.

— Eu entreguei o recibo a miss Pebmarsh, embora ela tivesse dito que não seria necessário, já que os relógios não eram dela. Então eu fui encontrar você. Eu disse a Edwards que queria os relógios da sala de estar embalados com cuidado e trazidos pra cá. Todos, exceto o relógio cuco e, claro, o relógio de pé. E foi aí que eu errei. Eu devia ter dito bem claramente: *quatro* relógios. Edwards diz que entrou imediatamente e fez o que eu mandei. Ele insiste que lá só havia três relógios além dos dois da casa.

— Isso não é muito tempo. Quer dizer...

— A tal da Pebmarsh pode ter feito isso. Ela pode ter apanhado o relógio depois que eu saí da sala, e ido direto pra cozinha com ele.

— É verdade. Mas por quê?

— Nós temos muito a descobrir. Tem mais alguém? Será que a garota pode ter feito isso?

Eu pensei um pouco.

— Acho que não. Eu... — e então eu parei, pois me lembrei de algo.

— Então foi ela. Continue. Quando foi isso?

— Nós estávamos indo para a viatura — eu disse infeliz. — Ela tinha esquecido as luvas. Eu disse: "Eu pego pra você", e ela disse: "Ah, eu sei onde elas estão. Não me importo de voltar lá agora que levaram o corpo", e aí ela correu de volta até a casa. Mas ela só ficou lá um minuto...

— Ela estava usando as luvas quando voltou, ou segurando elas?

Eu hesitei.

— Sim... sim, acho que estava sim.

— Obviamente não estava, ou você não teria hesitado.

— Ela deve ter guardado na bolsa.

— O problema — disse Hardcastle, acusando — é que você está a fim dela.

— Não seja ridículo — defendi-me com vigor — ontem à tarde foi a primeira vez que eu a vi, e não foi exatamente um encontro romântico.

— Não tenho tanta certeza. Não é todo dia que moças caem no colo de um sujeito gritando por ajuda à moda vitoriana. Deve fazer a gente se sentir um herói, um galã protetor. Mas você precisa parar de protegê-la. Isso é tudo. Até onde você sabe, essa moça pode estar metida até as orelhas nesse assassinato.

— Você está querendo me dizer que essa moça toda frágil enfiou uma faca num homem, escondeu a arma tão bem que nenhum dos seus detetives conseguiu encontrar, e depois saiu correndo da casa gritando e caindo em cima de mim só de fingimento?

— Você ficaria surpreso com o que eu já vi — disse Hardcastle, sombrio.

— O que você não está levando em conta — disse eu, indignado — é que minha vida sempre foi repleta de espiãs gostosas de todas as nacionalidades. Todas com medidas que fariam um detetive americano abandonar o uísque pra sempre. Eu sou imune ao charme feminino.

— Todo mundo tem seu dia de Waterloo. Tudo depende do tipo. Sheila Webb parece ser o seu tipo.

— E de qualquer forma, não entendo por que você está tentando jogar a culpa nela com tanta insistência.

Hardcastle suspirou.

— Não estou tentando botar a culpa nela, mas eu preciso começar de algum ponto. O corpo foi encontrado na casa de Pebmarsh. Isso já a implica. O corpo foi encontrado por essa moça Webb — e eu não preciso dizer que geralmente a primeira pessoa a encontrar um cadáver é a mesma pessoa que o viu pela última vez com vida. Até que mais fatos apareçam, elas duas estão na minha mira.

— Quando eu entrei na sala, depois das três, o corpo já estava morto há pelo menos meia hora, talvez mais. E aí?

— Sheila Webb saiu pro almoço entre 13h30 e 14h30.

Eu olhei pra ele, exasperado.

— O que você descobriu sobre o tal Curry?

Hardcastle disse, com amargura inesperada:

— Nada!

— Como assim, nada?

— Descobri que ele não existe. Não existe essa pessoa.

— E o que a Companhia de Seguros Metropolis tem a dizer sobre isso?

— Eles não têm nada a dizer, porque não existem. A Companhia de Seguros Metropolis & Provincial não existe. Quanto a mr. Curry, de Denvers Street, não existe mr. Curry, nem Denvers Street nem nº 7 nem número nenhum.

— Interessante. Então ele tinha cartões falsos, com nome, endereço e empresa falsa?

— É o que tudo indica.

— Mas por quê?

Hardcastle deu de ombros.

— No momento é tudo chute. Talvez ele vendesse apólices falsas. Talvez fosse um jeito de entrar nas casas pra dar algum golpe. Ele pode ter sido um golpista, charlatão, um gatuno barato ou um investigador a mando de alguém. Mas nós não temos a menor ideia.

— Mas vocês vão descobrir.

— Ah, sim, no final nós vamos descobrir. Nós enviamos as digitais para ver se ele tem ficha. Se tiver, vai ser um grande progresso. Se não... aí vai complicar um pouco.

— Um investigador — eu disse, pensativo. — Eu gosto disso. Abre algumas... possibilidades.

— Possibilidades são tudo o que temos até agora.

— Quando se abrirá o inquérito?

— Depois de amanhã. É só uma formalidade, depois fica parado.

— Qual o laudo médico?

— Ah, esfaqueamento com instrumento afiado. Tipo uma faca de cozinha.

— Isso meio que deixa miss Pebmarsh de fora, não é? — eu disse, pensativo. — Uma mulher cega dificilmente conseguiria esfaquear um homem. Ela é cega mesmo, não é?

— Ah, sim, é cega. Nós verificamos. E ela é mesmo tudo o que relatou. Foi professora de matemática em uma escola em North Country — perdeu a visão há uns dezesseis anos —, aprendeu Braille etc., e por fim conseguiu um emprego no Instituto Aaronberg.

— Será que ela é louca?

— Com uma obsessão por relógios e corretores de seguro?

— Isso tudo realmente é fantástico demais — não pude evitar de falar com algum entusiasmo. — Como Ariadne Oliver em seus piores momentos ou o finado Garry Gregson em seus melhores dias...

— Vai fundo, divirta-se. Não é *você* o trouxa do inspetor-chefe encarregado da investigação. Não é *você* quem tem que dar satisfações ao superintendente, ao comissário-geral e a todo o resto.

— Ora, enfim! Talvez os vizinhos tenham alguma coisa útil pra gente.

— Duvido — disse Hardcastle amargo. — Se tivessem esfaqueado o sujeito no jardim da frente e dois homens mascarados tivessem carregado ele pra dentro da casa, ainda assim ninguém teria olhado pra fora da janela nem visto nada. Pro nosso azar, isso aqui não é uma aldeiazinha. Wilbraham Crescent é uma rua residencial respeitável. Lá pela uma, as empregadas que podiam ter visto alguma coisa já tinham ido para casa. Não havia nem um carrinho de bebê sendo empurrado, nada.

— Nem algum inválido idoso que passa o dia na janela...?

— Era isso o que nós queríamos. Mas não tivemos essa sorte.

— E os números 18 e 20?

— No 18 mora mr. Waterhouse, gerente da Gainsford & Swettenham, Advogados, junto com a irmã que passa o tempo

livre gerenciando ele. Tudo o que eu sei sobre o nº 20 é que a mulher que vive lá tem uns vinte gatos. Eu não gosto de gatos...
Eu disse a ele que a vida de policial não era fácil, e partimos.

7

Mr. Waterhouse, parado indeciso sobre os degraus do nº 18 em Wilbraham Crescent, olhou nervosamente para trás, em direção à irmã.

— Você tem certeza de que vai ficar bem? — perguntou.

Miss Waterhouse fungou, indignada.

— Eu realmente não sei o que você quer dizer, James.

Mr. Waterhouse fez uma expressão de quem se desculpa. Ele fazia tanto aquela expressão que ela quase se gravara definitivamente em seu rosto.

— Bom, querida, eu só quero dizer que, considerando o que houve aqui ao lado ontem...

Mr. Waterhouse se preparava para ir ao escritório de advocacia onde trabalhava. Ele era um homem bem-arrumado, de cabelos grisalhos, com ombros levemente encurvados e um rosto que era mais cinzento que rosado, embora de forma alguma parecesse doente.

Miss Waterhouse era alta, angulosa; o tipo de mulher que não perdia tempo com bobagens e era extremamente intolerante com as bobagens dos outros.

— Então, James, já que alguém foi assassinado ontem na casa ao lado, isso quer dizer que eu serei assassinada hoje?

— Bom, Edith, depende muito, não é, de quem cometeu o assassinato.

— Então você acha que há alguém subindo e descendo por Wilbraham Crescent, selecionando uma vítima de cada casa? Ora, James, isso é quase uma blasfêmia.

— Blasfêmia, Edith? — disse mr. Waterhouse, positivamente surpreso. Tal aspecto de sua declaração jamais lhe teria ocorrido.

— Sim, como na história da Páscoa do Antigo Testamento — disse miss Waterhouse. — Que, deixe-me lembrá-lo, é a Sagrada Escritura.

— Eu acho que isso já é um pouco forçado, Edith.

— Eu queria ver alguém entrar aqui e tentar *me* assassinar — disse miss Waterhouse, cheia de ânimo.

Seu irmão refletiu que de fato parecia bem improvável. Se ele estivesse escolhendo uma vítima, não iria escolher a irmã. Se alguém tentasse algo contra ela, era mais provável acabar nocauteado por um atiçador de chumbo e entregue à polícia sangrando e humilhado.

— Eu só quis dizer — disse ele, e sua expressão de desculpas se acentuou — que existem... bem, elementos bastante indesejáveis por aí.

— Nós ainda não sabemos direito o que aconteceu — disse miss Waterhouse. — Estamos ouvindo todo tipo de boato. Mrs. Head estava contando umas histórias fantásticas hoje pela manhã.

— Ah, eu imagino, eu imagino — disse mr. Waterhouse. Ele olhou para o relógio. Não tinha a menor vontade de ouvir as histórias que a empregada falante trazia da rua. A irmã logo tratava de desacreditar tais fantasias sórdidas, mas gostava delas mesmo assim.

— Tem gente dizendo que o homem era o tesoureiro ou diretor do Instituto Aaronberg, que houve um problema nas contas e que ele veio até a casa de miss Pebmarsh para perguntar sobre isso.

— E que miss Pebmarsh o assassinou? — Mr. Waterhouse pareceu divertir-se um pouco com aquilo — Uma cega? Certamente.

Miss Pebmarsh o interrompeu:

— Passou um arame pelo pescoço dele e o estrangulou. Ele não estava esperando, entende? Ninguém estaria, porque ela é cega. Não que eu acredite nisso — acrescentou. — Tenho certeza de que miss Pebmarsh é uma pessoa de excelente caráter. Se eu não concordo com ela em alguns assuntos, não é porque eu atribua uma natureza criminosa a ela. Eu só acho os pontos de vista dela preconceituosos e extravagantes. Afinal, *existem* outras coisas além de educação. Essas novas escolas de gramática, tão esquisitas, feitas praticamente de vidro. A gente pensa que foram feitas pra se plantar pepinos, tomates. Aposto que faz mal para as crianças nos meses de verão. Mrs. Head mesmo me falou que a filhinha, a Susan, não gostou das salas novas. Disse que era impossível prestar atenção nas aulas porque com tantas janelas, não tinha como não ficar olhando para fora.

— Ai, ai... — disse mr. Waterhouse, olhando para o relógio novamente. — Bem, bem, creio que vou acabar me atrasando. Adeus, querida. E cuidado. Não é melhor passar a corrente na porta?

Miss Waterhouse fungou outra vez. Depois de fechar a porta, ela estava prestes a subir as escadas quando parou, pensativa. Então foi até a bolsa de golfe, tirou de lá um taco *niblick* e o colocou em uma posição estratégica perto da porta.

— Pronto — disse, com alguma satisfação. O que James dissera era uma grande bobagem, claro. Mas ainda assim era melhor estar preparada. O fato de atualmente as instituições psiquiátricas liberarem os desequilibrados mentais, exortando-os a levar uma vida normal, em sua opinião causava toda sorte de perigos às pessoas inocentes.

Miss Waterhouse estava no quarto quando mrs. Head veio correndo escadas acima. Mrs. Head era pequena e redonda feito uma bola de borracha — quase tudo o que acontecia era motivo de grande satisfação para ela.

— Dois cavalheiros estão procurando a senhorita — disse mrs. Head, ávida. — Só que não cavalheiros, são da polícia.

Ela apresentou um cartão. Miss Waterhouse o recebeu.

— Inspetor-chefe Hardcastle. A senhora os levou até a sala de estar?

— Não, eu deixei eles na sala de jantar. Eu já tinha retirado o café e pensei que lá seria mais certo. Quer dizer, é só a polícia.

Miss Waterhouse não chegou a entender o raciocínio. No entanto ela disse — Eu já vou descer.

— Deve ser pra perguntar sobre miss Pebmarsh. Saber se a senhorita notou alguma coisa diferente no jeito dela. Dizem que esses ataques de loucura vêm de uma vez, sem aviso nenhum. Mas sempre tem *alguma coisa*, um jeito de falar, sabe? Dizem que dá pra ver nos olhos. Mas isso não funciona com uma cega, não é? Ah... — ela sacudiu a cabeça.

Miss Waterhouse marchou escada abaixo e entrou na sala de jantar sentindo um certo grau de curiosidade agradável, disfarçada por seu costumeiro ar beligerante.

— Inspetor-detetive Hardcastle?

— Bom dia, miss Waterhouse. — Hardcastle tinha se levantado. Ele tinha a seu lado um homem alto e moreno que miss Waterhouse não se dignou a cumprimentar. Ela não prestou atenção ao balbuciar tímido do "sargento Lamb".

— Espero não ter vindo cedo demais — disse Hardcastle —, mas imagino que a senhorita sabe do que se trata, tendo ouvido o que aconteceu ontem na casa ao lado.

— Raramente se deixa de notar um assassinato na casa do vizinho. Eu tive até que enxotar um ou dois repórteres que vieram aqui perguntar se eu não tinha visto nada.

— A senhora os enxotou?

— Naturalmente.

— E com razão. Claro, eles gostam de se intrometer em todo lugar, mas tenho certeza de que a senhorita sabe como lidar com *esse* tipo de coisa.

Miss Waterhouse se permitiu exibir uma reação vagamente favorável ao cumprimento.

— Espero que não se importe de nós fazermos as mesmas perguntas — disse Hardcastle. — Se a senhorita tiver visto qualquer coisa que possa ser útil pra nós, garanto que vou ficar bastante grato. A senhorita estava em casa naquela hora, suponho.

— Eu não sei a que horas o assassinato foi cometido.

— Achamos que entre uma e meia e duas e meia.

— Sim, eu estava aqui com certeza.

— E seu irmão?

— Ele não vem almoçar em casa. Quem foi morto exatamente? Não diz em parte alguma da notícia curta que saiu no jornal.

— Nós ainda não sabemos quem ele era.

— Um desconhecido?

— É o que parece.

— Quer dizer, desconhecido para miss Pebmarsh também?

— Ela nos garante que não estava esperando visita e que não faz ideia de quem ele era.

— Ela não pode ter certeza. Ela não pode ver.

— Nós fizemos uma descrição detalhada.

— Como era esse homem?

Hardcastle tirou uma fotografia de um envelope e entregou a ela.

— É ele. A senhorita faz ideia de quem possa ser?

Miss Waterhouse olhou para a fotografia.

— Não. Não... Tenho certeza de que jamais o vi. Minha nossa. Ele parece um senhor distinto.

— Realmente, bastante distinto — disse o inspetor. — Parece um advogado ou executivo.

— É mesmo. E a foto nem é chocante. Parece só que ele está dormindo.

Hardcastle não contou a ela que das várias fotografias do cadáver, aquela fora selecionada como a menos perturbadora.

— A morte às vezes pode ser pacífica — disse ele. — Não acho que nesse caso esse homem fazia ideia do que o esperava.

— O que miss Pebmarsh tem a dizer sobre isso tudo?

— Ela não sabe o que pensar.

— Extraordinário — disse miss Waterhouse.

— E então, pode nos ajudar de alguma forma, miss Waterhouse? Se se lembrar de ontem, se olhou pela janela em algum momento ou se estava no jardim, digamos ali entre meio-dia e meia e três da tarde?

Miss Waterhouse refletiu.

— Sim, eu *estava* no jardim... Deixe-me ver. Deve ter sido antes da uma da tarde... Quando eu voltei do jardim eram mais ou menos dez pra uma, então lavei as mãos e fui almoçar.

— E teria visto miss Pebmarsh entrar ou sair da casa?

— Acho que ela entrou... eu ouvi o portão ranger... sim, depois de meio-dia e meia.

— E não falou com ela?

— Ah, não. Foi só o ranger do portão que me fez olhar. É a hora em que ela volta, normalmente. Acho que é quando terminam as aulas. Como o senhor sabe, ela ensina no Centro para Crianças Cegas.

— De acordo com a declaração que ela fez, miss Pebmarsh saiu novamente perto de uma e meia. A senhorita confirma isso?

— Bom, eu não poderia dizer a hora com certeza, mas sim, eu me lembro de vê-la passando pelo portão.

— Com licença, miss Waterhouse. "Passando pelo portão"...?

— Certamente. Eu estava na sala de estar, que dá pra rua; a sala de jantar, onde estamos agora, dá — como o senhor pode ver — para o quintal. Mas eu estava tomando café na sala de estar, depois do almoço sentada em uma cadeira perto da janela. Eu estava lendo o *Times* e acho que estava virando uma folha quando notei miss Pebmarsh passando pelo portão. Há algo de extraordinário nisso, inspetor?

— Não extraordiário — disse o inspetor, sorrindo. — É só que eu tinha entendido que miss Pebmarsh estava saindo para fazer compras e ir aos correios, e eu achava que o caminho mais curto seria ir pelo outro lado, ao longo do crescente.

— Depende de para quais lojas se está indo — disse miss Waterhouse. — Claro que as lojas *ficam* mais perto pelo outro lado, e há uma agência dos correios em Albany Road...

— Mas talvez miss Pebmarsh costumasse passar pelo seu portão nesse horário?

— Ora, eu não sei os horários de saída de miss Pebmarsh, nem para onde ela vai. Eu não costumo ficar vigiando meus vizinhos, inspetor. Sou uma mulher ocupada e já tenho bastante o que fazer. Conheço gente que fica o dia inteiro olhando pela janela e vendo quem passa e quem visita quem. Isso é mais hábito de inválidos ou de gente que não tem nada melhor pra fazer que especular e fofocar sobre os assuntos dos vizinhos.

Miss Waterhouse falou com tanta aspereza que o inspetor teve certeza de que ela estava pensando em alguém em particular. Ele se apressou em dizer:

— Com certeza. Com certeza.

Ele acrescentou:

— Como miss Pebmarsh passou pelo seu portão da frente, ela podia estar indo até o telefone, não é? É onde fica a cabine telefônica?

— Sim. Fica de frente para o nº 15.

— A pergunta importante que eu preciso fazer é se a senhorita viu a chegada desse homem — o "homem misterioso", que é como os jornais estão chamando.

Miss Waterhouse sacudiu a cabeça.

— Não. Eu não o vi nem a nenhum outro visitante.

— O que a senhorita estava fazendo entre uma e meia e as três da tarde?

— Eu passei meia hora fazendo as palavras cruzadas do *Times*, tanto quanto consegui, então fui até a cozinha lavar os pratos do almoço. Deixe-me ver. Escrevi algumas cartas, escrevi alguns cheques para pagar as contas e depois subi as escadas e separei algumas coisas que ia levar à lavanderia. Acho que foi quando estava no quarto que notei alguma comoção aqui ao lado. Ouvi alguém gritando, então naturalmente fui até a janela. Havia um rapaz e uma moça no portão. Ele parecia estar abraçando-a.

O sargento Lamb mexeu os pés, constrangido, mas miss Waterhouse não estava olhando para ele e realmente não fazia ideia de que ele era o rapaz em questão.

— Eu só consegui ver a nuca do jovem. Ele parecia estar discutindo com a moça. Por fim ele a sentou encostada no portão. Uma coisa extraordinária. E então ele correu e entrou na casa.

— A senhorita não tinha visto que um pouco antes disso miss Pebmarsh tinha voltado pra casa?

Miss Waterhouse sacudiu a cabeça.

— Não. Eu acho que não olhei pela janela até ouvir o grito. Mas não dei muita atenção a isso. Moças e rapazes estão sempre fazendo coisas fora do comum — gritando, se empurrando, dando risadinhas ou fazendo barulho —, de forma que eu não pensei que pudesse ser algo sério. Foi só quando os carros da polícia chegaram que eu percebi que alguma coisa séria tinha acontecido.

— E o que a senhorita fez então?

— Ora, naturalmente eu saí de casa, fiquei um pouco nos degraus e depois dei a volta até o quintal. Fiquei me perguntando o que teria acontecido, mas não dava para ver muita coisa daquele lado. Quando eu voltei já havia uma multidão se aglomerando. Alguém me disse que tinha havido um assassinato na casa. Me pareceu tão extraordinário. Extraordinário! — disse miss Waterhouse, expressando enorme desaprovação.

— Nada mais ocorre à senhorita? Nada que possa nos dizer?

— Realmente acho que não.

— Alguém escreveu para a senhorita recentemente recomendando algum seguro, ou alguém visitou ou anunciou que viria visitá-la?

— Não. Nada disso. James e eu temos seguro com a Sociedade de Ajuda Mútua. Claro que sempre chegam cartas, mas são de mala-direta, propaganda, mas não me lembro de nada como o senhor disse.

— Nenhuma carta de alguém chamado Curry?

— Curry? Certamente que não.

— E o nome "Curry" significa alguma coisa para a senhorita?

— Não. Deveria?

Hardcastle sorriu.

— Não, creio que não deveria — disse ele. — Mas é o nome que o homem assassinado estava usando.

— Não é o nome dele de verdade?

— Temos alguns motivos para acreditar que não.

— Então era algum estelionatário, não é?

— Não podemos afirmar até termos provas.

— Claro que não, claro que não. Vocês têm que ser cuidadosos. Eu sei disso. Não como certas pessoas daqui. Elas dizem o que dá na cabeça. Me pergunto se não daria pra processar algumas por difamação.

— "Calúnia" — corrigiu o sargento Lamb, falando pela primeira vez.

Miss Waterhouse olhou para ele com alguma surpresa, como se não tivesse se dado conta de que ele era uma entidade com vida própria e não um apêndice do inspetor Hardcastle.

— Sinto muito não poder ajudá-lo realmente — disse ela.

— Eu também. Uma pessoa da sua inteligência e julgamento, com suas capacidades de observação teria dado uma excelente testemunha.

— Eu *queria* ter visto alguma coisa.

Por um momento seu tom de voz teve algo de colegial ávida.

— E o seu irmão, mr. James Waterhouse?

— Não tem como James saber de nada — disse miss Waterhouse com desdém. — Ele nunca sabe. E enfim, ele estava no trabalho — Gainsford & Swettenhams, em High Street. Ah, James não poderia ajudar vocês. Como eu disse, ele não almoça em casa.

— Onde ele costuma almoçar?

— Ele almoça sanduíches e café no restaurante Three Feathers. É um estabelecimento bastante respeitável. Eles têm almoços rápidos para profissionais.

— Obrigado, miss Waterhouse. Bom, não vamos mais atrapalhar a senhorita

Ele se levantou e foi até o saguão. Miss Waterhouse os acompanhou. Colin Lamb pegou o taco de golfe na porta.

— Bom taco — disse ele. — Cabeça pesada. — Ele sopesou o taco nas mãos. — Vejo que a senhorita está preparada para qualquer eventualidade.

Miss Waterhouse ficou um pouco desconcertada.

— Mas ora... — disse ela. — Não sei como esse taco foi parar aí.

Ela pegou o taco e o pôs de volta na sacola.

— É uma boa precaução — disse Hardcastle.

Miss Waterhouse abriu a porta para eles.

— Bom — disse Colin Lamb, suspirando —, não descobrimos nada com ela, apesar de você amaciá-la com essa sua conversa mole. Esse é o seu método costumeiro?

— Às vezes dá bons resultados com gente que nem ela. Os durões sempre gostam de lisonja.

— Ela só faltou ronronar feito gato pedindo leite — disse Colin. — Infelizmente não deu em nada de útil.

— Não?

Colin olhou para ele, curioso.

— O que você tem em mente?

— Um detalhe, talvez sem importância. Miss Pebmarsh saiu para ir aos correios e às lojas, mas virou à *esquerda* em vez de à *direita*, e o tal telefonema, de acordo com miss Martindale, aconteceu perto das dez pras duas.

Colin olhou para ele, curioso.

— Você ainda acha que, apesar de ela ter negado, ela pode ter feito o telefonema? Ela pareceu bem peremptória.

— Sim. Bem peremptória.

Seu tom era descomprometido.

— Mas se foi ela, então por quê?

— Oh, tudo agora é *por quê* — disse Hardcastle, impaciente. — Por quê, por quê? *Por que* toda essa confusão? Se miss Pebmarsh fez o telefonema, por que ela quis que a moça fosse até lá? Se foi outra pessoa, por que queriam envolver miss Pebmarsh? Nós não sabemos de nada ainda. Se a tal Martindale conhecia pessoalmente miss Pebmarsh, ela saberia se era a voz dela ou não, ou se pelo menos parecia com a voz de miss Pebmarsh. Bom... não conseguimos grande coisa no n.º 18. Vamos ver se temos melhor sorte no n.º 20.

8

Além de um número, aquela casa de Wilbraham Crescent tinha um nome. Chamava-se Diana Lodge. Os portões tinham obstáculos contra intrusos, sendo cobertos de arame farpado pelo lado de dentro. Melancólicos e mal podados loureiros sarapintados também interferiam com os esforços de qualquer um que tentasse passar pelo portão.

— Por que chamaram isso aqui de Diana Lodge? — ponderou Colin Lamb. — Um nome muito melhor seria "Os Loureiros".

Ele averiguou os arredores. Diana Lodge não tinha canteiros de flores nem parecia um lugar asseado. Moitas emaranhadas e grandes demais eram o que mais se sobressaía, junto com o cheiro de amônia característico das habitações felinas. A casa parecia estar em uma condição deplorável; as calhas precisavam de conserto. O único sinal de algum cuidado recente era uma porta recém-pintada cujo tom de azul cerúleo brilhante destacava ainda mais a aparência desmazelada do restante da casa e do quintal. Não havia campainha elétrica, apenas uma espécie de aldrava que obviamente devia ser puxada. O inspetor a puxou e um fraco tilintar ressoou no interior da casa.

— Parece o *"Moated Grange"** — disse Colin.

Eles esperaram por alguns instantes, então ouviram sons vindo lá de dentro. Sons deveras curiosos. Era como se alguém estivesse meio declamando, meio cantarolando em um tom alto.

— Mas que diabo... — disse Hardcastle.

A pessoa cantando parecia estar se aproximando da porta da frente; as palavras começaram a ficar discerníveis.

— Não, xuxuquita. Vai pra lá, coração. Olha o rabim do Xaxá-Mimi. Cléo! Cleópatra! Ai sua ripilica, ai, sua cuti-cuti!

Portas se fecharam. E finalmente a porta da frente se abriu, revelando uma senhora em um vestido bastante gasto de veludo verde-musgo pálido. Seus cabelos, em baços fiapos grisalhos, era trançado laboriosamente em um penteado de trinta anos atrás. Ao redor do pescoço usava um cachecol de pêlo alaranjado. O inspetor Hardcastle disse hesitante:

— Miss Hemming?

— Eu sou mrs. Hemming. Calma, Doçura, espera, coisica.

Foi então que o inspetor percebeu que o cachecol de pelo era na verdade um gato. Não era o único. Mais três apareceram ao longo do saguão, dois deles miando. Eles assumiram suas posições, encarando os visitantes, volteando calmamente pelas saias da dona. Ao mesmo tempo, um penetrante cheiro de gato atacou as narinas dos dois homens.

— Eu sou o inspetor-chefe Hardcastle.

— É bom que seja sobre aquele homem malvado da Sociedade de Prevenção à Crueldade Contra Animais que veio aqui. Bandido!

---

* Chalé depauperado e melancólico onde se passa o poema *"Mariana"* de Alfred, Lord Tennyson (1809—1892). [N.T.]

Eu escrevi denunciando ele. Veio dizer que meus gatos viviam em condições prejudiciais à saúde e bem-estar! Bandido, bandido! Eu *vivo* pros meus gatos, inspetor. Eles são minha única alegria e prazer nessa vida. Tudo que eu faço é pra eles. Xaxá-Mimi! *Aí não*, xuxuleco.

Xaxá-Mimi não respeitou o gesto de proibição e pulou na mesa do saguão. Ele se sentou e começou a limpar o focinho, encarando os estranhos.

— Podem entrar — disse mrs. Hemming. — Ah, não, nessa sala não. Eu esqueci.

Ela abriu a porta à esquerda. A atmosfera ali era ainda mais pungente.

— Entrem, lindinhos, entrem.

Na sala, várias escovas e pentes cheios de pelo de gato jaziam sobre cadeiras e mesas. Havia almofadas esmaecidas e manchadas e pelo menos mais seis gatos.

— Eu vivo pelos meus fofinhos — disse mrs. Hemming. — Eles entendem tudo o que eu digo.

O inspetor Hardcastle reuniu coragem e adentrou a sala feito homem. Infelizmente, um homem com alergia a gatos. Como de costume nessas situações, todos os gatos avançaram até ele. Um pulou em seu joelho, outro se esfregou carinhosamente em suas calças. O inspetor-chefe Hardcastle, que era valente, apertou os lábios e suportou tudo.

— Será que eu posso fazer algumas perguntas, mrs. Hemming, sobre...

— O que o senhor quiser — interrompeu mrs. Hemming. — Eu não tenho nada a esconder. Posso mostrar a comidinha deles, a caminha — eles dormem cinco no meu quarto e os outros sete aqui. Eles só comem peixe do bom, que eu mesma cozinho.

— Não tem nada a ver com *gatos* — disse Hardcastle, erguendo a voz. — Eu vim para falar sobre o incidente infeliz que aconteceu aqui ao lado. A senhora provavelmente ouviu falar.

—Aqui ao lado? O senhor fala do cachorro de mr. Joshua?

— Não. Não é isso. Estou falando do nº 19, onde um homem foi encontrado morto ontem.

— Foi, é? — perguntou mrs. Hemming, com interesse educado, e só. Seus olhos ainda seguiam os bichanos.

— Posso perguntar se a senhora estava em casa ontem à tarde? Entre uma e meia e três e meia.

— Ah, sim, estava sim. Geralmente eu faço compras bem cedo, e daí volto pra preparar o almoço dos meus xuxuquentos, pra pentear e limpar eles todos.

— E a senhora não notou nenhuma atividade aqui ao lado? Viaturas da polícia, ambulâncias... nada?

— Infelizmente, creio que não olhei pelas janelas da frente. Eu fui até o quintal porque a minha Arabella lindinha tinha sumido. Ela ainda é novinha e tinha subido em uma árvore e eu tinha medo que ela não conseguisse descer. Eu tentei chamá-la com um pratinho de peixe mas ela estava com medo, tadinha da «chaninha. No fim eu desisti e voltei pra casa. E o senhor não acredita, foi só eu passar pela porta, ela desceu e veio atrás de mim. — Ela olhou de um homem para o outro, como se testasse a credulidade deles.

— Na verdade, eu até acredito — disse Colin, sem conseguir mais ficar em silêncio.

— Perdão? — Mrs. Hemming olhou para ele levemente assustada.

— Eu gosto muito de gatos — disse Colin — e acabei aprendendo muito sobre a natureza felina. O que a senhora contou ilustra perfeitamente o padrão de comportamento do gato, e as regras que eles criaram para si próprios. Assim como seus gatos estão todos reunidos ao redor do meu amigo, que realmente não gosta de gatos, da mesma forma eles nem ligam pra mim, apesar de minhas tentativas de persuasão.

Se passou pela cabeça de mrs. Hemming que Colin não se expressava como pedia o papel de sargento, ela não demonstrou. Apenas murmurou vagamente:

— Os lindinhos sempre sabem, não é?

Um belo persa cinzento pôs as patas no joelho do inspetor Hardcastle, olhou para ele em êxtase e enfiou as unhas com força, massageando como se o inspetor fosse uma almofada. Provocado além dos limites, o inspetor Hardcastle se levantou de súbito.

— Mrs. Hemming, será que posso dar uma olhada no seu quintal?

Colin deu um leve sorriso.

— Ah, claro, claro. O que o senhor quiser.

Mrs. Hemming se levantou.

O gato alaranjado se desenrolou de seu pescoço. Ela o substituiu displicentemente pelo persa cinzento enquanto conduzia os policiais, saindo da sala. Hardcastle e Colin a seguiram.

— Nós já nos conhecemos — disse Colin para o gato alaranjado e acrescentou: —, e *você* é uma lindeza, não é não? — falando com outro persa cinzento sentado em uma mesa perto de uma lâmpada chinesa, batendo a cauda suavemente. Colin o acariciou, esfregou atrás das suas orelhas e o gato cinzento se dignou a ronronar.

— Feche a porta quando sair, senhor.. ahm... — disse mrs. Hemming do saguão. — Hoje está um vento frio e não quero que meus fofolinos fiquem com frio. E há também uns moleques terríveis por aí, não é seguro deixar os tadinhos andarem sozinhos no quintal.

Ela voltou aos fundos do saguão e abriu uma porta lateral.

— Que moleques terríveis? — perguntou Hardcastle.

— Os dois filhos de mrs. Ramsay. Eles moram na parte sul do crescente. Nossos quintais se tocam, mais ou menos. São delinquentes de marca maior, isso sim. Eles têm uma catapulta, sabia? — ou tinham. Eu insisti para que fosse confiscada, mas ainda estou desconfiada. Eles preparam emboscadas e se escondem. No verão eles ficam jogando maçãs aqui.

— Que vergonha — disse Colin.

O quintal era como o jardim da frente, mas ainda mais desmazelado. A grama não era aparada há muito, havia touceiras emaranhadas e não podadas, bem como ainda mais loureiros sarapintados, além de alguns angicos-vermelhos sinistros. Na opinião de Colin, ele e Hardcastle estavam perdendo tempo. Havia uma sólida barreira de loureiros, árvores e moitas através dos quais não era possível ver nada no quintal de miss Pebmarsh. Diana Lodge podia ser descrita como uma casa completamente isolada. Do ponto de vista dos residentes, era como se não houvesse vizinhos.

— Vocês disseram "nº 19"? — perguntou mrs. Hemming, pausando indecisa no meio do quintal. — Mas eu achei que só morava uma pessoa lá, uma cega.

— O homem assassinado não era residente do local — disse o inspetor.

— Ah, entendi — respondeu mrs. Hemming, ainda vagamente. — Ele veio aqui para ser assassinado. Que esquisito.

"Essa sim", pensou Colin, "é uma descrição boa pra danar."

9

Eles dirigiram ao longo de Wilbraham Crescent, viraram à direita em Albany Road e então à direita outra vez ao longo da segunda face de Wilbraham Crescent.

— É bem simples — disse Hardcastle.

— Depois que você aprende — respondeu Colin.

— O 61 de fato é pegado à casa de mrs. Hemming, mas um canto pega o 19, então já é o suficiente. Você vai poder dar uma olhada nesse tal de Bland. Aliás, ele não tem empregados estrangeiros.

— Lá se vai uma bela teoria.

O carro parou e os dois saíram.

— Ora, ora — disse Colin. — Olha só esse jardim!

De uma maneira modesta, era realmente um modelo de perfeição suburbana. Havia canteiros de gerânios cercados de lobélias. Havia grandes begônias de aparência carnuda e vários enfeites de jardim em exibição: sapos, cogumelos, gnomos e elfos cômicos.

— Tenho certeza de que o mr. Bland é um homem bom e decente — disse Colin, e tremeu. — Só gente assim pra gostar dessas coisas — acrescentou ele, enquanto Hardcastle apertava a campainha. — Você acha que ele está em casa a uma hora dessas?

— Eu liguei antes. Perguntei se seria conveniente.

Naquele instante uma pequena van *Traveller* se aproximou e virou para entrar na garagem, que era uma adição posterior à casa. Mr. Josiah Bland saiu, bateu a porta e foi na direção deles. Era um homem de altura mediana, calvo e olhos azuis bem pequenos. Ele tinha uma maneira calorosa.

— Inspetor Hardcastle? Vamos entrando.

Ele os conduziu até a sala de estar, que exibia várias provas de prosperidade. Havia lâmpadas caras, enfeitadas, uma escrivaninha *Empire*, um conjunto de bibelôs para lintel de lareira em porcelana de *ormolu* brilhante, um armário marchetado e uma sementeira repleta de flores na janela. As cadeiras eram modernas e ricamente forradas.

— Sentem-se — disse mr. Bland, caloroso. — Fumam? Ou não podem, no trabalho?

— Não, obrigado.

— Também não devem beber, não é? — disse mr. Bland. — Ah, bom, olha, acho que é até melhor pra nós. Mas do que se trata? O negócio no 19, não é? Os cantos dos nossos quintais são pegados, mas nós não vemos nada de lá a não ser das janelas do segundo andar. Um acontecimento extraordinário, pelo menos foi o que eu li no jornal hoje de manhã. Fiquei muito feliz quando recebi sua mensagem. É uma chance de saber da história direito. O senhor não faz ideia dos boatos que vão por aí! Isso até deixou minha mulher nervosa, achando que tem um assassino à solta, o senhor sabe como é. O problema é que hoje em dia eles deixam qualquer biruta sair do hospício. Mandam todos pra casa em condicional, ou não sei como é que chama, daí eles matam outra pessoa e — lá vão eles, prendem de novo... E a boataria! Aqui a gente tem a empregada, o leiteiro e o jornaleiro, então o senhor imagina como é. Um diz que ele foi estrangulado com arame, outro diz que ele foi esfaqueado, outro que foi de porrete. Mas era um homem mesmo, não? Quer dizer, não foi a moça que mataram...? Os jornais falaram de um homem desconhecido.

Mr. Bland fez ponto parágrafo, finalmente.

Hardcastle sorriu e disse, com voz depreciativa:

— Bom, a parte do «desconhecido»... ele tinha um cartão com endereço no bolso.

— Bom, lá se vai essa história então — disse Bland. — Mas o senhor sabe como são as pessoas. Eu não sei como tem gente que consegue imaginar tudo isso.

— Já que estamos falando da vítima — disse Hardcastle —, pode dar uma olhada *nisto*?

Mais uma vez ele mostrou a fotografia.

— Então é ele? Parece um sujeito perfeitamente comum, não é? Como o senhor e eu. Posso perguntar se havia alguma razão particular para ele ser morto?

—Ainda é cedo para falar disso — disse Hardcastle. — O que eu quero saber, mr. Bland, é se o senhor já viu esse homem antes.

Bland sacudiu a cabeça.

— Tenho certeza de que não. Eu sou muito bom para reconhecer rostos.

— Ele não visitou o senhor para nada — vender seguro, aspirador de pó, máquina de lavar, algo assim?

— Não, não. Certeza que não.

— Talvez possamos perguntar à sua esposa — disse Hardcastle. Afinal, se ele visitou sua casa, então foi com sua esposa que ele falou.

— Ah, sim, é verdade. Mas eu não sei... Valerie não anda muito bem de saúde, sabe. Eu preferia não perturbá-la. Quer dizer... essa foto é dele morto, não é?

— Sim, é verdade. Mas não é uma fotografia violenta, de maneira alguma.

— Não, não. Foi muito bem tirada. Parece que ele está dormindo.

— Você está falando de mim, Josiah?

Uma porta contígua com a outra sala se abriu e uma mulher de meia idade entrou. Hardcastle percebeu que ela estivera ouvindo com atenção atrás da porta.

— Ah, é você, querida — disse Bland —, eu achei que você estivesse tirando seu cochilo da manhã. Essa é minha esposa, inspetor-chefe Hardcastle.

— Esse assassinato terrível — murmurou mrs. Bland. — Eu tremo toda só de pensar.

Ela sentou-se no sofá e deu um pequeno suspiro arquejante.

— Levante os pés, querida — disse Bland.

Mrs. Bland obedeceu. Ela era uma mulher de cabelos alaranjados, com uma voz tênue e enjoada. Ela parecia anêmica, e tinha todo o jeito do inválido que aceita sua invalidez com alguma alegria. Por alguns instantes, ela pareceu lembrar alguém ao inspetor Hardcastle. Ele tentou descobrir quem era, mas não conseguiu. A voz chorosa e fraca continuava:

— Minha saúde não anda muito boa, inspetor Hardcastle, por isso meu marido tenta me poupar de choques e preocupações. Eu sou muito sensível. Vocês falavam de uma fotografia do homem assassinado, não é? Ai, que coisa horrível. Não sei se aguento olhar!

Hardcastle pensou: *"Está é doida para ver!"*

Com uma leve malícia na voz, ele disse:

— Então acho melhor eu nem mostrar, mrs. Bland. Eu só achei que a senhora poderia nos ajudar caso o homem tivesse visitado vocês antes.

— Bom, eu devo fazer meu dever, não é? — perguntou mrs. Bland, com um sorriso de bravura deliciada. Ela esticou a mão.

— Você acha bom, Val, não vai ficar nervosa?

— Não seja tolo, Josiah. Eu tenho que ver, é óbvio.

Ela olhou para a foto com bastante interesse e — ou assim o inspetor achou — com alguma decepção.

— Ele parece... de verdade, não parece que está morto mesmo. Nem parece que foi *assassinado*. Ele foi... será que ele foi estrangulado?

— Esfaqueado — disse o inspetor.

Mrs. Bland fechou os olhos e tremeu.

— Ai, minha nossa, que horrível!

— Não lembra se já o viu, mrs. Bland?

— Não — respondeu ela, com óbvia relutância. — Não, não, temo que não. Ele... ele ia à casa das pessoas, vendendo coisas?

— Parece que ele era um corretor de seguros — disse o inspetor, cauteloso.

— Ah, entendo. Não, não apareceu ninguém assim, tenho certeza. Você se lembra de eu mencionar alguma coisa assim, Josiah?

— Não mesmo — disse mr. Bland.

— Ele era conhecido de miss Pebmarsh? — perguntou mrs. Bland.

— Não — disse o inspetor —, ela nunca o viu antes.

— Que curioso.

— A senhora conhece miss Pebmarsh?

— Ah, sim, quer dizer, conhecemos como vizinha, claro. Às vezes ela pede conselhos ao meu marido sobre o jardim.

— O senhor é um bom jardineiro, então?

— Não, de verdade não — respondeu mr. Bland, depreciando-se. — Não tenho tempo, sabe. Mas eu sei me arranjar. E tenho um rapaz excelente que vem duas vezes por semana. Mantém o jardim cheio, arrumadinho. Eu acho que não tem jardim mais bonito que o nosso por aqui, mesmo eu não sendo um jardineiro de verdade como nosso vizinho.

— Mrs. Ramsay? — Hardcastle disse, com alguma surpresa.

— Não, não, mais longe, no 63. Mr. McNaaughton. Ele vive pro jardim. Fica lá o dia todo, e é louco por compostagem; Sério, chega a ser chato quando começa a falar de compostagem... mas acho que não é sobre isso que vocês querem falar.

— Não exatamente — respondeu o inspetor. — Eu só queria saber se alguém — o senhor ou sua esposa, por exemplo — saíram para o jardim ontem. Afinal, como o senhor diz, ele toca o canto do 19, então há alguma chance de o senhor ter visto ou escutado algo de interesse.

— Meio-dia, não foi? Quero dizer, a hora do crime.

— Entre uma e três da tarde.

Bland sacudiu a cabeça.

— Nessa hora não tinha como eu ver muita coisa. Eu estava aqui. E Valerie também, mas estávamos almoçando, sabe, e nossa sala de jantar dá para a rua. Não tínhamos como ver o que estava acontecendo no quintal.

— A que horas vocês almoçam?

— Uma da tarde, por aí. Às vezes uma e meia.

— E vocês não foram até o quintal em momento nenhum depois?

Bland sacudiu a cabeça.

— Pra falar a verdade, minha esposa sempre sobe para descansar depois do almoço, e se as coisas estão calmas, eu também tiro uma pestana naquela cadeira ali. Eu devo ter saído de casa... ah, ali pelas quinze para as três, mas infelizmente não passei pelo quintal mesmo.

— Ah, bem — disse Hardcastle, e suspirou. — É que eu tenho que perguntar a todos.

— Claro, claro. Eu queria poder ajudar mais.

— Lugar bonito esse aqui — disse o inspetor. — Se me permite, parece que dinheiro não faltou.

Bland sorriu jovialmente.

—Ah, bem, a gente gosta do que é bom. Minha esposa tem muito bom gosto. Nós tiramos a sorte grande faz um ano. Minha esposa recebeu algum dinheiro de um tio. Ela já não o via há vinte e cinco anos! Que surpresa! Com certeza fez a diferença pra nós. Nós conseguimos nos ajeitar direitinho e estamos pensando em partir em um cruzeiro mais perto do fim do ano. Dizem que são muito instrutivos. A Grécia e tudo mais, sabe? Tem muitos professores que vão para dar palestras. Bom, claro que eu sou um *self-made man* e nunca tive tempo pra isso, mas eu me interesso. O sujeito que foi e escavou Tróia era verdureiro, parece. É muito romântico. Eu admito, gosto de passear no estrangeiro — não que eu já tenha viajado muito. Sabe, um final de semana de vez enquanto na alegre *Parrí*, no máximo. Eu de vez em quando penso em vender isso aqui para viver na Espanha, em Portugal ou até nas Índias Ocidentais. Muita gente está fazendo isso. Economiza no imposto de renda também. Mas minha esposa não gosta da ideia.

— Eu gosto de viajar, mas não quero viver fora da Inglaterra — disse mrs. Bland. — Todos os nossos amigos estão aqui, e minha irmã vive aqui, e todo mundo conhece *a gente*. Se fôssemos para o exterior, seríamos estranhos. E o nosso médico aqui é excelente, ele realmente entende da minha saúde. Eu não quero um médico estrangeiro *mesmo*. Não teria confiança nenhuma nele.

— Vamos ver — disse mr. Bland, alegremente. — Vamos sair em cruzeiro e talvez você se apaixone por alguma ilha grega.

Mrs. Bland fez uma expressão como se aquilo fosse bastante improvável.

— Vai haver um médico inglês a bordo, não é? — perguntou ela.

— Com certeza — respondeu mr. Bland.

Ele acompanhou Hardcastle e Colin até a porta, repetindo o quanto sentia por não ter sido mais útil.

— Bom — disse Hardcastle —, o que você achou dele?

— Eu não o contrataria para construir uma casa para mim — disse Colin. — Mas não é de um construtorzinho facínora que eu ando atrás. Eu procuro um homem que seja dedicado. E quanto ao seu caso, é o tipo errado de assassinato. Com Bland seria mais o caso de ele dar arsênico para a esposa ou a empurrar no Egeu para herdar o dinheiro e casar com uma loira dadivosa...

— Vamos tratar disso se acontecer — disse o inspetor Hardcastle. — Enquanto isso, é com *esse* assassinato aqui que temos que nos preocupar.

10

No nº 62 de Wilbraham Crescent, mrs. Ramsay estava dizendo a si mesma, para dar coragem:

— Faltam só dois dias. Só dois dias.

Ela empurrou o cabelo úmido da testa. Um barulho tremendo de coisas quebrando veio da cozinha. Mrs. Ramsay não se sentia nem um pouco inclinada a ir à cozinha descobrir a causa do barulho. Se ao menos ela pudesse *fingir* que não tinha havido um barulho. Mas, ah, enfim — *Só mais dois dias*. Ela atravessou o saguão, abriu de chofre a porta da cozinha e disse em uma voz bem menos beligerante que há três semanas:

— O que foi que vocês fizeram *agora*?

— Desculpa, mãe — disse seu filho Bill. — A gente tava brincando de boliche com essas latas mas elas acabaram caindo lá no fundo do armário de louça.

— Não era pra elas caírem no fundo do armário de louça — ajuntou sensatamente o irmão mais novo, Ted.

— Bom, então apanhem as latas e coloquem de volta no armário e é para varrer a louça que quebrou e despejar no lixo.

— Ah, mãe, *agora não*.

— Agora sim.

— O Ted faz isso.

— Ah, tá — disse Ted. — Sempre eu. Eu só faço se você fizer também.

— Vai fazer sim.

— Não vou fazer não.

— Eu faço você fazer.

— AAAAH!

Os garotos se atracaram com gosto. Ted foi empurrado contra a mesa da cozinha e uma cesta de ovos balançou sinistramente.

— Ora, saiam da cozinha! — gritou mrs. Ramsay. Ela empurrou os dois meninos para fora da cozinha, fechou a porta e começou a apanhar as latas e a varrer a louça.

"Dois dias", ela pensou, "mais dois dias e as aulas começam! Só assim para aguentar ser mãe."

Ela se lembrou vagamente de uma frase maldosa escrita por uma colunista.

Só há seis dias felizes no ano para a mulher.

O primeiro e o último dia dos feriados escolares. E era bem verdade, pensou mrs. Ramsay, varrendo os cacos do seu melhor conjunto de jantar. Com que prazer, que alegria ela tinha imaginado o retorno dos filhos há apenas cinco semanas! E agora? "Depois de amanhã", ela repetiu para si mesma, "depois de amanhã Bill e Ted voltarão à escola. Mal posso acreditar. Mal posso esperar!"

Tinha sido tão lindo na estação de trem há cinco semanas! As boas-vindas alvoroçadas e afetuosas! O modo como eles tinham corrido pela casa e pelo jardim. Um bolo especial para o chá; E agora... pelo que ela ansiava agora? Um dia inteiro de paz. Nada mais de refeições enormes, nem de ficar limpando a casa o tempo todo. Ela amava os meninos, eles eram ótimos, sem dúvida. Ela tinha orgulho deles. Mas como eles cansavam! O apetite, a vitalidade, o *barulho!*

Naquele momento ela ouviu gritos. Ela virou a cabeça, alarmada. Estava tudo bem. Eles só tinham ido até o jardim. Era melhor, havia bem mais espaço no jardim. Eles com certeza iam atormentar os vizinhos. Ela esperou que eles deixassem os gatos de mrs. Hemming em paz. Não pelos gatos, é forçoso confessar, mas porque o arame farpado que cercava o jardim de mrs. Hemming rasgaria as bermudas dos meninos. Não que mrs. Ramsay se preocupasse demais com os acidentes naturais da infância impetuosa. De fato, a primeira coisa que ela dizia era: "Eu já não disse mil vezes que não é pra sujar a sala de sangue? Passem para a cozinha já e sangrem *lá*, que eu posso passar um pano no linóleo."

Um grito alto vindo de fora foi interrompido de súbito, sendo seguido por um silêncio tão completo que mrs. Ramsay sentiu alarme verdadeiro confranger-lhe o coração. Aquele silêncio não parecia natural. Ela ficou parada, indecisa, segurando a pá com a porcelana quebrada. A porta da cozinha se abriu e Bill apareceu. Ele tinha uma expressão extática e atônita bastante incomum para seu rostinho de onze anos.

— Mãe, *tem um inspetor-chefe lá fora e outro homem com ele.*

— Oh — disse mrs. Ramsay, aliviada. — O que ele quer, meu anjo?

— Ele quer falar com a senhora. Deve ser sobre o assassinato. Sabe, na casa de miss Pebmarsh ontem.

— Eu não sei o que ele pode querer falar comigo — disse mrs. Ramsay em um tom de voz levemente atrapalhado.

Quando não era uma coisa, era outra, ela pensou. Como ela ia preparar as batatas para o cozido irlandês tendo que falar com inspetores àquela hora do dia?

— Oh, bem — disse ela, e suspirou. — acho que é melhor eu ir ver.

Ela despejou a porcelana quebrada na lata sob a pia, lavou as mãos na torneira, ajeitou o cabelo e se preparou para seguir Bill, que dizia, impaciente:

— Anda *logo,* mãe.

Mrs. Ramsay entrou na sala de estar, acompanhada de perto por Bill. Havia dois homens de pé esperando por ela. Ted, seu filho mais novo, estava fazendo sala, olhando para os homens com olhos arregalados e interessados.

— Mrs. Ramsay?

— Bom dia.

— Os rapazes devem ter dito que eu sou o inspetor-chefe Hardcastle, não é?

— Isso é um tanto inconveniente — disse mrs. Ramsay. — Muito inconveniente a essa hora da manhã. Eu estou muito ocupada. Vai demorar muito?

— Quase nada — disse o inspetor Hardcastle. — Podemos nos sentar?

— Ah, sim, por favor, por favor.

Mrs. Ramsay sentou-se e olhou para eles com impaciência. Ela suspeitava de que *não* iria demorar "quase nada".

— Vocês dois já podem ir — disse Hardcastle aos garotos, gentilmente.

— Ah, a gente não vai não — disse Bill.

— Não vamos — ecoou Ted.

— A gente quer ouvir tudo — disse Bill.

— É, a gente quer saber de tudo — disse Ted.

— Tinha um montão de sangue assim? — perguntou Bill.

— Foi um ladrão? perguntou Ted.

— Quietos, meninos — disse mrs. Ramsay. — Vocês não ouviram o... Mr. Hardcastle dizer que não quer vocês aqui?

— A gente não vai — disse Bill. — A gente quer ouvir.

Hardcastle foi até a porta e a abriu. Ele olhou para os meninos.

— Pra fora.

Foram só duas palavras, ditas calmamente, mas tinham por trás delas o timbre da autoridade. Sem mais alarde os garotos se levantaram e saíram da sala arrastando os pés.

"Que maravilha", pensou mrs. Ramsay, encantada. "Por que *comigo* não funciona assim?"

Mas então ela refletiu que era a mãe deles. Ela sabia por ouvir dizer que seus filhos, quando saíam de casa, se comportavam de forma completamente diferente. Eram sempre as mães que ficavam com a pior parte. Mas talvez, ela refletiu, talvez fosse melhor assim. Seria pior se os meninos fossem atenciosos e comportados em casa e, fora dela, se comportassem como pequenos vândalos, pois assim criariam uma opinião desfavorável a seu respeito — sim, isso seria pior. Mrs. Ramsay se concentrou em atender ao que fosse ser requisitado dela, enquanto o inspetor Hardcastle voltava e se sentava.

— Se é sobre o que aconteceu no nº 19 ontem — disse ela, nervosa — eu realmente acho que não vou saber informar nada, inspetor. Eu não sei nada sobre isso. Nem conheço as pessoas que moram lá.

— Quem mora lá é miss Pebmarsh. Ela é cega e trabalha no Instituto Aaronberg.

— Ah, sim — disse mrs. Ramsay. — Infelizmente eu não conheço quase ninguém da parte baixa do Crescente.

— A senhora estava aqui ontem entre meio-dia e meia e três da tarde?

— Ah, sim. Estava preparando o jantar, sabe. Mas eu saí antes das três. Levei os meninos ao cinema.

O inspetor pegou a fotografia do bolso e a entregou a mrs. Ramsay.

— A senhora pode me dizer se já viu esse homem?

Mrs. Ramsay olhou para a fotografia com um leve aumento de interesse.

— Não, acredito que não. Mas não sei se eu me lembraria se já o tivesse visto.

— Ele não visitou sua casa — para vender seguro ou algo desse tipo?

Mrs. Ramsay sacudiu a cabeça mais enfaticamente.

— Não. Não, tenho certeza de que não.

— Temos motivo para crer que ele se chama Curry. Mr. R. Curry.

Ele olhou para mrs. Ramsay inquisitivamente. Ela sacudiu a cabeça outra vez.

— Infelizmente — disse ela, como se se desculpasse — durante as férias escolares eu não tenho tempo de ver nem notar *nada*.

— É sempre uma época ocupada, não é? Bons meninos, os seus. Cheios de vida e energia. Às vezes, energia até demais, não é assim?

Mrs. Ramsay sorriu francamente.

— Sim, às vezes cansa a gente, mas eles são muito bons meninos sim.

— Tenho certeza disso. Bons meninos, os dois. Muito inteligentes, parecem. Eu vou falar com eles antes de ir, se não for problema. Crianças notam coisas às vezes que ninguém mais na casa vê.

— Eu não sei mesmo como eles podem ter notado alguma coisa — disse mrs. Ramsay. — Nós nem somos vizinhos nem nada.

— Mas seus quintais ficam de frente um para o outro.

— Ah, sim, mas são bem separados.

— A senhora conhece mrs. Hemming, no nº 20?

— Bom, de certa forma sim. Por causa dos gatos e tudo mais.

— A senhora gosta de gatos?

— Ah, não, não por isso. Por causa das reclamações.

— Ah, entendo. Reclamações. Sobre o quê?

Mrs. Ramsay enrubesceu.

— O que acontece é o seguinte, quando a pessoa chega a ter uma quantidade assim de gatos — parece que ela tem quatorze —, elas ficam obcecadas com isso. E é uma bobagem, no final. Ora, eu gosto de gatos. Nós mesmos tínhamos um gato, um malhadinho. E ele até pegava ratos. Mas essa mulher faz umas coisas sem propósito — cozinhando pra eles, nem deixando os coitados saírem de vez em quando... E claro que os gatos estão sempre tentando fugir. Eu faria o mesmo se fosse comigo. E meus filhos são bons, eles não iriam ficar infernizando um gato. Quer dizer, gatos sabem se cuidar sozinhos muito bem. Gatos são animais sensatos, se forem tratados com sensatez.

— Tenho certeza de que a senhora está certa — disse o inspetor. — A senhora deve ter uma vida bastante corrida, alimentando e mantendo seus filhos ocupados nas férias. Quando eles voltam pra escola?

— Depois de amanhã.
— Espero que dê para a senhora descansar.
—Ah, eu vou relaxar a valer.

O outro homem, que até então limitara-se a tomar notas em silêncio, a assustou um pouco ao dizer:

— A senhora devia ter uma empregada estrangeira. Como é que chama, *au pair*, não é? Daquelas que trabalham em troca de aprender inglês aqui.

— Eu bem podia experimentar, sim — disse mrs. Ramsay, pensativa. — embora eu ache gente estrangeira meio difícil de lidar. Meu marido acha graça. Mas ele sabe mais sobre isso do que eu. Eu não viajei pra fora tanto quanto ele.

— Ele está viajando agora, não está? — perguntou Hardcastle.

— Sim. Ele teve que ir pra Suécia no começo de agosto. Ele é engenheiro de construção. Foi uma pena ele ter que ir justo no começo das férias escolares. Ele tem muito jeito com crianças. Gosta de brincar com os trenzinhos elétricos até mais que as crianças. Às vezes os trilhos e as casinhas e tudo mais vão lá do saguão até a outra sala. Fica difícil até caminhar sem tropeçar em nada.
— Ela sacudiu a cabeça, indulgente. — Homens são tão crianças.

— Quando ele deve voltar, mrs. Ramsay?

— Eu nunca sei — ela suspirou. — Torna tudo tão... difícil. — Houve um tremor em sua voz. Colin olhou para ela com atenção.

— Não vamos mais tomar o seu tempo, mrs. Ramsay.
Hardcastle se levantou.

— Será que seus filhos podem nos mostrar o quintal?

Bill e Ted estavam esperando no saguão e aceitaram o convite imediatamente.

— Mas o senhor sabe — disse Bill, como se pedindo desculpas — não é um quintal *grande*.

Tinha havido algum esforço para manter o jardim do nº 62 de Wilbraham Crescent em ordem. De um lado havia uma sementeira de dálias e ásteras. Depois, um gramado aparado de forma irregular. Os caminhos precisavam urgente de manutenção e havia modelos de aviões, armas futuristas e outros brinquedos científicos espalhados, todos gastos pelo uso. Nos fundos do quintal havia uma macieira com belas maçãs vermelhas. E perto dela, uma pereira.

— É *ali* — disse Ted, apontando para o espaço entre as árvores, por onde se via claramente os fundos da casa de miss Pebmarsh. — É o nº 19, onde houve o assassinato.

— Dá pra ver bem a casa, não é — disse o inspetor. — Deve dar pra ver melhor ainda da janela do segundo andar.

— Ah, sim — respondeu Bill. — Se a gente tivesse ido lá em cima ontem, podia ter visto alguma coisa. Mas a gente não foi.

— A gente foi ao cinema — disse Ted.

— Tinha impressões digitais? — perguntou Bill.

— Nenhuma que ajudasse muito. Vocês vieram para o quintal em algum momento do dia de ontem?

— Ah, sim — disse Bill. A manhã inteira, entrando e saindo. Mas a gente não ouviu nem viu nada.

— Se a gente tivesse vindo à tarde — disse Ted, desejoso —, podia ter ouvido os gritos. Teve grito pra caramba.

— Vocês conhecem miss Pebmarsh de vista? A dona da casa.

Os garotos se entreolharam e fizeram sinal de afirmativo com a cabeça.

— Ela é cega — disse Ted —, mas consegue andar direitinho pelo quintal. Nem precisa usar bengala nem nada. Uma vez ela jogou a nossa bola de volta pra gente. Ela foi bem bacana.

— E ontem vocês não a viram em momento nenhum?

Os garotos sacudiram a cabeça.

— De manhã a gente não ia ver mesmo — explicou Bill —, porque ela sempre sai. Geralmente ela aparece no quintal depois do chá.

Colin investigava uma mangueira conectada a uma torneira no lado da casa. A mangueira seguia ao longo do caminho no quintal e estava enrodilhada no canto, perto da pereira.

— Não sabia que pereiras precisavam ser regadas — observou ele.

— Ah, isso... — disse Bill. Ele parecia um pouco envergonhado.

— Mas — disse Colin — subindo na árvore deve dar pra mandar uns jatos d'água nos gatos, não é? — ele olhou para os meninos e sorriu.

Os garotos remexeram os pés no cascalho e olharam para todos os lados, menos para Colin.

— Vocês fazem isso, não fazem? — insistiu Colin.

— Ah, puxa — respondeu Bill. — Nem machuca eles nem nada. — Ele acrescentou, com ar virtuoso: — Não é tipo a *catapulta*.

— Então vocês chegaram a usar uma catapulta.

— Não funcionou direito não — disse Ted. — A gente não acertou nada nunca.

— Mas então quer dizer que vocês brincam com a mangueira — disse Colin — e aí mrs. Hemming vem reclamar?

— Ela está sempre reclamando — disse Bill.

— Vocês já passaram pela cerca?

— Não ali pelo arame farpado — disse Ted, distraído.

— Mas vocês entram no quintal dela às vezes, não? Como é que vocês fazem?

— Bom, pela cerca dá pra passar para o quintal de miss Pebmarsh. Daí seguindo à direita dá pra forçar um pouco pela sebe e entrar no quintal de mrs. Hemming. Tem um espaço na tela de arame.

— Você não sabe ficar quieto, seu bocó? — perguntou Bill.

— E aposto que vocês andaram procurando pistas depois do assassinato — disse Hardcastle.

Os meninos se entreolharam.

— Quando vocês voltaram do cinema e souberam do que tinha acontecido, aposto que passaram pela cerca e foram até o quintal do 19 pra dar uma boa investigada.

— Bom... — Bill fez uma pausa cautelosa.

— Sempre é possível — disse Hardcastle, sério — que vocês tenham encontrado algo que nós não vimos. Se vocês tiverem alguma, ahm, evidência, eu ficaria agradecido se vocês me mostrassem.

Bill se decidiu.

— Pega lá, Ted — disse.

Ted partiu correndo.

— Infelizmente a gente não conseguiu nada de interessante mesmo — admitiu Bill. — A gente só, ahm, tipo fingiu.

Ele olhou ansioso para Hardcastle.

— Eu entendo muito bem — disse o inspetor. — A maior parte do trabalho da polícia é assim mesmo. Muitas decepções.

Bill pareceu aliviado.

Ted retornou correndo. Ele entregou um lenço imundo amarrado, cujo conteúdo tilintava. Hardcastle o desamarrou, com um menino de cada lado, e esparramou os itens no chão.

Havia uma asa de xícara, um pedaço de porcelana com padrão de salgueiro, uma colher de pedreiro quebrada, um garfo enferrujado, uma moeda, um pregador de roupas, um caco de vidro brilhante e uma perna de tesoura.

— Uma coleção interessante — disse o inspetor, solene.

Ele teve pena da expressão ansiosa nos rostos dos garotos e pegou o caco de vidro.

— Eu vou levar isso. Talvez se encaixe em alguma coisa.

Colin tinha pegado a moeda e a examinava.

— Não é inglesa — disse Ted.

— Não — disse Colin. — Não é inglesa. — Ele olhou para Hardcastle. — É melhor levar isso também — sugeriu.

— Não digam uma palavra sobre isso para ninguém — disse Hardcastle, em tom de conspiração.

Deliciados, os meninos prometeram que não diriam nada.

11

— Ramsay — disse Colin, pensativo.
— O que tem ele?
— Eu gostei do que ouvi, isso é tudo. Ele viaja pro exterior sem aviso. A esposa diz que ele é engenheiro de construções, mas isso parece ser tudo o que ela sabe sobre ele.
— Ela é uma boa mulher — disse Hardcastle.
— Sim... e não muito feliz.
— Ela só está cansada. Crianças dão muito trabalho.
— Acho que há mais coisa aí.
— Certamente a pessoa que você procura não iria se atrelar a uma esposa e dois filhos — disse Hardcastle, cético.
— Nunca se sabe — disse Colin. — Você ficaria surpreso com o que alguns sujeitos fazem pelo disfarce. Uma viúva em dificuldades com dois filhos poderia se interessar em algum arranjo.
— Eu não imaginei que ela seria desse tipo — disse Hardcastle, afetando delicadeza.
— Não quero dizer vivendo em pecado, meu caro. Só quis dizer que ela concordaria em ser mrs. Ramsay como fachada.

E claro que ele inventaria uma história pra ela. Digamos que ele dissesse que era um espião, mas do nosso lado. Uma coisa assim bem patriótica.

Hardcastle sacudiu a cabeça.

— Você vive em um mundo estranho, Colin.

— Vivemos sim. Sabe, eu acho que qualquer dia desses vou ter que sair dele... A gente começa a esquecer o que é o que e quem é quem. Metade desse pessoal trabalha pros dois lados e no fim eles já nem sabem de que lado estão de verdade. Os parâmetros começam a ficar confusos... Ah, bom... vamos continuar os trabalhos.

— É melhor falarmos com os McNaughtons — disse Hardcastle, parando no portão do nº 63. — Um pedaço desse quintal encosta no 19, que nem a casa dos Bland.

— O que você sabe sobre os McNaughtons?

— Não muito. Eles se mudaram pra cá há cerca de um ano. Um casal idoso. Um professor aposentado, parece. Trabalha no jardim.

O jardim fronteiro tinha roseiras e uma camada espessa de açafrões de outono sob as janelas.

Uma jovem alegre metida em um macacão de padrão florido brilhante abriu a porta, dizendo:

— Vocês que quer? Sim?

Hardcastle sussurrou, enquanto dava um cartão à moça:

— Finalmente, a empregada estrangeira.

— Polícia — disse a jovem. Ela deu um passo ou dois para trás e olhou para Hardcastle como se ele fosse o diabo em pessoa.

— Mrs. McNaughton — disse Hardcastle.

— Mrs. Macnaughton está aqui.

Ela os conduziu até a sala de estar, que dava para o quintal. Estava vazia.

— Ela estar segundo andar — disse a já não tão alegre moça. Ela foi até o saguão e chamou: — Mrs. McNaughton! Mrs. McNaughton!

Uma voz respondeu de longe:

— Sim. O que foi, Gretel?

— É polícia — duas polícia. Eu botei na sala de estar.

Houve um tênue ruído de passos apressados no andar de cima e eles ouviram alguém dizendo:

— Ai minha nossa. Ai minha nossa, o que foi agora?

Então eles ouviram passos descendo a escada e mrs. McNaughton entrou na sala com uma expressão preocupada. Hardcastle se convenceu imediatamente de que aquela era uma expressão costumeira no rosto de mrs. McNaughton.

— Ai minha nossa — disse ela outra vez —, oh, céus. Inspetor, como é mesmo, Hardcastle? Ah, sim. — Ela olhou para o cartão. — Mas por que o senhor deseja nos ver? Nós não sabemos de nada. Quer dizer, deve ser sobre o assassinato, não é? Não é por causa da assinatura da televisão, não é?

Hardcastle a assegurou do que se tratava.

— Mas é tudo tão extraordinário, não é? — disse mrs. McNaughton, parecendo despreocupar-se. — E bem ao meio-dia. Hora estranha pra assaltar uma residência. É quando as pessoas geralmente estão em casa. Mas a gente lê tanta notícia horrível hoje em dia. Uns conhecidos nossos saíram pra almoçar, e veio uma van e os ladrões entraram e carregaram todos os móveis! A rua inteira viu mas ninguém achou que fosse nada errado. Sabe, eu acho que ouvi alguém gritando ontem, mas Angus disse que eram aqueles meninos terríveis de mrs. Ramsay. Eles ficam correndo pelo quintal fazendo barulho de nave espacial, foguete, bomba atômica. Chega a assustar às vezes.

Mais uma vez Hardcastle exibiu a fotografia.

— A senhora já viu esse homem, mrs. McNaughton?

Mrs. McNaughton avaliou a foto com avidez.

— Tenho quase certeza de que já o vi. Sim. Sim, tenho quase certeza. Agora, onde foi mesmo? Foi ele que veio me perguntar se eu queria comprar uma nova enciclopédia em quatorze volumes? Ou foi o que veio com o novo modelo de aspirador de pó? Eu o despachei assim que o vi, e ele foi incomodar meu marido no jardim. Angus estava plantando nabos, sabe, e não queria ser interrompido, mas o sujeito ficou lá falando e falando tudo que o aspirador fazia. E sobe cortina, e desce cortina, e limpa os degraus, e limpa almofada, e não sei o quê. Tudo, fazia tudo, ele dizia. E Angus só olha pra ele assim, "Mas e planta nabo também?", e eu ri, eu tive que rir, o sujeito fez uma cara assim e já foi saindo...

— E a senhora acha mesmo que era o homem nessa fotografia?

— Bom, não, acho que não... esse era bem mais jovem, pensando bem. Mas ainda assim, eu acho que *já vi* esse rosto antes. Sim. Quanto mais eu olho mais tenho certeza de que ele veio pra tentar me vender alguma coisa.

— Talvez seguro?

— Não, não seguro. Meu marido cuida dessas coisas. E nós já temos todo tipo de seguro. Não. Mas ainda assim... sim, quanto mais eu olho pra foto...

Hardcastle não ficou otimista, ao contrário do que normalmente ficaria. A partir de experiências pregressas ele classificara mrs. McNaughton como alguém que apreciaria a emoção de ter visto alguém ligado a um assassinato. Quanto mais ela olhasse para a foto, mais se convenceria de que se lembrava de alguém parecido.

Ele suspirou.

— Ele dirigia uma van, eu acho — disse mrs. McNaughton. — Mas quando foi que eu vi, isso eu não me lembro. Uma van de padaria, acho.

— A senhora não o viu ontem, viu, mrs. McNaughton?

A expressão de mrs. McNaughton desanimou um pouco. Ela afastou os cabelos grisalhos um tanto desalinhados da testa.

— Não. Não *ontem* —disse ela. — Pelo menos... eu *acho* que não. — Então ela pareceu se alegrar um pouco. — Talvez meu marido se lembre.

— Ele está?

— Ah, ele está no jardim. — Ela apontou pela janela na direção de um senhor que vinha pelo caminho empurrando um carrinho de mão

— É melhor irmos lá fora perguntar pra ele.

— É claro. Venham por aqui.

Ela os conduziu por uma porta lateral até o jardim. Mr. McNaughton perspirava com afinco.

— Esses cavalheiros são da polícia, Angus — disse sua esposa. — É sobre o assassinato na casa de miss Pebmarsh. Eles têm uma fotografia do morto. Sabe, tenho certeza de já tê-lo visto antes. Não foi esse que veio semana passada perguntar se tínhamos antiguidades para vender?

— Vamos ver — disse mr. McNaughton. — Segure pra mim, sim — disse ele a Hardcastle. — Minhas mãos estão muito sujas.

Ele deu uma olhada rápida e disse:

— Nunca vi esse sujeito na minha vida.

— Seu vizinho disse que o senhor gosta muito de jardinagem — disse Hardcastle.

— Quem disse isso, foi mrs. Ramsay?

— Não. Mr. Bland.

Angus McNaughton fungou.

— Bland não entende nada de jardinagem. Ele só faz transplante em sementeira, é só o que ele faz. Enfia begônias e gerânios e bota lobélias nas bordas. Eu não chamo isso de jardinagem. Se for assim então vamos logo morar no parque. O senhor se interessa por mudas, inspetor? Claro que agora não é a época do ano, mas eu tenho algumas mudas aqui que o senhor vai ficar besta de ver que eu vou fazer vingar. E mudas que dizem que só vingam em Devon e Cornwall.

— Infelizmente, acho que não entendo muito de jardinagem — disse Hardcastle.

Mr. McNaughton olhou para ele como um artista olharia para uma dessas pessoas que dizem não entender nada de arte mas que "sabem do que gostam".

— Infelizmente, nosso assunto é bem menos agradável — disse Hardcastle.

— É claro. É sobre o negócio de ontem. Eu estava no jardim, sabe, quando aconteceu.

— É mesmo?

— Bom, quero dizer, eu estava aqui quando a moça gritou.

— O que o senhor fez?

— Bom — disse mr. McNaughton, um tanto tímido. — Eu não fiz nada. Para falar a verdade, eu pensei que fossem as pestes dos meninos dos Ramsay. Sempre gritando e fazendo barulho.

— Mas esse grito não veio do mesmo lado, não é?

— Não se aqueles pestes ficassem no próprio quintal. Mas eles não ficam não, sabe. Eles passam pelas sebes, pelas cercas. Ficam correndo atrás dos malditos gatos de mrs. Hemming para cima e para baico. Não tem ninguém com pulso firme para educá-los, o problema é esse. A mãe é mole feito pudim. E claro, quando não há um homem na casa, as crianças perdem a linha.

— Pelo que entendi mr. Ramsay passa grande parte do tempo no exterior.

— Eu acho que ele é engenheiro de construção — disse mr. McNaughton vagamente. — Está sempre indo pra algum lugar. Represas, sabe. Calma, querida, não estou praguejando* — assegurou ele à mrs. Ramsay —, só estou falando de construção de represas, ou então é alguma coisa de oleoduto ou gasoduto. Eu não sei ao certo. Mês passado ele partiu para a Suécia de uma hora pra outra. Isso deixou a mãe dos meninos cheia de serviço nas mãos — cozinhar e cuidar da casa e tudo mais —, e daí já viu, claro que os meninos iam desembestar. Eles não são maus meninos, sabe, mas precisam de disciplina.

— E o senhor mesmo não viu nada; quer dizer, além de ouvir o grito? E a que horas foi isso, aliás?

---

* "Represa" ("dam") em inglês soa como "damn", impropério tabuístico. [N.T.]

OS RELÓGIOS 121

— Não faço ideia — disse mr. McNaughton. — Eu tiro meu relógio sempre antes de vir pra cá. Passei a mangueira ligada nele outro dia e foi uma encrenca para consertar depois. Meu bem, que horas eram? Você também ouviu, não ouviu?

— Deve ter sido ali pelas duas e meia... foi pelo menos meia hora depois de terminarmos de almoçar.

— Entendo. Vocês almoçam que horas?

— Uma e meia — disse mr. McNaughton — isso se tivermos sorte. Nossa empregada dinamarquesa é toda descompensada com horários.

— E depois disso o senhor costuma tirar um cochilo?

— Às vezes. Hoje não. Queria continuar o serviço. Eu estou limpando muita coisa, jogando na pilha de compostagem que eu tenho aqui.

— Pilha de compostagem, coisa excelente— disse Hardcastle, solene.

Mr. McNaughton alegrou-se imediatamente.

— Mas com certeza. Não há nada que se compare. Ah! Quanta gente eu já não converti! Usar adubo químico! Suicídio! Olhe, vou lhe mostrar.

Ele conduziu Hardcastle ansiosamente pelo braço e, empurrando o carrinho, seguiu ao longo do caminho até a cerca que dividia seu quintal do quintal do nº 19. Protegido por moitas de lilás, a pilha de compostagem aparecia em toda sua glória. Mr. McNaughton empurrou o carrinho de mão até um barracão próximo. Dentro do barracão havia várias ferramentas bem organizadas.

— O senhor mantém tudo arrumadinho — observou Hardcastle.

— Ferramenta, tem que cuidar — disse McNaughton.

Hardcastle olhava pensativamente para o nº 19. Do outro lado da cerca havia uma pérgula de rosas que levava até o lado da casa.

— O senhor não viu ninguém no quintal do 19 ou olhando pela janela da casa, ou nada assim, enquanto estava na pilha de compostagem?

McNaughton sacudiu a cabeça.

— Não vi nada mesmo — disse ele. — Sinto muito não poder ajudar, inspetor.

— Sabe, Angus — disse sua esposa —, eu acho que vi um vulto passando desconfiado pelo jardim do 19.

— Eu não acho que você tenha visto, meu bem — respondeu ele, firme — eu mesmo não vi.

— A mulher diria que viu *qualquer coisa* — grunhiu Hardcastle enquanto voltavam à viatura.

— Você acha que ela não reconheceu a fotografia?

Hardcastle sacudiu a cabeça.

— Eu duvido. Ela só *quer* pensar que viu o homem. Eu conheço bem esse tipo de testemunha. Quando eu apertei, ela não conseguiu dar detalhe de nada, não foi?

— Não.

— Claro, talvez ela tenha se sentado perto dele no ônibus ou algo assim. Até aí tudo bem. Mas, se quer saber, acho que é só vontade de ter visto mesmo. O que você acha?

— Acho o mesmo.

— Não conseguimos muita coisa — suspirou Hardcastle. — Claro que há algumas coisas que parecem erradas. Por exemplo, parece impossível que mrs. Hemming, não importa o quão obcecada por gatos seja, não saiba quase nada sobre a vizinha, miss Pebmarsh. E que ela tenha agido de forma tão vaga e desinteressada com respeito ao assassinato.

— Ela é uma mulher meio vaga.

— Zureta! — disse Hardcastle. — Essas pessoas zuretas são assim, incêndio, assalto, assassinato, pode acontecer o diabo e elas não notam.

— Ela está bem protegida atrás daquele arame todo, e as touceiras vitorianas também não deixam ver muita coisa.

Eles tinham retornado à delegacia. Hardcastle sorriu para o amigo e disse:

— Bom, sargento Lamb, eu posso liberar você agora.

— Não temos mais visitas?

— Agora não. Mais tarde eu tenho que fazer mais uma, mas não vou levar você comigo.

— Bom, obrigado por hoje. Você consegue alguém pra datilografar minhas anotações? — ele as entregou. — Você disse que o inquérito é depois de amanhã? A que horas?

— Às onze.

— Certo. Eu venho para ver.

— Você vai partir?

— Tenho que ir até Londres amanhã dar o relatório atualizado.

— Acho que já sei para quem.

— Você não tem autorização para isso.

Hardcastle sorriu.

— Mande um abraço pro velho.

— E também, talvez eu vá consultar um especialista — disse Colin.

— Um especialista? Para quê? Há algo de errado com você?

— Nada — além de burrice. Não falo desse tipo de especialista. É alguém no seu ramo.

— Scotland Yard?

— Não. Um detetive particular. Um amigo do meu pai, e meu amigo também. Essa sua história bizarra é bem o tipo de coisa dele. Ele vai adorar! Isso vai alegrá-lo. Acho que ele anda precisando se alegrar.

— Qual o nome dele?

— Hercule Poirot.

— Eu já ouvi falar dele. Achei que tivesse morrido.

— Ele não morreu. Mas eu acho que ele está entediado. O que é pior.

Hardcastle olhou para ele curioso.

— Você é uma figurinha estranha, Colin. Tem uns amigos muito esquisitos.

— Incluindo você — disse Colin, e sorriu.

12

Tendo dispensado Colin, o inspetor Hardcastle olhou para o endereço escrito em seu bloco e acenou com a cabeça. Então ele devolveu o bloco ao bolso e começou a tratar das questões rotineiras que se empilhavam em sua mesa.

Seria um dia atarefado. Ele pediu café e sanduíches e recebeu relatórios do sargento Cray — nenhuma pista útil surgira. Ninguém na estação ferroviária ou rodoviária reconhecera a fotografia de mr. Curry. Os relatórios do laboratório sobre as roupas não deram em nada. O terno era de boa manufatura, mas o nome do alfaiate fora removido. Desejo de anonimato por parte de mr. Curry? Ou do assassino. Os detalhes odontológicos tinham sido enviados para as partes competentes e provavelmente se mostrariam as pistas mais úteis. Levava algum tempo, mas no final havia resultados. A menos, é claro, que mr. Curry fosse um estrangeiro. Hardcastle considerou a ideia. Havia uma possibilidade de que o morto fosse francês. Por outro lado, suas roupas definitivamente não eram francesas. Nenhuma marca de lavanderia tinha elucidado a questão.

Hardcastle era paciente. Identificação era um processo frequentemente lento. Mas no fim, alguém sempre aparecia para ajudar. Uma lavanderia, um dentista, um médico, uma síndica. A fotografia do morto seria enviada para delegacias, seria reproduzida nos jornais. Mais cedo ou mais tarde a identidade de mr. Curry seria conhecida.

Enquanto isso, havia trabalho a ser feito, e não somente no caso Curry. Hardcastle trabalhou sem parar até as cinco e meia. Ele olhou para o relógio e decidiu que já era hora de fazer o telefonema que tinha em mente.

O sargento Cray informara que Sheila Webb tinha retomado seu trabalho no escritório Cavendish, que às cinco da tarde ela estaria trabalhando com o professor Purdy no Hotel Curlew e que provavelmente não sairia de lá até bem depois das seis.

Qual era o nome da tia mesmo? Lawton — Mrs. Lawton. Palmerston Road, nº 14. Ele não usou uma viatura, preferindo fazer a curta distância a pé.

Palmerston Road era uma rua sinistra que, como se diz, já vira melhores dias. Hardcastle notou que as casas em sua maioria tinham sido convertidas em apartamentos de um ou dois andares. Ao virar a esquina, uma moça que vinha se aproximando dele pela calçada pareceu hesitar um instante. Imerso em pensamentos, o inspetor pensou por um instante que ela iria pedir alguma orientação. Mas se aquele era o caso, a moça pensou melhor e recomeçou a caminhar, passando direto por ele. De repente Hardcastle se pegou pensando em sapatos, e se perguntou por quê. Sapatos... não, um sapato. O rosto da moça era vagamente familiar. Mas quem era...? Alguém que ele vira recentemente... Talvez ela o tivesse reconhecido e estivesse prestes a falar com ele?

Ele parou por um momento, olhando para a moça. Ela agora se afastava rapidamente. Hardcastle pensou que o problema é que ela tinha um desses rostos vagos que são bem difíceis de reconhecer a menos que se tenha um bom motivo para fazê-lo. Olhos azuis, pele clara, boca um pouco aberta. Boca. Aquilo também lhe lembrou alguma coisa. Alguma coisa que ela estivera fazendo com a boca? Falando? Passando batom? Não. Ele se sentiu um pouco aborrecido consigo mesmo. Hardcastle se orgulhava de sua memória para rostos. Costumava dizer que jamais esquecia um rosto que tivesse visto na cadeia ou no banco de testemunhas, mas é claro que havia outros locais de contato. Ele não poderia se lembrar por exemplo de cada garçonete que já o atendera. Não se lembraria de cada motorista de ônibus. Hardcastle afastou o pensamento.

Ele havia chegado ao nº 14. A porta estava aberta e havia quatro campainhas com nomes escritos embaixo. Hardcastle viu que mrs. Lawton tinha um apartamento no térreo. Ele entrou e apertou a campainha da porta à esquerda do saguão. Levou alguns instantes até que alguém atendesse. Finalmente ele ouviu passos lá dentro e a porta foi aberta por uma mulher alta e magra com cabelos negros em desordem, metida em um macacão, e que parecia estar um tanto sem fôlego. Um cheiro de cebolas veio da direção de onde certamente era a cozinha.

— Mrs. Lawton?

— Sim? — Ela olhou para ele com algum aborrecimento e desconfiança estampados no rosto.

Ele achou que ela devia ter perto de quarenta e cinco. E havia um quê de cigano na aparência dela.

— O que foi?

— Será que posso tomar um instante do seu tempo?

— Bom, é sobre o quê? Eu estou realmente ocupada agora. — Ela adicionou, ríspida: — Você não é um repórter, é?

Hardcastle adotou um tom compreensivo:

— Ah, imagino que vocês devem andar aborrecidos com os repórteres, não é.

— De fato estamos. Toda hora batem na porta, tocam a campainha, ficam fazendo um monte de perguntas idiotas.

— É bem chato, eu sei — disse o inspetor. — Eu bem gostaria de lhe poupar disso, mrs. Lawton. Eu sou o inspetor-chefe Hardcastle, e estou encarregado do caso sobre o qual os repórteres andam aborrecendo a senhora. Nós daríamos um fim nisso se pudéssemos, sabe, mas não podemos fazer nada. A imprensa tem direitos.

— É uma pouca vergonha ficar aborrecendo as pessoas desse jeito — disse mrs. Lawton —, dizendo que precisam informar o público. A única coisa que eu sei sobre as notícias que eles publicam é que tudo não passa de um monte de mentiras da primeira à última página. Até onde eu sei, eles inventam *qualquer coisa*. Mas pode entrar.

Ela recuou, o inspetor passou pelo batente e ela fechou a porta. Havia algumas cartas caídas sobre o capacho. Mrs. Lawton se abaixou para pegá-las, mas o inspetor se adiantou com um gesto polido. Os olhos de Hardcastle passaram pelo sobrescrito por um breve instante quando ele as entregou, com o endereço para cima.

— Obrigada.

Ela as colocou na mesinha do saguão.

— Venha para a sala de estar, por favor. Mas entre aqui um segundo, eu vou ali e já volto. Acho que tem alguma coisa fervendo.

Ela se retirou rapidamente para a cozinha. O inspetor Hardcastle deu uma última olhada para as cartas na mesinha. Uma era endereçada a mrs. Lawton e as outras duas para miss R. S. Webb. Ele seguiu até a sala que a mulher indicara. Era uma sala pequena, desarrumada e mal mobiliada, mas aqui e acolá aparecia alguma mancha de cor viva, ou algum objeto incomum. Um belo pedaço de vidro veneziano, provavelmente caro, de forma abstrata e cores moldadas, além de duas almofadas de veludo em cores brilhantes e um grande pires de louça enfeitado de conchas exóticas. Hardcastle pensou que a tia ou a sobrinha tinham qualquer coisa de original na personalidade.

Mrs. Lawton retornou, um pouco mais sem fôlego que da vez anterior.

— Acho que está tudo certo agora — ela disse um tanto incerta.

O inspetor se desculpou novamente.

— Sinto muito se escolhi uma hora inconveniente — disse ele —, mas eu estava por perto e queria verificar um ponto ou dois sobre esse negócio em que sua sobrinha infelizmente se viu envolvida. Espero que ela já tenha se recuperado da experiência. Seria um choque enorme para qualquer moça.

— De fato. Sheila voltou num estado de dar pena. Mas hoje de manhã ela já estava bem e já voltou ao trabalho.

— Ah, sim, eu sei. Mas me disseram que ela tinha saído para prestar serviços a um cliente em algum lugar, e eu não queria interromper nada, então achei melhor vir aqui falar com ela em sua própria casa. Mas ela ainda não voltou, não é?

— Acho que ela deve voltar tarde hoje. Ela está trabalhando com um tal de professor Purdy, e pelo que Sheila diz, ele não se entende com os horários. Fica sempre dizendo "ah, isso aqui só vai levar dez minutos, então é melhor terminar logo", e aí quando vai ver já deu mais de meia hora. Ele é boa pessoa, se desculpa e tudo. Uma ou duas vezes ele pediu que ela ficasse para jantar e pareceu bem preocupado por ter retido Sheila bem mais tempo do que imaginava. Mas ainda assim é bem irritante. É alguma coisa que eu possa responder, inspetor? Caso Sheila demore muito.

— Bom, na verdade não — disse o inspetor sorrindo. — Claro que no outro dia nós só pegamos alguns poucos detalhes, e mesmo esses eu não sei se pegamos direitinho. — Ele fez como se verificasse o bloco de notas outra vez. — Vejamos... Miss Sheila Webb. Esse é o nome completo ou tem mais? Nós precisamos dessas informações certinhas, sabe, para os registros do inquérito.

— O inquérito é depois de amanhã, não é? Ela recebeu um aviso para comparecer.

— Sim, mas ela não precisa se preocupar. Ela só precisa relatar como encontrou o corpo.

— Vocês ainda não sabem quem era o homem?

— Não. Na verdade ainda é cedo demais para isso. Havia um cartão no bolso dele, e a princípio pensamos tratar-se de um corretor de seguros. Mas agora parece mais provável que tenha sido um cartão que ele recebeu de alguém. Talvez ele mesmo estivesse pensando em comprar um seguro.

— Ah, entendo — disse mrs. Lawton, parecendo vagamente interessada.

— Agora, vamos ver esses nomes direitinho. O nome que ela deu foi "miss Sheila Webb"... ou "miss Sheila R. Webb" Mas não consigo me lembrar do que significa a inicial. É "Rosalie"?

— Rosemary — disse mrs. Lawton. — Ela foi batizada como Rosemary Sheila, mas sempre achou "Rosemary" muito chamativo, então nós só a chamamos de Sheila.

— Entendo. — Não havia nada no tom de voz de Hardcastle para mostrar que ele estava satisfeito por um de seus palpites ter se mostrado correto. Ele notou outra coisa. O nome "Rosemary" não causara nenhuma inquietação em mrs. Lawton. Para ela, "Rosemary" era apenas um nome cristão comum que a sobrinha nunca usava.

— Agora está tudo certinho — disse o inspetor sorrindo. — Pelo que eu entendi sua sobrinha veio de Londres e tem trabalhado para o Escritório Cavendish pelos últimos dez meses mais ou menos. A senhora não lembra a data certa, lembra?

— Bom, na verdade. eu não saberia dizer. Foi em novembro, isso eu sei. Mais para o fim de novembro, acho.

— Perfeitamente. Mas não importa. Ela não morava com a senhora antes de começar a trabalhar no Escritório Cavendish?

— Não. Antes disso ela morava em Londres.

— A senhora tem o endereço de Londres dela?

— Bom, eu tenho aqui em algum lugar. — Mrs. Lawton olhou em redor com a expressão vaga dos desleixados contumazes. — Minha memória é tão fraca — disse ela. — Era alguma coisa tipo Allington Grove, acho. Pras bandas de Fulham. Ela dividia apartamento com outras duas moças. O aluguel em Londres anda os olhos da cara pras moças solteiras.

— A senhora lembra o nome da firma para a qual ela trabalhava lá?

— Ah, sim. Hopgood & Trent. Eram agentes imobiliários em Fulham Road.

— Obrigado. Bom, essa parte parece bem clara. Miss Webb é órfã, pelo que entendi. Não é?

— Sim — disse mrs. Lawton. Ela se mexeu inquieta. Seus olhos foram na direção da porta. — O senhor se importa se eu der um pulo na cozinha?

— À vontade.

Ele abriu a porta para mrs. Lawton e ela saiu. Ele se perguntou se estaria certo ao pensar que a última questão parecera perturbar mrs. Lawton. As respostas dela tinham sido rápidas e certeiras até então. Ele ficou pensando naquilo até ela retornar.

— Desculpe mesmo — disse ela —, mas o senhor sabe como são essas coisas de cozinha. Agora tudo está bem. Há mais alguma coisa que o senhor deseje perguntar? Ah, aliás eu me lembrei, não era Allington Grove, era Carrington Grove, e o nº era 17.

— Obrigado — disse o inspetor. — Creio que eu tinha perguntado à senhora se miss Webb é órfã.

— Sim, ela é órfã, os pais faleceram sim.

— Faz tempo?

— Morreram quando ela era criança.

Havia um tom sutil de desafio em sua voz.

— Ela era filha do seu irmão ou irmã?

— Minha irmã.

— Ah, sim. E qual era a profissão de mr. Webb?

Mrs. Lawton pausou um pouco antes de responder. Ela estava mordendo os lábios. Então ela disse:

— Eu não sei.

— A senhora não sabe?

— Quero dizer que não me lembro, já faz tanto tempo.

Hardcastle esperou, sabendo que ela continuaria. Ela continuou:

— Posso perguntar o que isso tem a ver com seu caso? Quer dizer, o que importa quem eram o pai e a mãe dela, e o que o pai fazia, de onde veio e tudo mais?

— Acho que no fim não importa mesmo, mrs. Lawton, não do seu ponto de vista, quer dizer. Mas sabe, as circunstâncias são bem incomuns.

— O que o senhor quer dizer com circunstâncias incomuns?

— Bom, nós temos razões para crer que miss Webb foi até essa casa ontem justamente porque alguém a requisitou especialmente, pelo nome, no Escritório Cavendish. Então parece que alguém arranjou de propósito para ela estar lá. Talvez alguém... com alguma rixa.

— Não acredito que alguém teria alguma coisa contra Sheila. Ela é uma menina adorável. Uma moça simpática e boa.

— Sim — disse Hardcastle, calmamente. — É o que eu teria pensado também.

— E eu não gosto de ouvir falarem o contrário — disse mrs. Lawton, com um tom beligerante.

— Sim, exato — Hardcastle continuava a sorrir, pondo panos quentes. — Mas a senhora precisa compreender, mrs. Lawton, que sua sobrinha foi feita de vítima deliberadamente. Como dizem nos filmes, alguém "armou pra ela". *Alguém* armou para que ela entrasse em uma casa onde havia um homem morto, e morto recentemente. Uma coisa muito cruel de se fazer.

— O senhor — o senhor quer dizer que alguém estava tentando fazer parecer que Sheila o matou? Ah, não, eu não acredito.

— É bem difícil de acreditar — concordou o inspetor — mas precisamos ter certeza e esclarecer a questão. Pode ter sido, por exemplo, um rapaz, alguém que tivesse se apaixonado por sua sobrinha e que ela tenha rejeitado. Às vezes rapazes rejeitados fazem coisas crueis e vingativas, especialmente se forem desequilibrados.

— Eu não acho que tenha sido nada do tipo — disse mrs. Lawton, franzindo os olhos e a testa, pensativa. — Sheila namorou alguns rapazes, mas nada tão sério. Nada que tenha durado, nada assim.

— Pode ter sido enquanto ela estava em Londres? — sugeriu o inspetor. — Afinal, acho que a senhora não deve saber muito sobre os amigos que ela tinha lá.

— Não, não... talvez não. Bom. o senhor terá que perguntar isso pra ela, inspetor Hardcastle. Mas eu nunca soube de nenhum problema desse tipo.

— Ou pode ter sido outra moça — sugeriu Hardcastle. — Quem sabe uma das moças com quem ela dividia apartamento tenha ficado com ciúmes dela?

— Talvez — disse mrs. Lawton indecisa — alguma moça tenha querido fazer mal a ela. Mas nada envolvendo assassinato, tenho certeza.

Era uma observação astuta e Hardcastle notou que mrs. Lawton estava longe de ser tola. Ele disse rapidamente:

— Eu sei que tudo isso parece improvável, mas a história toda é bem improvável.

— Deve ter sido algum louco.

— Mesmo se for, atrás da loucura sempre há uma ideia, sabe? Alguma coisa que causou tudo. E na verdade é por isso que eu estou perguntando sobre o pai e a mãe de Sheila. A senhora ficaria surpresa com quantas vezes os motivos têm raízes no passado. Já que o pai e a mãe de miss Webb morreram quando ela era pequena, ela não pode naturalmente me dizer nada sobre eles. É por isso que estou recorrendo à senhora.

— Sim, eu entendo, mas... bem...

Hardcastle notou que o tom de voz dela estava novamente inquieto e incerto.

— Eles morreram ao mesmo tempo, num acidente, algo assim?

— Não, não houve acidente.

— Ambos morreram de causas naturais?

— Eu... bom, sim, quer dizer... na verdade eu não sei.

— Eu acho que a senhora deve saber um pouco mais do que está me dizendo, mrs. Lawton. — Ele tentou um palpite. — Eles eram divorciados, talvez? Alguma coisa assim?

— Não, não eram divorciados.

— Ora, vamos, mrs. Lawton. A senhora sabe — tem que saber do que morreu sua irmã.

— Eu não vejo o que... quer dizer, eu não posso dizer — é muito difícil. Desencavar as coisas. É melhor deixar isso em paz. — Havia uma perplexidade desesperada em seu olhar.

Hardcastle olhou firme para ela. Então disse gentilmente:

— Talvez Sheila Webb seja... filha ilegítima?

Imediatamente o inspetor notou uma mistura de consternação e alívio no rosto dela.

— Ela não é *minha* filha — disse mrs. Lawton.

— É a filha ilegítima da sua irmã?

— Sim. Mas ela não sabe. Eu nunca disse. Eu só contei que os pais dela tinham morrido jovens. Então é por isso que... bom, o senhor entende...

— Ah, sim, eu entendo — disse o inspetor — e garanto à senhora que, a menos que surja alguma coisa nessa linha de investigação, não há necessidade de eu questionar miss Webb a respeito disso.

— Quer dizer que o senhor não precisa contar a ela?

— Não a menos que isso tenha alguma relevância para o caso, o que me parece bem improvável. Mas eu preciso saber tudo o que a senhora sabe, mrs. Lawton, e lhe garanto que o que a senhora me contar ficará estritamente entre nós.

— Não é uma história bonita, e pode acreditar que me perturbou bastante. Minha irmã sempre foi a mais inteligente da família. Ela era professora e estava bem encaminhada na vida. Bastante respeitada e tudo mais. Era a última pessoa que a gente imaginaria...

— Bom — disse o inspetor, com algum tato —, geralmente acontece assim mesmo. Ela conheceu esse homem, esse Webb...

— Eu nem soube qual era o nome dele. Nunca o vi. Mas ela veio e me contou o que tinha acontecido. Que estava esperando um filho e que o pai não podia ou não iria (eu nunca soube direito) casar com ela. Ela era ambiciosa e se aquilo viesse a público ela teria que parar de trabalhar. Então naturalmente eu... eu disse que a ajudaria.

— Onde está sua irmã agora, mrs. Lawton?

— Eu não faço ideia. Realmente não faço ideia. — Ela pareceu enfática.

— Mas está viva.

— Acho que sim.
— A senhora não manteve contato com ela?
— Foi ela quem quis dessa forma. Ela achou que seria melhor para a criança e pra ela que se separassem completamente. Então arranjamos a coisa desse jeito. Nós duas tínhamos algum dinheiro que nossa mãe tinha deixado pra nós. Ann entregou a parte dela para mim, para usar na criação de Sheila. Ela disse que ia continuar trabalhando, mas ia trocar de escola. Parece que ia fazer um intercâmbio com um professor no exterior. Austrália, ou algo assim. Isso é tudo o que eu sei, inspetor Hardcastle, e é tudo o que posso contar.

Ele olhou para mrs. Lawton, pensativo. Seria aquilo tudo o que ela sabia? Era difícil responder com certeza. Certamente era tudo o que ela tencionava contar. Podia bem ser tudo o que ela sabia. Embora a irmã não tivesse sido descrita em detalhes, Hardcastle ficou com a impressão de uma personalidade forte, zangada e amarga. O tipo de mulher que não toleraria ter a vida arruinada por um engano. De maneira fria e calculista ela providenciara a criação e presumível felicidade da filha. E depois disso, se afastara para começar a vida outra vez, sozinha.

Hardcastle achou concebível que ela se sentisse dessa forma a respeito da criança. Mas e quanto à irmã? Ele disse, em um tom calmo:

— Parece estranho que ela não tenha pelo menos mantido contato com a senhora por carta... que não tenha querido saber como ia a filha.

Mrs. Lawton sacudiu a cabeça.

— É porque o senhor não conheceu Ann. Ela sempre foi bem decidida no que fazia. E nós duas não éramos muito chegadas. Eu sou bem mais jovem que ela: doze anos. Como eu disse, nunca fomos muito chegadas.

— E o que o seu marido achou da adoção?

— Eu era viúva na época — disse mrs. Lawton. — Eu me casei cedo e meu marido morreu na guerra. Na época eu tinha uma confeitaria pequena.

— Onde? Aqui em Crowdean?

— Não. Estávamos vivendo em Lincolnshire na época. Uma vez eu vim para cá de férias e gostei tanto que vendi a confeitaria e vim morar aqui. Mais tarde, quando Sheila já estava na idade de ir pra escola, eu comecei a trabalhar na Roscoe & West, sabe, a confecção. É onde trabalho até hoje. São pessoas muito boas.

— Bom — disse Hardcastle, erguendo-se —, muito obrigado, mrs. Lawton, por sua franqueza.

— E o senhor não vai falar nada para Sheila...?

— Não a menos que seja necessário, e isso só aconteceria se alguma circunstância do passado tivesse alguma conexão com o assassinato no n° 19 de Wilbraham Crescent. E isso eu acho bem improvável. — Ele pegou a fotografia do bolso, que já mostrara tanto, e a mostrou ainda uma vez para a mrs. Lawton. — A senhora faz alguma ideia de quem seja esse homem?

— Já me mostraram essa foto.

Ela pegou a fotografia e a examinou com atenção.

— Não. Tenho certeza, certeza absoluta, de que nunca vi esse homem. Eu não acho que ele seja daqui, ou eu teria me lembrado de vê-lo. É claro que... — ela olhou mais de perto e fez uma pausa antes de acrescentar, um tanto inesperadamente: — Ele parece um bom homem. Um cavalheiro, eu diria, o senhor não acha?

Pela experiência do inspetor, aquele era um termo um tanto fora de moda, mas parecia natural na boca de mrs. Lawton. "Ela é do interior", ele pensou, "As pessoas lá ainda pensam desse jeito". Ele olhou para a fotografia e refletiu, com alguma surpresa, que de fato não pensara no homem morto daquela maneira. Teria ele sido um bom homem? Ele vinha presumindo justo o contrário.. Presumindo inconscientemente, talvez, ou influenciado pelo fato do homem carregar um cartão no bolso com um nome e um endereço ostensivamente falsos. Mas a explicação que ele dera a mrs. Lawton há poucos instantes no final talvez fosse a certa. Talvez o cartão fosse de algum falso corretor de seguros, que o tivesse dado ao morto. E aquilo, pensou ele, apreciando a ironia, tornaria tudo ainda mais difícil. Ele olhou outra vez para o relógio.

— Bom, não vou atrapalhar mais a senhora — disse ele —, já que sua sobrinha ainda não chegou...

Mrs. Lawton voltou-se para o relógio no lintel da lareira.

O inspetor pensou: "Só tem um relógio na sala, aleluia".

— É, ela está atrasada — observou mrs. Lawton. — Isso é um tanto inesperado. Que bom que Edna não esperou.

Vendo a expressão ligeiramente intrigada no rosto de Hardcastle, ela explicou.

— É uma das moças do escritório. Ela veio ver Sheila hoje mais cedo e ficou esperando algum tempo. Mas no fim ela disse que não podia esperar mais. Disse que tinha um encontro, e que o assunto podia ficar para amanhã ou algum outro dia.

O inspetor entendeu tudo. A moça por quem ele passara na rua! Ele agora sabia por que ela o fizera pensar em sapatos. É claro. Era a moça que o tinha recebido no Escritório Cavendish e que, quando ele saíra, estava segurando um sapato com o salto arrancado, se perguntando como faria para voltar pra casa daquele jeito. Uma moça de aparência comum, não exatamente atraente, que chupava uma bala enquanto falava. Ela o reconhecera ao vê-lo na rua, embora ele não a tivesse reconhecido. Ela também tinha hesitado, como se tivesse pensado em falar com ele. O inspetor se perguntou o que teria ela querido dizer. Talvez quisesse explicar por que estava visitando Sheila Webb, ou será que ela tinha pensado que ele esperava que ela dissesse alguma coisa? Ele perguntou:

— Ela é muito amiga da sua sobrinha?

— Bom, não especialmente. Quer dizer, elas trabalham no mesmo escritório e tudo mais, mas ela é uma moça meio tansa. Não é muito inteligente, e ela e Sheila não são amigas íntimas. Na verdade eu até me perguntei o motivo de ela querer tanto ver Sheila hoje à noite. Ela disse que era sobre algo que ela não conseguia entender, e que queria perguntar a Sheila.

— Ela não disse o que era?

— Não, disse que podia esperar e que não importava.

— Entendo. Bom, eu preciso ir.

— É estranho que Sheila não tenha telefonado. Ela geralmente avisa quando vai se atrasar, por que o professor às vezes a convida para jantar. Ah, bom, ela deve chegar a qualquer momento. Às vezes há engarrafamentos, e o Hotel Curlew fica longe da Esplanada. O senhor não quer deixar nada, nenhuma mensagem para Sheila?

— Acho que não.

Quando ele saiu, perguntou:

— Mais uma coisa: quem escolheu os nomes de sua sobrinha, Rosemary e Sheila? Sua irmã ou a senhora?

— Sheila era o nome da nossa mãe. Rosemary quem escolheu foi minha irmã. Um nome estranho pra se escolher. Chamativo. Mas minha irmã era discreta, e não era nem um pouco sentimental.

— Bom, boa noite, mrs. Lawton.

Enquanto o inspetor dobrava para o lado saindo do portão para a rua, ele pensou: "Rosemary."* "Hum..." *"Eis o alecrim, para lembrar".*** Lembrança romântica? Ou alguma coisa bem diferente?

---

* Alecrim. [N.T.]
** Ref. à fala de Ofélia em *Hamlet*, iv. 5. [N.T.]

13

A NARRATIVA DE COLIN LAMB

Eu segui por Charing Cross Road e entrei no labirinto de ruas que serpenteiam entre New Oxford Street e Covent Garden. Várias lojas oferecendo serviços e produtos inesperados se estabeleciam ali: sapatilhas de balé, antiquários, um hospital de bonecas, confeitarias de doces exóticos.

Eu resisti à atração do hospital de bonecas, com vitrines exibindo pares de olhos de vidro azuis e castanhos, e finalmente cheguei a meu objetivo. Era uma pequena livraria desmazelada em uma rua lateral não muito longe do Museu Britânico. Do lado de fora havia as estantes de livros costumeiras. Romances antigos, velhos livros-texto, livros avulsos de toda espécie etiquetados com *3d., 6d., 1s.**, e até algumas edições aristocráticas com quase todas as páginas, e às vezes até a encadernação intacta.

Eu me esgueirei pela entrada. Era preciso me esgueirar, pois os livros, empilhados em montes precários, a cada dia atrapalhavam mais a passagem de quem vinha da rua. Uma vez lá dentro, ficava óbvio que os livros eram donos da loja, e não o contrário. Eles se espalhavam desordenadamente por toda parte,

---

* 3 *pence*, 6 *pence*, 1 xelim. [N.T.]

dominando seu hábitat, acasalando e se multiplicando sem nenhuma influência disciplinadora que os mantivesse na linha. A distância entre as prateleiras era tão estreita que só era possível avançar com grande dificuldade. Havia torres de livros aboletados em todas as mesas e prateleiras. Em um banco no canto, cercado por livros, postava-se um senhor de idade usando chapéu *pork--pie*, com um grande rosto chato como o de um peixe empalhado. Ele tinha o ar de quem desistiu de tomar parte em uma luta desigual. Tentara dominar os livros, mas os livros é que obviamente o tinham dominado. Era como um rei Canuto do mundo dos livros, recuando ante a maré inexorável de livros. Se ele ordenasse que recuassem, seria com a certeza desesperançada de que eles não o obedeceriam. Era mr. Solomon, o proprietário da loja. Ele me reconheceu, seu olhar de peixe amaciou um pouco e ele acenou com a cabeça.

— Tem alguma coisa pra mim?

— O senhor tem que subir lá e ver, mr. Lamb. Ainda nisso de alga marinha?

— Isso mesmo.

— Bom, o senhor sabe onde é. Biologia marinha, fósseis, Antártida... segundo andar. Eu recebi um lote novo anteontem. Comecei a desempacotar tudo, mas ainda não consegui dar conta. Está em algum canto lá em cima.

Eu concordei com a cabeça e segui me esgueirando até uma escada pequena, instável e bem suja que levava ao segundo andar nos fundos da loja. No primeiro andar ficavam os livros sobre o Oriente, livros de arte, medicina e clássicos franceses. Nesse cômodo havia um canto bastante interessante, protegido por cortina e que, não sendo do conhecimento do público geral, era acessível a especialistas, onde ficavam livros considerados (com uma piscadela de olho e cutucada de cotovelo) "curiosos" ou "exóticos". Eu passei por eles e subi até o segundo andar.

Era onde volumes respeitáveis de arqueologia e história natural, entre outros, estavam inadequadamente separados por categoria. Eu fui manobrando entre estudantes, militares aposentados e padres idosos, dobrei em uma prateleira, passei por vários pacotes de livros abertos no chão e vi meu progresso barrado por um casal de estudantes esquecido de tudo em um abraço apertado. Eles estavam em meu caminho, balançando suavemente para frente e para trás. Eu disse:

— Com licença — empurrei-os firme para o lado, levantei uma cortina que escondia uma porta, que abri usando a chave que trazia no bolso. Passei pela porta e me vi em um vestíbulo incongruente com paredes bem pintadas recobertas de quadros mostrando gado de Highland e uma porta com uma aldrava bem polida. Eu bati discretamente e a porta foi aberta por uma senhora de idade com cabelos grisalhos, óculos de um tipo especialmente fora de moda, saia preta e um pulôver um tanto surpreendente de listras cor de hortelã.

— Ah, é você...? — disse ela, e essa foi toda a saudação que recebi. — Ele estava perguntando por você ontem. E não estava feliz. — Ela sacudiu a cabeça como uma governanta idosa faria com uma criança irritante. — É melhor você tentar melhorar — disse.

— Ah, vó, deixa disso.

— E não me chame de vó. Olhe o abuso, já falei.

— A culpa é sua. A senhora fala comigo como se eu fosse um garotinho.

— É para ver se você cresce. É melhor você ir lá de uma vez.

Ela apertou um botão da mesa, pegou o telefone e disse:

— É mr. Colin... sim, estou mandando entrar. — Ela desligou o aparelho e acenou para mim.

Eu passei pela porta no fim do cômodo e entrei em outra sala, tão sufocada de fumaça de charuto que era difícil enxergar qualquer coisa. Depois que minha vista parou de arder e clareou, eu contemplei as generosas proporções do meu chefe, sentado em uma velha poltrona puída; perto do braço da poltrona havia uma mesinha antiquada sobre dobradiças.

O coronel Beck tirou os óculos, empurrou a escrivaninha, sobre a qual repousava um livro grosso, e olhou decepcionado para mim.

— Então você veio finalmente — disse ele.
— Sim, senhor.
— Conseguiu alguma coisa?
— Não, senhor.
— Ah! Bem, assim não dá, entendeu, Colin? Não dá mesmo. Essa história de crescentes...
— Eu ainda acho...
— Sim, você ainda acha. Mas não podemos esperar pra sempre enquanto você fica achando.
— Admito que era só um palpite...
— Até aí tudo bem.

Ele era um homem contraditório.

— Meus melhores casos começaram com palpites. Mas esse seu palpite não parece estar certo. Já terminou de ver os bares?

— Sim, senhor. Como eu disse, eu comecei pesquisando crescentes. Casas construídas em crescentes, quer dizer.

— E isso inclui padarias? Eles têm *croissants* lá. Não vejo por que não. Essas padarias fazem um estardalhaço dizendo que têm *croissants* franceses, mas é tudo balela. Eles guardam tudo no freezer, como todo mundo faz hoje em dia. Por isso as coisas não têm gosto de nada hoje em dia.

Eu esperei para ver se o velho continuaria a esmiuçar o tópico. O declínio dos parâmetros no mundo moderno era um dos seus assuntos favoritos. Mas vendo que eu esperava que ele o fizesse, o coronel Beck se conteve.

— Mas então não deu em nada...?

— Quase. Eu ainda tenho algumas coisas para tentar.

— Você quer mais prazo, é isso?

— Sim, eu quero mais prazo. Mas não quero tentar outro local ainda. Houve uma coincidência e talvez — *talvez* — signifique alguma coisa.

— Deixe de lérias. Eu quero os fatos.

— É a investigação em Wilbraham Crescent.

— Mas não deu em nada! Não foi o que você disse?

— Não tenho tanta certeza.

— Seja mais claro, rapaz, seja mais claro.

— A coincidência é que um homem foi morto em Wilbraham Crescent.

— Quem foi morto?

— Ainda não se sabe. Ele tinha um cartão com nome e endereço, mas eram falsos.

— Hum. Sim. Interessante. Tem a ver com nosso caso...?

— Não vejo como, senhor, mas ainda assim...

— Eu sei, eu sei. Ainda assim... Bem, você veio aqui para quê? Veio pedir permissão para continuar bisbilhotando em Wilbraham Crescent, seja lá onde fique esse lugar com esse estrupício de nome?

— O lugar se chama Crowdean. A dez milhas de Portlebury.

— Sim, sim. Um lugar muito agradável. Mas para que você veio até aqui? Você geralmente não pede permissão, gosta de fazer as coisas do seu jeito, não é?

— É, senhor, acho que sim.

— Então do que se trata?

— São duas pessoas que eu preciso que sejam investigadas.

O coronel Beck deu um suspiro, puxou de volta a escrivaninha, pegou uma esferográfica do bolso, soprou nela e olhou para mim.

— E então?

— Uma casa chamada Diana Lodge. É o nº 20 de Wilbraham Crescent. Uma mulher chamada mrs. Hemming vive lá com uns dezoito gatos.

— Diana? Hum... Deusa da lua! Diana Lodge. O que ela faz, essa dona Hemming?

— Nada. Ela é obcecada por gatos.

— É um disfarce bom pra danar, isso sim — disse Beck, cooperativo. — Pode bem ser. Isso é tudo?

— Não. Tem também um homem chamado Ramsay. Vive no nº 62 de Wilbraham Crescent. Parece que é engenheiro de construções, seja lá o que isso for. E viaja muito para o exterior.

— Isso parece bem promissor. Estou gostando. Então você quer saber mais sobre ele, não é? Muito bem.

— Ele tem esposa. Uma boa esposa e dois filhos traquinas feito o cão.

— Bom, pode até ser. Já tivemos casos assim. Lembra-se de Pendleton? Tinha mulher e filhos. Boa esposa. A mulher mais burra que eu já vi. Não podia imaginar que o marido não era o respeitável comerciante de livros orientais que ela achava. Aliás, agora estou me lembrando que ele tinha uma esposa alemã também, e duas filhas. E tinha uma esposa na Suíça. Eu não sei qual a história das esposas — se eram um disfarce ou só safadeza mesmo. É claro que ele falou que eram disfarce. Bom, enfim, você quer informações sobre mr. Ramsay. O que mais?

— Não tenho certeza... Há um casal no nº 63. Professor aposentado. Chama-se McNaughton. Escocês, já idoso. Passa o tempo ocupado com jardinagem. Não há motivo para desconfiar dele e da esposa, mas...

— Tudo bem. Nós investigaremos. Vamos trabalhar neles direitinho pra ter certeza. Mas qual a história dessas pessoas mesmo?

— São as pessoas cujos jardins ficam perto ou colados ao jardim da casa onde o assassinato foi cometido.

— Parece texto de escola de idiomas: *"Onde está o cadáver do meu tio? No jardim da prima da minha tia"*. E o nº 19?

— Uma cega, ex-professora, mora lá. Ela trabalha em um instituto para cegos e já foi bem investigada pela polícia local.

— Mora sozinha?

— Sim.

— E o que você acha dessas outras pessoas?

— O que eu acho é que se um assassinato foi cometido por alguma delas em alguma dessas casas que eu mencionei, então seria perfeitamente fácil, embora arriscado, levar o cadáver para o nº 19 em algum momento conveniente. Mas é só uma possibilidade. E tem algo que eu quero mostrar ao senhor *Isto*.

Beck pegou a moeda suja de terra que eu mostrei.

— Um *Haller* tcheco? Onde você encontrou?

— Não fui eu. Mas estava no quintal do n º 19.

— Interessante. No final talvez você tenha encontrado alguma coisa com essa sua fixação em luas e crescentes.

Ele acrescentou pensativo:

— Há um bar chamado "À Lua Que Sobe" na rua atrás dessa. Por que não vai até lá tentar a sorte?

— Eu já fui.

— Você sempre tem uma resposta, não é? Quer um charuto?

Sacudi a cabeça.

— Obrigado. Não tenho tempo.

— Vai voltar a Crowdean?

— Sim. Vou comparecer ao inquérito.

— Só vai ser adiado. Tenho certeza de que você está atrás de alguma moça de Crowdean.

— Claro que não — respondi, abruptamente.

Inesperadamente, o coronel começou a dar risadinhas.

— Olhe onde pisa, rapaz! Sempre aparece sexo na história. Há quanto tempo você a conhece?

— Não tem ninguém... quer dizer — bom, *tem* essa moça que achou o corpo.

— O que ela fez quando achou o corpo?

— Gritou.

— Bastante adequado — disse o coronel. — Ela correu até você, chorou no seu ombro e contou tudo. Não foi?

— Não sei do que o senhor está falando — repliquei friamente. — Veja isso.

Eu mostrei algumas das fotografias tiradas pela polícia.

— Quem é?

— O morto.

— Dez pra um que essa moça por quem você está enrabichado o matou. Essa história toda parece bem suspeita pra mim.

— O senhor nem a ouviu ainda. Eu não contei nada.

— Nem preciso ouvir. — O coronel Beck acenou com o charuto. — Pode ir para o seu inquérito, rapaz, e fique de olho nessa moça. O nome dela é Diana, Ártemis, ou qualquer coisa de crescente ou lunar?

— Não, não é.

— De qualquer maneira, é bom ficar atento!

14

A NARRATIVA DE COLIN LAMB

Já fazia bastante tempo desde que eu visitara Whitehaven Mansions. Há alguns anos o lugar fora um impressionante prédio com apartamentos modernos. Agora havia muitos outros blocos de prédios flanqueando-o, ainda mais modernos e impressionantes. Eu notei que o interior do lugar tinha sido renovado, pintado em tons pálidos de verde e amarelo.

Eu tomei o elevador e apertei a campainha do nº 203. A porta foi aberta pelo impecável mordomo George. Um sorriso de boas-vindas se espraiou em seu rosto.

— Mr. Colin! Há quanto tempo não o vemos por aqui!
— É, eu sei. Como vai você, George?
— Muito bem de saúde, obrigado, senhor.

Eu baixei o tom de voz.

— E como ele está?

George baixou a voz, embora fosse desnecessário, considerando o quão baixo ele falava desde o início da conversa.

— Eu acho, senhor, que às vezes ele fica um pouco deprimido.

Eu acenei, compassivo.

— Se o senhor quiser me acompanhar, por favor... — disse George, e tomou meu chapéu.

— Pode me anunciar como mr. Colin Lamb, por favor.

— Muito bem, senhor. — Ele abriu a porta e falou em uma voz limpa e clara. — Mr. Colin Lamb deseja vê-lo, senhor.

Ele recuou para que eu passasse e eu entrei na sala.

Meu amigo Hercule Poirot estava sentado na poltrona costumeira em frente à lareira. Eu notei que uma barra da lareira elétrica retangular brilhava, rubra. Era o começo de setembro, a temperatura era amena, mas Poirot era um dos primeiros a reconhecer o frio do outono e a se precaver contra ele. De cada lado dele, no chão, havia uma pilha de livros. Mais livros amontoavam-se na mesa ao seu lado esquerdo. Em sua mão direita ele segurava uma xícara de onde subia vapor. Suspeitei que era uma tisana. Ele gostava de tisanas e frequentemente tentava me fazer beber um pouco. O gosto era nauseante, e o cheiro, pungente.

— Não se levante — eu disse, mas Poirot já tinha se erguido. Ele veio em minha direção pisando leve em sapatos de couro polido e com os braços abertos.

— A-ha! Então é *você*, é *você*, meu caro amigo! Meu jovem amigo Colin. Mas e por que você usa o sobrenome Lamb? Deixe-me ver. Existe um provérbio, um ditado, não é? Alguma coisa sobre contar carneiros.* Não, espere. Isso se diz quando não conseguimos dormir. Não é o caso aqui. A-ha, já sei. Você é um lobo em pele de cordeiro, é isso?

— Passou longe. Eu simplesmente achei que em meu ramo de trabalho, usar meu nome verdadeiro não seria uma boa ideia, porque faz pensar imediatamente em meu pai. Daí o Lamb. É

---

* Lamb, carneiro ou cordeiro. [N.T.]

curto, simples, fácil de lembrar. Gosto de pensar que faz jus à minha personalidade.

— Disso eu já não tenho certeza — disse Poirot. — E meu bom amigo, seu pai, como vai?

— O velho vai bem. Anda sempre ocupado com as malvas-rosas, ou crisântemos, sei lá. As estações passam rápido e eu nunca sei com o que ele anda mexendo.

— Então ele se mantém ocupado com a jardinagem?

— Parece que todo mundo acaba assim.

— Não eu. Uma época cheguei a mexer com abobrinhas, mas foi só uma vez. Se são flores que você quer, por que não ir ao florista? Eu pensei que meu caro superintendente ia escrever suas memórias...

— Ele começou, mas viu que teria que deixar tanta coisa de fora que o que restasse seria tão entediante que nem valeria a pena escrever.

— É necessário ter discrição, é verdade. Uma pena, porque o seu pai tem muitas coisas interessantes pra contar. Eu o admiro muito. Sempre admirei. Sabe, os métodos dele sempre me pareceram muito interessantes. Ele era tão direto. Ele usava o óbvio como nenhum outro homem jamais usou. Preparava a armadilha, armadilha óbvia, e as presas pensavam: "Ah, isso é muito óbvio. Não deve ser isso", e acabavam caindo!

Eu ri.

— Bom, hoje em dia está fora de moda os filhos admirarem os pais. A maioria parece ter um prazer venenoso em listar na ponta do lápis tudo de ruim de que conseguem se lembrar. Mas eu mesmo tenho um enorme respeito pelo velho. Espero ser tão bom quanto ele foi. Claro, eu não estou na mesma linha de trabalho.

— Mas parecida — disse Poirot. — Bem parecida, embora você precise trabalhar por baixo dos panos, ao contrário dele. — Poirot tossiu delicadamente. — Creio que devo parabenizá-lo pelo seu recente e espetacular sucesso. Não é verdade? O *affaire Larkin*.

— Ah, quanto a isso, não foi nada mau. Mas ficaram faltando algumas coisas para encerrar o caso do jeito certo. Enfim, não foi para falar disso que eu vim.

— Claro que não, claro que não.

Poirot acenou para uma cadeira e me ofereceu a tisana, que eu imediatamente recusei.

George entrou no momento apropriado com um decantador de uísque, um copo e um sifão, que ele pôs na mesa, perto de mim.

— E com o que você tem se ocupado por esses dias? — perguntei.

Olhando para os vários livros espalhados pela sala, eu disse:

— Parece que você anda conduzindo uma pesquisa...?

Poirot suspirou.

— Se é que posso chamar assim. Sim, talvez de certa forma seja verdade. Ultimamente venho sentindo bastante falta de um problema. Eu digo para mim mesmo que não importa qual tipo de problema. Pode ser como no caso do bom Sherlock Holmes, a profundidade em que a salsinha afundou na manteiga.* Tudo o que importa é que eu *preciso* de um problema. Não são os músculos que eu preciso exercitar, sabe, são as células cerebrais.

---

* Referência à história "Os seis Napoleões", em que Sherlock Holmes menciona que um de seus casos mais clássicos começou com uma observação aparentemente banal e inconsequente. [N.T.]

— Então seu problema é ficar em forma, entendo.

— Exatamente. — Ele suspirou. — Mas problemas, *mon cher*, não são tão fáceis de encontrar. É verdade que apareceu um quinta-feira passada. A presença inusitada de três pedaços de casca de laranja seca em minha estante de guarda-chuva. Como foram parar lá? Como *puderam* ter ido parar lá? Eu não como laranja. George jamais colocaria pedaços de casca de laranja velha na estante de guarda-chuva. Nem parece provável que uma visita traria consigo três pedaços de casca de laranja. Sim, foi um belo problema.

— E você o solucionou?

— Eu o solucionei.

Ele falou mais com melancolia que orgulho.

— No final, não foi nada interessante. Uma questão de *remplacement** da faxineira de costume. A nova faxineira trouxe o filho consigo — desobedecendo ordens expressas. Embora não pareça muito interessante, foi necessário um persistente desmascaramento de mentiras, subterfúgios, aquilo tudo de costume. Admito que foi satisfatório, mas não foi nada importante.

— Que decepção.

— *Enfin* — disse Poirot — Eu sou modesto. Mas me deprime usar uma espada para cortar os cordões de um pacote.

Eu sacudi a cabeça, solene. Poirot continuou:

— Eu tenho me ocupado ultimamente em ler sobre vários mistérios não solucionados da vida real. E aplico minhas próprias soluções a eles.

---

* Substituição. Do francês, no original. [N.T.]

— Você quer dizer como o caso Bravo,* Adelaide Bartlett** e coisas assim?

— Exatamente. Mas de certa forma, é fácil demais. Não tenho dúvidas quanto à identidade do assassino de Charles Bravo. Sua companheira pode estar envolvida, mas ela certamente não foi o pivô do crime. Há também o caso daquela pobre adolescente, Constance Kent.*** O motivo real de ela ter estrangulado o irmão menor — que ela sem dúvida amava — sempre foi um enigma. Mas não para mim. Ficou claro assim que li sobre o caso. Quanto a Lizzie Borden,**** minha vontade era apenas fazer algumas poucas perguntas a algumas das pessoas envolvidas. Em meu íntimo, tenho quase certeza de que sei quais seriam as respostas. Mas, infelizmente, todos já morreram.

Como de outras vezes, pensei comigo mesmo que modéstia não era o forte de Hercule Poirot.

— E o que eu fiz em seguida? — continuou Poirot.

Eu imaginei que ele não tinha com quem conversar há algum tempo, e que estava gostando de ouvir o som da própria voz.

---

* Charles Bravo (1845-1876). Advogado inglês, envenenado e morto em 1876. O caso jamais foi solucionado. [N.T.]
** Referência ao caso que ficou conhecido como "Mistério de Pimlico", em que Adelaide Bartlett foi julgada (e posteriormente absolvida) pela morte do marido, encontrado com uma dose fatal de clorofórmio no estômago. [N.T.]
*** Constance Emily Kent (1844-1944), confessou ter matado o próprio irmão, de três anos de idade. O caso deixou a sociedade da época em polvorosa. [N.T.]
**** A americana Lizzie Andrew Borden (1860-1927) foi julgada e absolvida pelo assassinato, a machadadas, do pai e da madrasta. [N.T.]

— Da vida real eu fui para a ficção. Você vê, tenho vários exemplos de ficção policial à esquerda e à direita. Venho trabalhando de trás para frente. Aqui — ele pegou o volume que tinha deixado sobre o braço da cadeira quando eu entrei —, aqui, meu caro Colin, está O *Caso Leavenworth*. — Ele me entregou o livro.

— É, esse é bem velho mesmo. Acho que meu pai mencionou que leu quando era garoto. Creio que eu mesmo já o li uma vez. Deve parecer bem antiquado hoje em dia.

— É admirável — disse Poirot. — Dá para saborear a atmosfera do período, o melodrama estudado, deliberado. As descrições ricas e detalhadas da beleza dourada de Eleanor, a beleza pálida de luar de Mary!

— Acho que vou ler de novo. Eu não lembrava das partes sobre as moças bonitas.

— E há também a empregada, Hannah, tão verdadeira, e o assassino... um excelente estudo psicológico.

Eu percebi que havia entrado em uma palestra e me ajeitei na cadeira para escutar.

— Então temos as *Aventuras de Arsène Lupin* — continuou Poirot. — Tão fantástico e irreal. Mas que vitalidade há nelas, que vigor, que vida! São ridículos, mas têm estilo. E humor, também.

Ele largou as *Aventuras de Arsène Lupin* e pegou outro livro.

— E aqui temos *O Mistério da sala amarela*. Esse — ah! —, esse é realmente um *clássico!* Eu gosto dele do princípio ao fim. Uma abordagem tão lógica! Houve algumas críticas a respeito dele, eu me lembro, dizendo que era um livro trapaceiro. Mas não é, meu caro Colin. Não, não. Chega bem perto disso, mas não é. Há uma coisinha de nada de diferença. Por todo o livro o que há é a verdade, escondida em um palavreado deliberado e astuto. Tudo deve estar claro quando chega o momento em que os homens se encontram na junção dos três corredores. — Poirot depôs o livro com reverência. — É definitivamente uma obra-prima e, pelo que sei, está completamente esquecido.

Poirot pulou uns vinte anos e chegou às obras de autores mais recentes.

— Eu também li algumas das primeiras obras da senhora Ariadne Oliver. Ela é uma amiga minha, e sua também, creio. Eu não aprovo totalmente seus livros, sabe. Os incidentes neles são muito improváveis. Ela abusa do longo braço da coincidência. E, sendo jovem na época, ela cometeu o erro de criar um detetive finlandês, e fica claro que ela não sabe nada sobre finlandeses ou sobre a Finlândia além talvez das obras de Sibelius. Mas ainda assim ela tem uma mente original, faz deduções astutas ocasionalmente, e nos últimos anos vem aprendendo bastante sobre muitas coisas. Procedimento policial, por exemplo. E ela também já anda mais confiável na questão de armas de fogo. E algo de que ela precisava ainda mais — creio que ela obteve os serviços de um advogado ou amigo promotor, que esclareceu para ela algumas questões jurídicas.

Ele deixou miss Ariadne Oliver de lado e pegou outro livro.

— Agora temos mr. Cyril Quain. Ah, ele é o mestre do álibi, mr. Quain.

— Pelo que eu me lembro ele é um escritor chato pra cacete.

— É verdade — disse Poirot — que nada de particularmente empolgante acontece em seus livros. Há um cadáver, é claro. Às vezes, mais de um. Mas o ponto central é sempre o álibi, os horários do trem, o itinerário dos ônibus, a disposição das estradas interestaduais. Eu confesso que aprecio esse uso complexo e elaborado do álibi. Eu gosto de tentar antecipar mr. Cyril Quain.

— E suponho que você sempre consiga.

Poirot foi honesto.

— Nem sempre. Não, nem sempre. Claro que, depois de algum tempo, notamos que os livros dele são todos iguais. Os álibis são parecidos todas as vezes, mesmo não sendo os mesmos. Sabe, *mon cher* Colin, eu imagino esse Cyril Quain sentado em seu escritório, fumando o cachimbo como ele sempre aparece nas fotografias, sentado ali com os guias ferroviários A.B.C e Bradshaw, brochuras de companhias aéreas, horários de todo tipo, até as rotas dos transoceânicos. Diga o que quiser, Colin, há ordem e método em Cyril Quain.

Ele pegou outro livro.

— Agora temos mr. Garry Gregson, um escritor prodigioso de *thrillers*. Creio que ele escreveu pelo menos sessenta e quatro. Ele é quase o oposto exato de mr. Quain. Nos livros de mr. Quain, quase nada acontece. Nos livros de Garry Gregson, acontecem coisas demais. Acontecem de forma implausível e numa confusão danada. Todos são muito exóticos. Melodrama mesmo, a valer. Derramamento de sangue, cadáveres, pistas, emoção em cima de emoção. Tudo sórdido e pouco parecido com a vida. Ele não é bem, como se diz, a "minha praia". De fato, ele não é uma praia em circunstância alguma. Parece mais um pântano, cheio de criaturas obscuras e suspeitas sob as águas turvas.

Poirot fez uma pausa, suspirou e continuou a palestra:

— Então agora nos voltemos para a América. — Ele pegou um livro da pilha esquerda. — Florence Elks. Nela há ordem e método, incidentes interessantes, sim, mas tudo com um propósito. Alegre e vivo. Ela tem inteligência e humor, essa moça, embora talvez, como tantos autores americanos, pareça ser um tanto obcecada por bebidas. Como você sabe, *mon ami*, eu sou um conhecedor de vinhos. Um clarete ou *bourgogne* aparecendo em uma história, com data e safra autênticas, eu sempre acho agradável. Mas a quantidade exata de *bourbon* ou uísque consumida pelo detetive página sim, página não, não me parece nada interessante nesses *thrillers* americanos. Se ele bebe uma dose ou uma dose e meia da garrafa que mantém na gaveta de camisas, ora, isso não me parece afetar a ação da história de maneira alguma. Esse tema da bebida nos livros americanos é como a cabeça do rei Charles para o pobre mr. Dick quando este tentou escrever suas memórias:* impossível evitar.

— E quanto aos barra-pesada?

Poirot fez um gesto, como se a escola barra-pesada fosse um mosquito intrujão que ele espantasse.

— Violência gratuita? E desde quando isso é interessante? Eu vi bastante violência em meus dias de policial. Bah, é melhor ler logo um livro-texto médico. *Tout de même*, no geral eu dou à ficção policial americana uma posição bem alta. Creio que é mais engenhosa, mais imaginativa que a ficção inglesa. É menos atmosférica e saturada de atmosfera que a maioria dos escritores franceses. Agora, considere Louisa O'Malley, por exemplo.

Poirot pescou outro livro.

— Que modelo de boa escrita acadêmica ela é, e no entanto quanta emoção, quanta apreensão crescente ela provoca em seus leitores. As mansões *brownstone* de Nova Iorque. *Enfin*, o que

---

* Referência ao romance *David Copperfield*, de Charles Dickens. [N.T.]

é uma mansão *brownstone*? Eu nunca soube. Os apartamentos exclusivos, o esnobismo sentido, e bem lá no fundo torrentes insuspeitas de crime fluem por leitos desconhecidos. *Poderia* acontecer daquele jeito, e *acontece*. Ela é muito boa, essa Louisa O'Malley, ela é realmente muito boa.

Ele suspirou, se recostou, sacudiu a cabeça e bebeu o resto da tisana.

— E depois... os velhos favoritos.

Outra vez ele buscou um livro.

— *As aventuras de Sherlock Holmes* — mururou ele, com amor, e chegou a proferir a palavra reverente: — *Maître!*

— Sherlock Holmes?

— Ah, *non, non*, não Sherlock Holmes! Falo do autor, Sir Arthur Conan Doyle, esse eu saúdo. Essas histórias de Sherlock Homes na verdade são exageradas, cheias de falácias, e construídas de forma bem artificial. Mas a arte da escrita... ah, completamente diferente. O prazer da linguagem, acima de tudo a criação desse personagem magnífico, o dr. Watson. Ah, isso de fato é um triunfo.

Ele suspirou, sacudiu a cabeça e murmurou, obviamente seguindo uma associação de ideias:

— *Ce cher* Hastings. Meu amigo Hastings, de quem você frequentemente me ouviu falar. Já faz muito tempo desde que eu soube dele. Que absurdo ir se enfiar na América do Sul, onde sempre há revoluções.

— Isso não acontece só na América do Sul — observei. — Hoje em dia há revoluções no mundo todo.

— Não vamos falar sobre a Bomba — disse Hercule Poirot. — Se tiver que ser, será, mas não vamos falar disso.

— Na verdade eu vim para falar de coisa bem diferente.

— Ah! Você vai se casar, não é? Fico muito feliz, *mon cher*, muito feliz!

— Poirot, o que diabos lhe deu essa ideia? Não é nada disso.

— Ora, isso acontece, acontece todos os dias.

— Talvez — respondi com firmeza —, mas não comigo. Eu vim contar que topei com um problema bem interessante sobre um assassinato.

— É mesmo? Um problema interessante sobre um assassinato? E você o trouxe até *mim*. Por quê?

— Bem... — Fiquei um pouco envergonhado. — Eu... achei que você ia gostar.

Poirot olhou para mim, pensativo. Ele cofiou o bigode carinhosamente e então falou.

— O dono geralmente é bom para seu cão. Ele sai, arremessa uma bola para o cão. No entanto, o cão também pode ser bom para o dono. O cão mata um coelho ou um rato e o traz para junto dos pés do dono. E o que ele faz depois? Ele abana o rabinho.

Eu ri sem querer.

— Eu estou abanando o rabinho?

— Acho que está, meu amigo. Sim, acho que está.

— Pois muito bem. E o que o dono diz? Ele quer ver o rato que o cãozinho trouxe? Ele quer saber tudo sobre o rato?

— É claro. Naturalmente. É um crime que você acha que pode me interessar. Não é?

— O que há é que esse caso não faz sentido algum.

— Impossível. Tudo faz sentido. Tudo.

— Bem, então tente você entender isso. *Eu* não consigo. Mas o caso não é meu, de qualquer forma. Eu só calhei de estar passando, por assim dizer. E claro que a coisa sempre pode acabar se revelando bem simples, quando identificarmos o morto.

— Você fala sem método ou ordem — disse Poirot, severo. — Peço a você que me conte os fatos. Você diz que foi um assassinato, sim?

— Ah, é assassinato sim — garanti. — Bom, vamos lá.

Eu descrevi em detalhes os incidentes que tinham ocorrido no nº 19 de Wilbraham Crescent. Hercule Poirot se reclinou na cadeira. Ele fechou os olhos e bateu delicadamente com o dedo no braço da cadeira enquanto me escutava Quando finalmente parei, ele não falou por algum tempo. Então ele perguntou, sem abrir os olhos.

— *Sans blague?**

— Absolutamente.

— *Epatant*** — disse Hercule Poirot. Ele saboreou a palavra na ponta da língua e repetiu, sílaba por sílaba: — *E — pa — tant*. — Depois ele continuou a bater com o dedo no braço da cadeira e acenou levemente com a cabeça.

— Bem — disse eu, impaciente depois de esperar mais um pouco —, o que você tem a dizer?

— Mas o que você quer que eu diga?

— Eu quero que você me dê a solução. Eu sempre ouvi de você que é perfeitamente possível ficar repousando na cadeira, só pensando no problema, e achar a resposta. Que é desnecessário sair por aí questionando as pessoas e procurando pistas.

— Foi o que eu sempre afirmei.

---

* Do francês, no original: "Falando sério?". [N.T.]
** Do francês, no original: "Espantoso". [N.T.]

— Bem, agora eu quero ver. Eu lhe dei os fatos, agora quero uma resposta.

— Assim tão fácil? Mas há muito mais para saber, *mon ami*. Só estamos no *começo* dos fatos. Não é?

— Bom, eu ainda quero que você diga *alguma* coisa.

— Entendo. — Ele refletiu por um instante. — Uma coisa é certa. Deve ser um crime bem simples.

— Simples? — perguntei, um tanto atônito.

— Naturalmente.

— Por que simples?

— Porque parece complexo. Se tem que parecer complexo, então *deve* ser simples. Você entende?

— Não sei dizer com certeza.

— Curioso, o que você me contou... eu acho... sim, acho que há algo familiar nisso tudo. Agora, onde foi que... quando foi que... eu topei com alguma coisa... — ele fez uma pausa.

— Sua memória deve ser uma vasta coleção de crimes. Mas você não pode se lembrar de todos, não é?

— Infelizmente não, mas às vezes essas lembranças são úteis. Lembro-me de um sujeito que trabalhava em uma fábrica de sabão em Liège. Envenenou a esposa para se casar com uma estenógrafa loira. O crime criou um padrão. Mais tarde, bem mais tarde, o padrão reapareceu. Eu o reconheci. Era um caso sobre o rapto de um pequinês, mas o *padrão* era o mesmo. Eu procurei o equivalente da estenógrafa loira e do moço da fábrica de sabão, e *voilà*! São coisas assim. E aqui outra vez eu senti um reconhecimento nisso que você me contou.

— Os relógios? — sugeriu com alguma esperança. — Corretores de seguro falsos?

— Não, não — Poirot sacudiu a cabeça.
— Cegas?
— Não, não, não. Não me confunda.
— Estou decepcionado com você, Poirot. Eu achava que você me daria a resposta no ato.
— Mas, meu amigo, até o momento você só me mostrou um *padrão*. Há muito mais para se descobrir. Esse homem com certeza será identificado. Para esse tipo de coisa a polícia é excelente. Eles têm os registros criminais, podem publicar a fotografia do homem, têm acesso a listas de pessoas desaparecidas, realizam exame científico nas roupas do morto, e assim por diante. Ah, sim, eles têm centenas de métodos e procedimentos para escolher. Sem dúvida esse homem será identificado.
— Então não há nada a fazer no momento. É o que você acha?
— Sempre há algo a fazer — disse Hercule Poirot, severo.
— Como?
Ele abanou um dedo enfático em minha direção.
— Fale com os vizinhos.
— Eu já fiz isso. Eu fui com Hardcastle quando ele os interrogou. Eles não sabem de nada útil.
—Ah, *tatata*, isso é o que *você* pensa. Mas eu garanto, não é o caso. Você vai até eles, você pergunta: "Você viu algo suspeito?" e eles dizem não, e você pensa que isso é tudo. Mas não é isso que quero dizer quando digo para você falar com os vizinhos. Eu quero dizer que você deve *conversar* com eles. Deixe que eles *conversem* com você. E na conversa com eles sempre, em algum lugar, você vai encontrar uma pista. Eles podem estar falando dos jardins ou dos bichos de estimação ou do cabeleireiro ou da mo-

OS RELÓGIOS 169

dista ou dos amigos ou da comida de que gostam. Sempre haverá uma palavra que ilumina o resto. Você diz que não houve nada nas conversas que se provasse útil. Eu digo que é impossível. Se você pudesse repeti-las para mim palavra por palavra...

— Bom, isso eu posso fazer. Eu anotei o que estava sendo dito; estava servindo de oficial assistente. Eu pedi que transcrevessem e datilografassem e trouxe comigo. Aqui estão.

— Ah, mas que rapaz inteligente, que rapaz capaz! Você agiu perfeitamente bem. Perfeitamente. *Je vous remercie infiniment**.

Eu me senti um pouco sem jeito.

— Você tem mais alguma sugestão?

— Sim, eu sempre tenho sugestões. Há uma moça. Você pode falar com essa moça. Vá e fale com ela. Vocês já são amigos, não? Você não a estreitou nos braços quando ela fugiu aterrorizada da casa?

— Ficar lendo Garry Gregson afetou você. Você pegou o estilo melodramático.

— Talvez você esteja certo — admitiu Poirot. — Nós nos infectamos, é verdade, pelo estilo de uma obra que lemos.

— Quanto à moça... — eu disse, e fiz uma pausa.

Poirot olhou para mim inquisitivamente.

— Sim?

— Eu prefiro não... eu não quero...

— Ah, então é isso. Lá no fundo você pensa que ela está envolvida de alguma forma nesse caso.

— Não, não penso. Foi por puro acaso que ela apareceu lá.

— Não, não, *mon ami*, não foi puro acaso. Você sabe disso

---

* "Agradeço muitíssimo."

muito bem. Você mesmo disse. Ela foi requisitada por telefone. Especialmente requisitada.

— Mas ela não sabe por quê.

— Você não pode saber com certeza se ela sabe ou não. Provavelmente ela *sabe* por que e está escondendo o fato.

— Eu acho que não — eu disse, obstinado.

— É até possível que você descubra o porquê ao falar com ela, mesmo que ela própria não perceba a verdade.

— Eu não sei como... quer dizer, eu nem a conheço direito.

Hercule Poirot fechou os olhos outra vez.

— Existe um período no decurso da atração entre duas pessoas de sexos opostos quando essa declaração é necessariamente verdadeira. Ela é uma moça atraente, suponho...

— Bom... sim. Bem atraente.

— Você vai falar com ela — ordenou Poirot —, já que vocês já são amigos, e você vai voltar e conversar com a mulher cega, usando alguma desculpa. E você vai conversar *com ela*. E você irá ao escritório de datilografia — finja que tem algum documento para ser datilografado. Talvez você consiga fazer amizade com alguma das outras moças que trabalham lá. Você vai falar com todas essas pessoas e então virá me ver outra vez e me contar tudo o que elas disserem.

— Tenha dó!

— Nem um pouco. Ora, você vai gostar.

— Você parece não perceber que eu tenho meu próprio trabalho a conduzir.

— Você trabalhará melhor depois de ter relaxado um pouco — garantiu-me Poirot.

Eu me levantei e ri.

— Bom, você é o médico! Mais alguma gota de sabedoria? E quanto a essa história esquisita dos relógios?

Poirot se reclinou na cadeira outra vez e fechou os olhos.

As palavras que ele pronunciou foram inesperadas.

"Disse a Morsa: chegou a hora
De darmos nossa opinião.
Sobre sapatos, navios, cera de sinete,
Sobre repolhos e os reis da nação.
Sobre por que o mar ferve tão quente
E se porcos têm asas ou não."

Ele abriu os olhos outra vez e acenou com a cabeça.

— Entendeu?

— Uma citação de "A Morsa e o Carpinteiro". *Alice Através do Espelho.*

— Exato. No momento isso é o melhor que posso fazer por você, *mon cher*. Reflita bastante.

15

O público geral compareceu em peso ao inquérito. Empolgada pelo assassinato, a cidade de Crowdean apareceu, ávida por revelações sensacionais. No entanto, os procedimentos foram áridos como costumam ser. Sheila Webb não tinha motivos para temer o processo, pois tudo acabou em questão de minutos.

O Escritório Cavendish recebeu uma ligação instruindo Sheila Webb a ir até o nº 19 em Wilbraham Crescent. Ela foi até lá e, obedecendo às instruções, entrou na sala de estar. Ela encontrou o homem morto lá e saiu gritando da casa em busca de ajuda. Não houve mais perguntas ou maior detalhamento. O interrogatório de miss Martindale, que também depôs, foi ainda mais rápido. Ela recebeu uma mensagem — supostamente de miss Pebmarsh — requisitando os serviços de uma estenógrafa, de preferência miss Sheila Webb, no nº 19 de Wilbraham Crescent, e dando certas instruções. Ela anotou a hora exata da ligação: 13h49. Com isso o depoimento de miss Martindale terminou.

Miss Pebmarsh, a próxima a ser chamada, negou categoricamente ter requisitado qualquer estenógrafa do Escritório Cavendish naquele dia. O inspetor-chefe Hardcastle deu uma declaração curta e perfunctória. Ao receber um telefonema, ele foi até o nº 19 de Wilbraham Crescent, onde encontrou o corpo de um homem morto. O médico-legista então perguntou:

— O senhor conseguiu identificar o morto?

— Ainda não, senhor. Por esse motivo, eu gostaria de requisitar que o inquérito seja adiado.

— Pois muito bem.

Então foi a vez do laudo médico. O dr. Rigg, cirurgião da polícia, tendo se apresentado e descrito suas qualificações, falou de sua chegada ao nº 19 de Wilbraham Crescent e de seu exame no homem morto.

— O senhor pode nos dar uma hora aproximada da morte, doutor?

— Eu o examinei às três e meia. E estabeleci a hora da morte entre uma e meia e duas e meia.

— Não é possível uma avaliação mais precisa?

— Eu preferiria não arriscar. A hora mais provável da morte seria às duas da tarde ou mais cedo, mas há muitos fatores a considerar. Idade, estado de saúde e tudo mais.

— O senhor realizou a autópsia?

— Sim.

— Qual a causa da morte?

— O homem foi esfaqueado com uma faca fina e afiada. Algo como uma faca de cozinha francesa de lâmina com base larga, afunilando na ponta. A ponta da faca entrou... — aqui o médico usou termos técnicos, explicando o ponto exato em que a faca penetrara o coração.

— Nesse caso a morte é instantânea?

— A morte ocorre em poucos minutos.

— O homem não teria gritado ou lutado?

— Não nas circunstâncias em que ele foi esfaqueado.

— Doutor, o senhor pode nos explicar o que isso quer dizer?

— Eu examinei alguns órgãos e fiz alguns testes. Eu diria que quando ele foi morto estava em estado de coma devido à administração de alguma droga.

— O senhor pode nos dizer que droga era essa, doutor?

— Sim. Era hidrato de cloral.

— O senhor pode nos dizer como ela foi administrada?

— Creio que em alguma bebida alcoólica. O efeito do hidrato de cloral é bem rápido.

— O popular "Boa-noite, Cinderela" — murmurou o médico-legista.

— Correto — disse dr. Rigg. — Ele bebeu o drinque sem suspeitar de nada, e poucos instantes depois já estava apagado.

— E na sua opinião ele foi esfaqueado enquanto estava inconsciente?

— Creio que sim. Isso explicaria a ausência de sinais de luta e a aparência relaxada.

— Quanto tempo depois de ficar inconsciente ele foi morto?

— Isso eu não posso dizer com certeza. Novamente, depende das particularidades da vítima. Com certeza ele não acordaria em menos de meia hora... e bem mais tempo pode ter se passado.

— Obrigado, dr. Rigg. O senhor tem alguma informação sobre qual teria sido a última refeição desse homem?

— Ele não tinha almoçado, se é isso que o senhor quer saber. Não tinha ingerido nada sólido pelas últimas quatro horas.

— Obrigado, dr. Rigg. Creio que é tudo.

O médico-legista olhou em redor e disse:

— O inquérito será adiado por quatorze dias, até o dia 28 de setembro.

O inquérito terminou e as pessoas começaram a sair do tribunal. Edna Brent, que comparecera junto com a maioria das outras moças do Escritório Cavendish, hesitou um pouco do lado de fora. O Escritório de Serviços de Secretaria Cavendish tinha fechado na parte da manhã. Maureen West, outra funcionária, falou com ela.

— E agora, Edna? Vamos almoçar no Bluebird? Nós temos muito tempo. Quer dizer, pelo menos *você* tem.

— Eu não tenho mais tempo que você — disse Edna, em um tom magoado. — A Raiva Ruiva falou para eu almoçar logo no primeiro intervalo. Maldade dela. Eu achei que ia ganhar uma hora a mais para fazer compras e ver algumas coisas.

— É bem a cara da Raiva Ruiva mesmo — disse Maureen. — Ela é muito cri-cri... O escritório abre às duas e é pra todo mundo estar lá. Você está procurando alguém?

— Sheila. Eu não a vi sair.

— Ela saiu mais cedo, depois do depoimento. Ela saiu com um rapaz, mas não vi quem era. Você vem?

Edna ainda parecia indecisa. Finalmente ela disse:

— Podem ir. Eu tenho que comprar algumas coisas mesmo.

Maureen e outra moça saíram juntas. Edna permaneceu ali. Finalmente ela juntou coragem para falar com o jovem policial de cabelos claros que ficava na entrada.

— Eu posso entrar de novo? — ela murmurou, tímida. — Eu queria falar com o... o moço que foi lá no escritório. O inspetor... não lembro o nome.

— Inspetor Hardcastle?

— Isso! O que depôs hoje de manhã.

— Bom... — o jovem policial olhou para dentro e viu o inspetor conversando com o médico-legista e com o comissário-chefe do condado.

— Ele está ocupado no momento, senhorita. Se a senhorita quiser ir à delegacia mais tarde ou deixar uma mensagem... É importante?

— Ah, não é nada importante... É que... bom, eu não sei como o que ela falou pode ser verdade porque... bom, quer dizer... — Ela se virou e partiu.

Ainda com uma expressão perplexa no rosto, Edna se afastou de Cornmarket, seguindo ao londe de High Street. Ela ainda tinha a mesma expressão perplexa; tentava pensar. Pensar nunca fora o ponto forte de Edna. Quanto mais ela tentava esclarecer as coisas na cabeça, mais nubladas elas se tornavam.

Em um certo momento ela disse:

— Não pode ter sido assim... não pode ter sido do jeito que ela disse...

Súbito, com o ar de quem toma uma decisão, ela dobrou em High Street, seguindo por Albany Road na direção de Wilbraham Crescent.

Desde o dia em que a imprensa tinha noticiado que um assassinato fora cometido no nº 19 de Wilbraham Crescent, um grande número de pessoas aparecia em frente à casa todos os dias para dar uma olhada no local. O fascínio que simples tijolos e argamassa podem ter sobre o público geral em certas circunstâncias é algo realmente misterioso. Nas primeiras vinte e quatro horas um policial postara-se no local, usando de sua autoridade para fazer as pessoas seguirem caminho.

Desde então o interesse geral diminuíra, mas ainda não cessara de todo. As vans de entrega desaceleravam um pouco ao passar, mulheres empurrando carrinhos de bebê paravam por quatro ou cinco minutos na calçada oposta e ficavam encarando a bonita residência de miss Pebmarsh. Mulheres carregando cestas de compras paravam com os olhos ávidos para fofocar com as amigas.

— Aquela é a casa... aquela ali...

— O corpo estava na sala de estar... não, eu acho que a sala de estar é a da frente, a da esquerda...

— O moço do supermercado me disse que é a da esquerda...

— Nem parece que mataram alguém lá, não é?

— Parece que a tal moça saiu gritando como se tivesse visto o diabo...

— Dizem que ela não está bem da cabeça desde então... claro, um choque horrível desses...

— Ele entrou por uma janela traseira, parece. Estava metendo a prataria toda em uma sacola quando a moça entrou e deu de cara com ele...

— A dona da casa é *cega*, pobrezinha. Então claro que *ela* não ia saber o que estava acontecendo.

— Ah, mas ela não estava *lá* na hora...

— Ah, eu achei que estivesse. Achei que ela estava no segundo andar e no andar de baixo. Ai, eu tenho que ir *agora* fazer compras.

Conversas como essas aconteciam o tempo todo. Atraídas como se por um ímã, as pessoas mais improváveis chegavam em Wilbraham Crescent, paravam, ficavam encarando e então seguiam caminho, tendo satisfeito alguma necessidade íntima.

Chegando lá, ainda tentando resolver o problema em sua mente, Edna Brent se viu tendo que abrir caminho por entre um grupo de cinco ou seis pessoas, absortas em seu passatempo favorito — espiar a casa do assassinato.

Edna, sempre sugestionável, também ficou olhando.

Então aquela era a casa onde tudo tinha acontecido! Redes nas janelas. Parecia muito bonita. Mas um homem fora morto ali. Morto com uma faca de cozinha. Uma faca de cozinha comum. Quase todo mundo tinha uma faca de cozinha...

Como que hipnotizada pelo comportamento das pessoas ao seu redor, Edna também ficou encarando sem pensar...

Já tinha quase se esquecido do que a levara até ali...

Uma voz falou em seu ouvido e ela se assustou.

Edna virou o rosto em reconhecimento surpreso.

16
A NARRATIVA DE COLIN LAMB

I

Eu notei quando Sheila Webb saiu discretamente do inquérito. Ela testemunhara bem. Parecera nervosa, mas nada fora do comum: apenas natural na verdade. (O que Beck teria dito? Eu podia ouvi-lo dizer: "Uma boa performance!")

Eu pensei sobre a surpresa final do depoimento do dr. Rigg. (Dick Hardcastle não tinha me falado nada, mas devia saber a respeito) e depois saí atrás de Sheila.

— Não foi tão ruim assim, não é? — eu disse ao alcançá-la.

— Não. Foi bem fácil até. O médico foi muito gentil. — Ela hesitou. — O que vai acontecer agora?

— Ele vai adiar o inquérito até termos mais provas. Por catorze dias ou até que possamos identificar o morto.

— Você acha que *vão* identificar?

— Ah, sim. Vão identificar direitinho sim. Sem dúvida.

Ela tremeu.

— Hoje está frio.

Eu não estava sentindo. Até achava que estava bem ameno.

— E que tal almoçar mais cedo? — sugeri. — Você ainda não precisa voltar ao escritório, precisa?

— Não. Fica fechado até as duas.

— Então venha comigo. Você se dá bem com comida chinesa? Estou vendo um restaurante chinês um pouco mais à frente.

Sheila pareceu hesitar.

— Eu realmente tenho algumas compras a fazer.

— Faça isso depois.

— Não, eu não posso. Algumas lojas fecham entre uma e duas.

— Tudo bem. Você me encontra lá? Em meia hora?

Ela concordou.

Eu segui pela calçada à beira-mar e me sentei em um abrigo. O vento soprava direto do mar e por isso não havia mais ninguém ali.

Eu queria pensar. É sempre irritante quando outras pessoas sabem mais sobre nós do que nós mesmos. Mas o velho Beck e Hercule Poirot e Dick Hardcastle, eles tinham visto claramente o que eu agora tinha que admitir ser verdade.

Eu me importava com essa moça. De um jeito que jamais me importara com nenhuma outra.

Não era a beleza dela. Ela era bonita, bonita de um jeito incomum, e só. Não era sensualidade; eu já tinha topado com sensualidade antes, e muitas vezes.

O que acontecia é que, quase desde o primeiro momento, eu tinha reconhecido que ela era a *minha* mulher.

E eu não sabia nada a respeito dela!

II

Já passava das duas quando eu entrei na delegacia e pedi para falar com Dick. Eu o encontrei em sua mesa, folheando pilhas de documentos. Ele olhou para mim e me perguntou o que eu tinha achado do inquérito.

Eu disse que achava ter sido um procedimento muito bem conduzido, um desempenho de cavalheiros.

— Nós conduzimos essas coisas muito bem por aqui — eu disse.
— O que você achou do laudo médico?
— Bem inesperado. Por que você não me contou nada?
— Você não estava aqui. Você falou com seu especialista?
— Falei sim.
— Eu acho que me lembro dele vagamente. Bastante bigode.
— Um mar de bigode — concordei. — Ele tem muito orgulho dele.
— Ele deve ser bem velho.
— Velho, mas não gagá.
— Por que você foi lá vê-lo, de verdade? Foi só mesmo por pura bondade humana?
— Você tem mesmo a mente desconfiada de um policial, Dick! Foi por isso sim, principalmente. Mas eu admito que houve alguma curiosidade também. Eu queria ouvir o que ele tinha a dizer sobre nosso caso aqui. Sabe, ele sempre falou um monte de bobagem sobre ser fácil resolver um caso. Segundo ele, basta fechar os olhos, tocar as pontas dos dedos e pensar. Eu queria provar que ele estava errado.
— Ele fez tudo isso com você lá?
— Fez sim.

— E o que ele disse? — perguntou Dick com alguma curiosidade.

— Ele disse que deve ser um assassinato bem *simples*.

— Meu Deus, simples? — disse Hardcastle surpreso. — Por que simples?

— Pelo que eu entendi, é porque a história toda é muito complexa.

Hardcastle sacudiu a cabeça.

— Não entendo. Parece uma dessas coisas marotas que o pessoal jovem de Chelsea diz, mas eu não entendo. E o que mais?

— Bom, ele me disse para falar com os vizinhos. Eu disse a ele que já tínhamos feito isso.

— Os vizinhos agora são ainda mais importantes, tendo em vista o relatório médico.

— Então estamos pressupondo que ele foi dopado em algum outro lugar e levado ao nº 19 para ser morto?

Alguma coisa me pareceu familiar naquelas palavras.

— Foi mais ou menos isso que disse a tal senhora, como é que chama, a dona dos gatos? Na hora eu achei um comentário curioso.

— Aqueles gatos... — disse Hardcastle, e tremeu. Ele prosseguiu: — Ah, nós achamos a arma do crime. Ontem.

— Acharam? Onde?

— No hotel de gatos. Provavelmente o assassino jogou lá depois do crime.

— Sem impressões, provavelmente.

— A faca foi cuidadosamente limpa. E é uma faca comum, qualquer um tem uma igual... pouco usada, afiada recentemente.

— Então vejamos: Ele foi dopado e depois levado até o nº 19... de carro? Ou como?

— Ele *pode* ter sido trazido de uma das casas com quintal próximo.

— Um pouco arriscado, não acha?

— Seria necessária alguma audácia — concordou Hardcastle —, e seria necessário também um bom conhecimento dos hábitos dos vizinhos. Faz mais sentido que ele tenha sido trazido de carro.

— Isso também teria sido arriscado. As pessoas notam carros.

— Ninguém notou. Mas eu concordo que o assassino não tinha como saber que ninguém veria. Os passantes teriam notado um carro parando no nº 19 naquele dia...

— Me pergunto se notariam mesmo. Todos estão acostumados a carros. A não ser é claro que fosse um carro bem luxuoso. Alguma coisa fora do comum, mas isso é improvável...

— E claro, era a hora do almoço. Você percebe, Colin, que isso traz miss Millicent Pebmarsh de volta ao caso? Parece impossível um homem de posse de suas faculdades, ser esfaqueado por uma cega, mas se ele tivesse sido dopado...

— Em outras palavras, se ele "veio até aqui para ser morto", como nossa mrs. Hemming falou, ele chegou com hora marcada, sem desconfiar de nada, aceitou um drinque, um conhaque... então o "boa noite, Cinderela" fez efeito e miss Pebmarsh agiu. Depois ela lavou o copo com a droga, arranjou o corpo direitinho no chão, jogou a faca no quintal da vizinha e saiu como de costume.

— Telefonando para o Escritório Cavendish no caminho...

— E por que ela faria isso? E por que requisitaria especificamente Sheila Webb?

— Quem dera soubéssemos. — Hardcastle olhou para mim. — *Ela* sabe? A moça?

— Ela diz que não.
— Ela diz que não — repetiu Hardcastle, sem entonação.
— Estou perguntando o que *você* acha.

Eu não falei por alguns instantes. O *que* eu pensava? Eu tinha que decidir meu plano de ação naquele instante. A verdade apareceria no final. E não prejudicaria Sheila Webb se ela fosse quem eu achava que ela era.

Com um movimento brusco eu peguei um cartão postal do bolso e o empurrei sobre a mesa.

— Sheila recebeu isso pelo correio.

Hardcastle averiguou o cartão. Era um de uma série sobre prédios de Londres. Mostrava o Tribunal Superior de Justiça. Hardcastle virou o cartão. No canto direito havia um endereço em boa impressão: Miss R. S. Webb, Palmerston Road 14 — Crowdean, Sussex. No canto esquerdo, também impressa, estava a palavra "LEMBRE-SE!" e, embaixo, "14h13".

— 14h13 — disse Hardcastle. Era o horário nos relógios naquele dia. — Ele sacudiu a cabeça. — Uma imagem do *Old Bailey*,* a palavra "Lembre-se" e um horário, "14h13". *Tem* que ter ligação com alguma coisa.

— Ela diz que não faz ideia do que significa. — eu acrescentei: — Eu acredito nela.

Hardcastle aquiesceu com a cabeça.

— Eu vou ficar com isso. Talvez haja algo aqui pra nós.

— Espero que sim.

Ficamos um tanto sem jeito. Para aliviar a tensão eu disse:

— Quanta papelada, hein.

* Nome popular do Tribunal Superior de Justiça da Inglaterra.

— O de sempre. E a maior parte não serve de nada. O morto não tem ficha criminal, as impressões não estão nos registros... A maior parte é coisa de gente que diz que viu o sujeito.

Ele leu:

Caro sr., a fotografia que saiu nos jornais é de um homem que estava pegando o trem na junção de Willesden, um dia desses, tenho quase certeza. Ele estava murmurando para si mesmo e parecia bem fora de si e nervoso; quando o vi, percebi que havia alguma coisa de errada.

Caro sr., acho que o morto se parece muito com John, o primo do meu marido. Ele foi para a África do Sul, mas talvez tenha voltado. Ele tinha bigode quando pariu, mas claro que ele pode ter tirado.

Caro sr., eu vi o homem que saiu nos jornal a noite passada no metrô. Quando o vi, pensei que havia algo de estranho nele.

— E tem também um monte de mulheres reconhecendo os maridos na foto. Parece que as mulheres não sabem como é o rosto dos maridos! Tem também mães esperançosas que pensam ter reconhecido o filho que não veem há vinte anos.

"E há a lista de pessoas desaparecidas. Não tem nada que ajude aqui.

"George Barlow, 65 anos, desaparecido de casa. A esposa acha que ele pode ter perdido a memória. Com uma anotação embaixo: Deve muito dinheiro. Tem sido visto saindo com uma viúva ruiva. Quase certo que fugiu.

"Professor Hargraves, que era para ter dado uma palestra terça passada. Não apareceu e não avisou nem mandou mensagem se desculpando."

Hardcastle não parecia considerar o professor Hargraves.

— Ele deve ter achado que a palestra era na semana anterior ou posterior. Provavelmente achou que avisou à empregada para onde estava indo, mas não avisou. Nós lidamos muito com isso.

A campainha na mesa de Hardcastle zumbiu. Ele pegou o receptor.

— Sim... O quê? Quem a encontrou? Ela deu o nome? Entendo. Prossiga. — Quando ele me encarou, seu rosto tinha mudado de expressão. Estava austera, quase enfurecida.

— Encontraram uma moça morta em uma cabine telefônica em Wilbraham Crescent — disse ele.

— Morta? — eu o encarei. — Como?

— Estrangulada. Com o próprio lenço do pescoço!

Subitamente senti-me esfriar.

— Que moça? Não foi...

Hardcastle olhou para mim com um frio olhar inquisitivo que eu não apreciei.

— Não foi sua namorada, se é disso que você tem medo. O oficial parece saber de quem se trata. Disse que é a moça que trabalha no mesmo escritório em que Sheila Webb trabalha. Edna Brent é o nome.

— Quem a encontrou? O oficial?

— Ela foi encontrada por miss Waterhouse, a mulher do nº 18. Parece que ela foi ao telefone fazer uma chamada e encontrou a moça no chão.

A porta se abriu e um oficial disse:

— O dr. Rigg ligou pra avisar que está a caminho, senhor. Ele vai encontrá-lo em Wilbraham Crescent.

17

Uma hora e meia tinha se passado e o inspetor-chefe Hardcastle estava sentado em sua mesa; ele aceitou com prazer uma xícara de chá. Seu rosto ainda retinha a expressão sombria e zangada.

— Desculpe, senhor, Pierce quer dar uma palavrinha.

Hardcastle voltou a si.

— Pierce? Ah, sim. Mande entrar.

Pierce entrou; era um oficial jovem, de aparência nervosa.

— Perdão, senhor, eu acho que é melhor eu contar logo tudo.

— Sim? Contar tudo o quê?

— Foi depois do inquérito, senhor. Eu estava de guarda na porta. Uma moça... a moça que foi morta. Ela... ela falou comigo.

— Falou com você, é? O que ela disse?

— Ela queria conversar com o senhor.

Hardcastle se empertigou, subitamente alerta.

— Ela queria conversar comigo? Ela disse por quê?

— Não exatamente, senhor. Desculpe, senhor, se eu... se era para eu ter feito alguma coisa. Eu perguntei se ela não queria deixar uma mensagem ou... ou se ela não queria voltar à delegacia mais tarde. É que o senhor estava ocupado com o comissário-chefe e o legista, e eu pensei...

— Droga! — disse Hardcastle, baixinho. — Por que você não falou para ela esperar até eu me desocupar?

— Sinto muito, senhor. — O jovem enrubesceu. — Se eu soubesse, teria feito isso. Mas eu não achei que fosse importante. Acho que *ela* não pensava que era importante. Era só alguma coisa que ela disse que a estava preocupando.

— Preocupando? — disse Hardcastle. Ele ficou em silêncio por quase um minuto, repassando certos fatos na mente. Aquela era a moça por quem ele passara na rua enquanto ia à casa de mrs. Lawton, a moça que queria falar com Sheila Webb. A moça que o reconhecera ao passar por ele e que hesitara um instante, como se não tivesse certeza se deveria interpelá-lo ou não. Alguma coisa a preocupava. Sim, era isso. Alguma coisa a preocupava. Ele vacilara. Deixara a bola cair. Concentrado em seu propósito de descobrir um pouco mais sobre Sheila Webb, ele ignorara um ponto valioso. A moça estava preocupada? Por quê? Agora, provavelmente, jamais saberiam.

— Vamos lá, Pierce — disse ele —, conte-me tudo de que se lembrar. — E acrescentou, pois era um homem justo: — Não tinha como você saber que era importante.

Ele sabia que não era bom tentar acalmar sua raiva e frustração culpando o rapaz. Como ele poderia saber? Parte do seu treinamento envolvia garantir a disciplina, garantir que seus superiores só seriam abordados nos horários e locais adequados. Se a moça tivesse dito que era importante ou urgente, seria outra história. Mas ele pensou que não tinha sido o caso; Hardcastle lembrava-se da primeira vez que a vira no escritório. Ela era o tipo de pessoa que demorava a pensar, que provavelmente desconfiava dos próprios processos mentais.

— Você se lembra exatamente do que aconteceu e do que ela disse, Pierce?

Pierce olhava para ele com uma expressão de gratidão ansiosa.

— Bom, senhor, ela só veio na minha direção quando todo mundo estava saindo e hesitou por um momento... ficou olhando em redor como se procurasse por alguém. Acho que não era o senhor. Era outra pessoa. Então ela veio até mim e perguntou se podia falar com o oficial de polícia que tinha prestado depoimento. Então, como eu disse, eu vi que o senhor estava ocupado com o comissário-chefe, e então eu expliquei a ela que no momento o senhor estava ocupado, e disse que ela podia deixar uma mensagem ou ir à delegacia mais tarde. E ela disse que tudo bem. Eu perguntei se era alguma coisa importante...

— Sim? — Hardcastle se inclinou para diante.

— E ela disse que não era nada. Era só uma coisa... que ela não sabia como podia ter sido do jeito que ela havia falado.

— Ela não sabia como o que ela disse podia ser verdade? — repetiu Hardcastle.

— Isso mesmo, senhor. Eu não lembro direito das palavras certas. Talvez fosse: "Eu não entendo como o que o que ela disse pode ser verdade." Ela estava franzindo a testa e parecendo intrigada. Mas quando eu perguntei, ela disse que não era realmente importante.

A moça dissera que não era importante. A mesma moça encontrada não muito tempo depois estrangulada em uma cabine telefônica...

— Havia alguém perto de vocês enquanto vocês conversavam? — perguntou ele.

— Bom, havia bastante gente, senhor, pessoas saindo em fila, sabe. Havia muita gente no inquérito. Esse assassinato tem causado sensação, do jeito que os jornais andam falando do assunto.

— Você não se lembra de ninguém em particular perto de vocês na hora... alguém que tenha prestado depoimento, por exemplo?

— Infelizmente não me lembro de ninguém em particular, senhor.

— Bom. Não dá para fazer nada. Muito bem, Pierce, se você se lembrar de mais alguma coisa, venha falar comigo imediatamente.

Sozinho, Hardcastle se esforçou para dominar a raiva e a recriminação crescentes. Aquela moça, aquela moça de aparência assustada soubera de algo. Não, talvez não tivesse chegado a *saber*, mas ela vira algo, ouvira algo. Algo que a preocupara; e a preocupação se intensificara depois que ela comparecera ao inquérito. O que poderia ter sido? Alguma coisa nas evidências? Provavelmente algo no depoimento de Sheila Webb. Ela tinha ido à casa da tia de Sheila dois dias antes para ver Sheila? Certamente ela poderia ter falado com Sheila no escritório... Por que ela queria vê-la em particular? Será que ela sabia algo a respeito de Sheila Webb que a intrigara? Teria ela querido falar com Sheila Webb em particular para pedir explicações sobre alguma coisa — longe das outras moças? Parecia que era isso. Certamente parecia.

Ele dispensou Pierce. Depois deu algumas instruções ao sargento Cray.

— O que o senhor acha que essa moça foi fazer em Wilbraham Crescent? — perguntou o sargento Cray.

— Eu tenho me perguntado isso. Claro que é possível que ela só estivesse curiosa, querendo ver a cara do lugar. Nada demais nisso... metade da população de Crowdean sente o mesmo.

— A gente sabe bem... — disse o sargento Cray enfático.

— Por outro lado — disse Hardcastle, lentamente — ela pode ter ido ver alguém que mora lá...

Quando o sargento Cray se retirou, Hardcastle escreveu três números no bloco de notas.

Primeiro, "20", com uma interrogação depois. Ele adicionou "19?" e então "18?". Ele escreveu os nomes correspondentes. Hemming, Pebmarsh, Waterhouse. As três casas no crescente superior não entravam nessa. Para visitar alguma delas, Edna Brent não teria ido pela estrada de baixo.

Hardcastle estudou as três possibilidades.

Primeiro, o nº 20. A faca usada no primeiro assassinato tinha sido encontrada lá. Parecia mais provável que a faca tivesse sido atirada do quintal do nº 19, mas eles não sabiam com certeza. *Podia* ter sido enfiada entre as moitas pela moradora do próprio nº 20. Ao ser interrogada, a única reação de mrs. Hemming fora de indignação. — Mas que maldade das pessoas, jogar uma faca daquelas nos meus gatos! — Qual o vínculo entre mrs. Hemming e Edna Brent? O inspetor Hardcastle decidiu que não havia nenhum. Ele passou a considerar miss Pebmarsh.

Teria Edna Brent ido até Wilbraham Crescent visitar miss Pebmarsh? Miss Pebmarsh depusera no inquérito. Talvez algo em seu depoimento tivesse despertado as suspeitas de Edna? Mas ela já andava preocupada *antes* do inquérito. Talvez ela já soubesse de algo a respeito de miss Pebmarsh. Quem sabe não conhecesse, por exemplo, o vínculo entre miss Pebmarsh e Sheila

Webb? Aquilo daria sentido às suas palavras: "Não poderia ser verdade do jeito que ela disse".

"Conjecturas. Tudo conjecturas", pensou ele, zangado.

E o nº 18? Miss Waterhouse encontrara o corpo. O inspetor Hardcastle nutria o preconceito da profissão contra pessoas que encontravam corpos. Encontrar o corpo solucionava muitos problemas para o assassino: evitava os riscos de se inventar um álibi, respondia por eventuais digitas encontradas. De muitas maneiras era uma posição das mais sólidas — com uma condição. Não podia haver motivo óbvio. Certamente não havia motivo aparente para miss Waterhouse eliminar Edna Brent. Miss Waterhouse não prestara depoimento no inquérito. Mas poderia ter estado presente. Teria Edna alguma razão para saber ou acreditar que tinha sido miss Waterhouse imitando a voz de miss Pebmarsh ao telefone e requisitando uma estenógrafa para o nº 19?

Mais conjecturas.

E havia, claro, a própria Sheila Webb...

Hardcastle pegou o telefone. Ligou para o hotel onde Colin Lamb estava hospedado. Logo estava falando com o próprio Colin.

— É Hardcastle. A que horas você almoçou com Sheila Webb ontem?

Houve uma pausa antes que Colin respondesse:

— Como você sabe que nós almoçamos juntos?

— Foi só um chute muito bom. É verdade, não é?

— Eu não posso almoçar com ela?

— Não vejo problema algum nisso. Só estou perguntando o horário. Vocês foram almoçar direto depois do inquérito?

— Não. Ela tinha que fazer umas compras. Nós nos encontramos no restaurante chinês de Market Street à uma em ponto.

— Entendo.

Hardcastle olhou para suas anotações. Edna Brent morrera entre 12h30 e uma da tarde.

— Você não quer saber o que comemos?

— Dá pra se acalmar? Eu só queria o horário exato. Para o registro.

— Entendi. Então é assim.

Houve uma pausa. Hardcastle disse, tentando aliviar a tensão:

— Se você não estiver ocupado hoje à noite...

— Estou indo embora. Terminei de fazer as malas agora. Recebi uma mensagem e tenho que sair do país.

— Quando você volta?

— Não tenho ideia. Pelo menos uma semana, talvez mais... quem sabe nunca!

— Que pena... ou é alguma coisa boa?

— Não tenho certeza — disse Colin, e desligou.

18

I

Hardcastle chegou ao nº 19 de Wilbraham Crescent no instante em que miss Pebmarsh saía de casa.

— Com licença um minuto, miss Pebmarsh.
— Ah. É o... inspetor-chefe Hardcastle?
— Sim. Posso dar uma palavrinha com a senhorita?
— Eu não posso me atrasar para o Instituto. Vai demorar muito?
— Garanto que não mais que três ou quatro minutos.

Ela entrou em casa e ele a seguiu.

— A senhorita ouviu falar do que aconteceu hoje à tarde?
— Aconteceu alguma coisa?
— Eu achei que a senhorita teria ouvido falar. Uma moça foi morta na cabine telefônica no fim da rua.
— Morta? Quando?
— Duas horas e quarenta e cinco minutos atrás. — Ele olhou para o relógio de pé.
— Eu não ouvi nada a respeito. Nada — disse miss Pebmarsh. Sua voz soou momentaneamente zangada. Era como se

ela tivesse se lembrado de sua deficiência de um modo particularmente doloroso. — Uma moça... morta! Que moça?

— O nome é Edna Brent e ela trabalhava no Escritório Cavendish.

— Outra moça de lá! Também mandaram chamá-la, como a tal da Sheila, como é mesmo o nome?

— Achamos que não — disse o inspetor. — Ela não veio para ver a senhorita aqui em sua casa?

— Aqui? Não. Certamente que não.

— A senhorita estaria em casa se ela viesse?

— Não tenho certeza. A que horas o senhor falou?

— Aproximadamente 12h30, ou um pouco mais tarde.

— Sim — disse miss Pebmarsh. — Eu estaria em casa nesse horário.

— Para onde a senhorita foi depois do inquérito?

— Eu voltei direto para cá. — Ela fez uma pausa e então perguntou: — Por que o senhor acha que essa moça veio me ver?

— Bom, ela esteve presente ao inquérito hoje pela manhã e viu a senhorita lá. Ela devia ter *algum* motivo para vir até Wilbraham Crescent. Pelo que sabemos, ela não conhecia ninguém nessa rua.

— Mas por que ela viria falar comigo só por ter me visto no inquérito?

—Bem... — O inspetor sorriu de leve e apressadamente tentou transferir o sorriso para a entonação ao se lembrar que miss Pebmarsh não tinha como vê-lo. — Com essas moças, nunca se sabe. Talvez ela só quisesse um autógrafo ou algo assim.

— Um autógrafo! — disse miss Pebmarsh em um tom de escárnio. — Sim... suponho que o senhor esteja certo. Essas coisas acontecem. — Então ela sacudiu forte a cabeça. — Eu garanto, inspetor Hardcastle, que isso não ocorreu. Ninguém esteve aqui desde que eu voltei do inquérito.

— Bom, obrigado, miss Pebmarsh. Nós achamos melhor verificar todas as possibilidades.

— Qual a idade dela?

— Creio que tinha dezenove anos.

— Dezenove? Tão jovem... — Sua voz mudou um pouco de tom. — Tão jovem. Pobrezinha... Quem iria querer matar uma moça tão jovem?

— Acontece — disse Hardcastle.

— Ela era bonita... atraente? Sexy?

— Não — disse Hardcastle. — Ela gostaria de ter sido, acho, mas não era.

— Então não foi por isso — disse miss Pebmarsh. Ela sacudiu a cabeça outra vez. — Sinto muito por não poder ajudar. Sinto mais do que consigo expressar, inspetor Hardcastle.

O inspetor se afastou impressionado como sempre ficava com a personalidade de miss Pebmarsh.

II

Miss Waterhouse também estava em casa. Ela comportou-se como sempre: abriu a porta de supetão como se quisesse surpreender alguém fazendo coisa errada.

— Ah, é *você!* — disse ela. — Olhe, eu já disse ao seu pessoal tudo o que eu sabia.

— Tenho certeza de que a senhorita respondeu a tudo que

foi perguntado, mas é que não dá para perguntar tudo de uma vez. Temos que tratar de mais alguns detalhes.

— Não sei pra quê. Isso tudo foi um choque terrível — disse miss Waterhouse, olhando para o inspetor como se o censurasse e tudo aquilo fosse culpa dele. — Entre, entre. Não fique aí no capacho o dia inteiro. Entre, sente-se e pergunte o que quiser, embora eu não veja o que mais há para perguntar. Como eu já disse, eu saí para dar um telefonema. Abri a porta da cabine e lá estava a moça. Nunca tomei um choque tão grande na vida. Então corri para encontrar um policial. E depois disso, se o senhor quer saber, eu voltei para cá e tomei uma dose medicinal de *brandy. Medicinal* — repetiu ferozmente miss Waterhouse.

— Muito inteligente de sua parte, senhorita — disse o inspetor Hardcastle.

— E isso foi tudo — disse miss Waterhouse peremptória.

— Eu queria perguntar se a senhorita tem certeza de jamais ter visto essa moça antes.

— Posso tê-la visto dezenas de vezes, mas não me recordo. Quer dizer, ela pode ter trabalhado para mim na Woolworth's, ou sentado perto de mim no ônibus, ou me vendido ingressos no cinema.

— Ela era estenógrafa no Escritório Cavendish.

— Creio jamais ter precisadoi dos serviços de uma estenógrafa. Talvez ela trabalhasse no escritório do meu irmão em Gainsford & Swettenham. É isso que o senhor está querendo dizer?

— Oh, não. Parece não haver nenhuma conexão desse tipo. Mas eu me perguntei se ela não teria vindo aqui ver a senhorita hoje de manhã antes de ser morta.

— Vindo *me ver*? Não, é claro que não. Por que ela o faria?

— Bom, isso nós não sabemos, mas então se alguém dissesse que tinha visto essa moça no seu portão hoje de manhã, essa pessoa estaria enganada?

Ele olhou para ela com olhos inocentes.

— Alguém a viu no meu portão? Isso é besteira — disse miss Waterhouse. Ela hesitou. — Pelo menos...

— Sim? — disse Hardcastle, alerta, embora não transparecesse.

— Bom, talvez ela tenha deixado um panfleto ou algo assim embaixo da porta... *Deixaram* um panfleto na hora do almoço. Alguma coisa sobre uma reunião a favor do desarmamento nuclear, acho. Todo dia tem alguma coisa. Talvez ela tenha vindo e deixado alguma coisa na caixa do correio; mas eu não tenho nada com isso, não é?

— Claro que não. Agora, quanto ao seu telefonema... a senhorita disse que o *seu* telefone estava quebrado. De acordo com a operadora, não estava.

— Essas operadoras dizem qualquer coisa! Eu disquei e ouvi um sinal *muito* esquisito; não era o sinal de ocupado. Então eu fui até a cabine.

Hardcastle se levantou.

— Desculpe-me, miss Waterhouse, por perturbá-la dessa forma, mas acreditamos que essa moça veio visitar alguém aqui no crescente, e que ela teria ido a uma casa não muito longe daqui.

— Por isso vocês estão perguntando em todo o crescente — disse miss Waterhouse. — Acho que o mais provável é que ela tenha ido até a casa aqui do lado. A de miss Pebmarsh.

— Por que a senhorita acha isso mais provável?

— O senhor disse que ela era estenógrafa no Escritório Cavendish. Se eu ouvi direito, parece-me que miss Pebmarsh requisitou uma estenógrafa em sua casa no dia em que o tal homem foi morto.

— Foi o que disseram, mas ela negou.

— Bom, se o senhor quer saber — disse miss Waterhouse —, embora ninguém me escute até ser tarde demais, eu diria que ela ficou meio tantã. Miss Pebmarsh. Quem sabe ela não ligue mesmo para os escritórios requisitando serviços e depois esqueça?

— Mas a senhorita não acha que ela se meteria com assassinato...?

— Eu nunca sugeri assassinato nem nada do tipo. Eu sei que um homem foi morto na casa dela, mas nem por um momento estou sugerindo que miss Pebmarsh tenha alguma coisa a ver com isso. Não. Eu só acho que ela pode ter algum tipo de fixação como as pessoas têm. Eu conheci uma moça que costumava ligar pra confeitaria e pedir uma dúzia de tortinhas de merengue. Claro que ela não queria tortinha de merengue nenhuma, e quando iam entregar ela dizia que não tinha pedido nada. Coisas assim.

— É claro — disse Hardcastle. — Tudo é possível.

Ele se despediu de miss Waterhouse e saiu.

Ele achava que a última sugestão de miss Waterhouse depunha contra sua agudeza costumeira. Por outro lado, se ela tinha acreditado que alguém tinha visto a moça entrar em sua casa, e que aquilo de fato era verdade, então a sugestão de que Edna Brent teria ido ao nº 19 era até bem sagaz, diante das circunstâncias.

Hardcastle olhou para o relógio e decidiu que ainda havia tempo para ir ao Escritório Cavendish. Ele sabia que o escritório fora reaberto às duas da tarde. Talvez as moças de lá pudessem ajudá-lo. E Sheila Webb estaria lá também.

III

Uma das moças se ergueu quando ele entrou no escritório.

— É o Inspetor-chefe Hardcastle, não é? Miss Martindale está esperando o senhor.

Ela o conduziu até o escritório interno. Miss Martindale o atacou imediatamente.

— Inspetor Hardcastle, isto é uma vergonha, uma vergonha! O senhor tem que dar uma solução pra esse caso e tem que fazê-lo *imediatamente,* e não ficar por aí perdendo tempo. Nós esperamos que a polícia nos *proteja,* e é disso o que nós aqui do escritório precisamos. *Proteção*. Eu quero que minhas funcionárias estejam a salvo, e eu vou garantir isso, inspetor.

— Miss Martindale, eu tenho certeza de que...

— O senhor agora vai negar que duas funcionárias minhas — *duas* — foram escolhidas como alvo? Claramente tem algum irresponsável aí fora com alguma... como é que dizem? — uma obsessão, um complexo, com secretárias ou escritórios. Estão deliberadamente atacando nosso negócio! Primeiro Sheila Webb foi vítima de uma piada cruel e acabou dando de cara com um cadáver — o que isso não faz com a cabeça de uma moça nervosa? — e agora isso! Uma moça inocente, indefesa, inofensiva assassinada numa cabine telefônica. Inspetor, o senhor tem que resolver isso!

— Não há nada que eu deseje mais que resolver isso, miss Martindale. Eu vim ver se a senhorita tem condições de me ajudar.

— Ajudar! Que ajuda eu posso dar? O senhor acha que se eu tivesse algo que pudesse ajudar, eu já não teria corrido até vocês? O senhor tem que encontrar quem matou a pobre Edna e quem fez aquela brincadeira de mau gosto com Sheila. Eu sou linha-dura com as meninas, inspetor. Eu cobro o trabalho delas e não deixo que se atrasem ou saiam da linha. Mas também não vou tolerar que sejam mortas ou feitas de vítimas. Eu pretendo defendê-las, e vou fazer com que as pessoas pagas pelo Estado para defendê-las trabalhem direito. — Ela o fulminou com o olhar, parecendo uma tigresa em forma humana.

— Dê-nos tempo, miss Martindale.

— Tempo? Então só porque a pobrezinha já morreu o senhor acha que tem todo o tempo do mundo? O que vai acontecer é que outra funcionária minha vai acabar morta!

— Eu acho que não há por que temer isso, miss Martindale.

— Eu acho que o senhor não pensou que Edna seria morta hoje de manhã quando acordou, inspetor. Se tivesse pensado, teria tomado precauções, eu acho, pra cuidar dela. E quando uma dessas moças aparecer morta ou sofrer algum outro mal-feito, o senhor vai ficar espantado outra vez. Essa história toda é muito estranha, é *insana*. O senhor tem que admitir que é uma situação insana. Quer dizer, se o que sai nos jornais for verdade. Como essa história dos relógios. Eu reparei que minguém mencionou os relógios hoje de manhã no inquérito.

— Muito pouca coisa foi mencionada hoje de manhã, miss Martindale. Foi só uma primeira audiência.

— Eu só estou dizendo que o senhor *precisa* resolver isso.

— Miss Martindale o encarou outra vez.

— E não há nada que a senhorita possa me contar sobre Edna? Ela não parecia preocupada com alguma coisa, não lhe perguntou nada?

— Eu não acho que ela teria me dito algo se estivesse preocupada. Mas com o que ela estaria preocupada?

Aquela era a pergunta para a qual o inspetor buscava a resposta, mas ele podia ver que não conseguiria nada com miss Martindale. Ele disse:

— Eu gostaria de falar com quantas moças da sua firma eu puder. Eu entendo que Edna Brent não confiasse seus medos ou preocupações à senhorita, mas ela pode ter comentado algo com as outras funcionárias.

— Creio que é bem possível. Elas passam o tempo na fofoca. Na hora em que escutam meus passos no corredor, todas as máquinas começam a bater. Mas antes? Ficam de papo, de conversa fiada! — Acalmando-se um pouco, miss Martindale disse: — No momento só tenho três moças no escritório. O senhor quer falar com elas? As outras saíram a trabalho. Eu posso dar os nomes e endereços delas se o senhor quiser.

— Obrigado, miss Martindale.

— Acho que é melhor que o senhor fale com elas sozinho. Elas não conversariam com tanta liberdade se eu estiver por perto. Elas teriam que falar sobre como ficam perdendo tempo na fofoca, entende?

Ela se levantou e abriu a porta do escritório.

— Meninas! O inspetor-chefe Hardcastle quer falar com vocês. Podem parar um instante. Tentem contar tudo o que souberem que possa ajudar a encontrar quem matou Edna Brent.

Ela voltou para o escritório e fechou a porta com firmeza. Três espantados rostos femininos olharam para o inspetor. Ele as catalogou rápida e superficialmente, mas o suficiente para imaginar o tipo de material com que estava lidando. Uma moça bonita, de porte sólido e óculos. Confiável, não particularmente brilhante. Uma morena de aparência atrevida com um penteado de quem estivera em uma nevasca recentemente. Olhos atentos, talvez, mas bastante inconstante ao relatar eventos. Tudo sairia adequadamente retocado. A terceira não parava de dar risadinhas e ele tinha certeza de que ela concordaria com qualquer coisa que dissessem.

Ele falou calma e informalmente.

— Acho que vocês todas souberam do que houve com Edna Brent, que trabalhava com vocês.

Três cabeças concordaram com vigor.

— Aliás, como vocês souberam?

Elas se entreolharam como se decidissem quem seria a porta-voz. Por consenso, escolheram a moça mais bonita, cujo nome era Janet.

— Edna não veio trabalhar às duas, como deveria — explicou ela.

— A Raiva Ruiva ficou uma arara — começou a morena, Maureen, mas se conteve. — Miss Martindale, quero dizer.

A terceira moça deu uma risadinha e explicou:

— A gente a chama de Raiva Ruiva.

"E é bem apropriado", pensou Hardcastle.

— Ela é terrível quando quer — disse Maureen. — Só falta pular na gente. Ela perguntou se Edna tinha dito alguma coisa sobre não voltar ao escritório à tarde, e que ela pelo menos podia ter dado alguma desculpa.

A moça mais bonita disse:

— Eu disse a miss Martindale que ela tinha ido ao inquérito com a gente, mas que nós não a tínhamos visto depois e não sabíamos para onde ela tinha ido.

— Isso era verdade? Vocês não tinham ideia de para onde ela foi depois do inquérito?

— Eu falei para ela vir almoçar com a gente — disse Maureen —, mas ela parecia ter alguma coisa em mente. Ela disse que achava que não ia almoçar. Ia só comprar alguma coisa pra comer no escritório.

— Então ela planejava voltar ao escritório.

— Oh, sim, claro. Todas sabíamos que tínhamos que voltar.

— Alguma de vocês notou alguma coisa diferente em Edna Brent nos últimos dias? Ela parecia preocupada, ou parecia estar sempre pensando em alguma coisa? Ela comentou algo sobre isso? Se há alguma coisa assim, eu realmente preciso saber.

As moças se entreolharam, mas não de forma suspeita. Pareciam formar alguma vaga conjectura.

— Ela estava sempre preocupada com alguma coisa — disse Maureen. — Ela confundia as coisas, cometia enganos... Ela era meio lentinha, sabe.

— Tudo acontecia com Edna — disse Risadinha. — Lembram quando o salto-agulha dela quebrou? Era bem o tipo de coisa que acontecia com Edna.

— Eu me lembro — disse Hardcastle.

Em sua mente surgiu a imagem da moça olhando consternada para o sapato em suas mãos.

— Sabe, eu senti que tinha alguma coisa errada hoje à tarde quando Edna não voltou às duas — disse Janet. Ela fez um gesto solene com a cabeça.

Hardcastle olhou para ela com alguma irritação. Ele sempre antipatizava com quem alegava ter sabido ou adivinhado depois do evento consumado e tinha certeza de que ela não pensara nada daquilo. Era muito mais provável que ela tivesse pensado: "Quando Edna chegar vai ter que aturar a Raiva Ruiva".

— Quando vocês souberam do que tinha acontecido? — ele perguntou novamente.

Elas se entreolharam. Risadinha corou, culpada. Seus olhos dardejaram na direção da porta do escritório de Miss Martindale.

— Bom, eu, ahm... eu saí só um minutinho — disse ela. — Eu queria uns salgados para levar para casa e sabia que já teria acabado tudo quando eu fosse embora. Quando eu entrei na loja — fica ali na esquina, e todo mundo me conhece lá —, a mulher disse: "Ela trabalhava lá com vocês, não é, querida?". E eu respondi: "Quem?". Ela respondeu: "Essa moça que acharam morta na cabine telefônica". Ah, minha nossa, que susto! Então eu voltei correndo e contei pra todo mundo e a gente achou melhor ir lá contar para miss Martindale, e bem nessa hora ela aparece *quicando* e dizendo: "O que está acontecendo? Não tem *nenhuma máquina* batendo!".

A moça bonita continuou a saga:

— E eu disse: "Não é culpa nossa, miss Martindale, nós soubemos de uma notícia horrível sobre a Edna".

— E o que miss Martindale disse, o que ela fez?

— Bom, no começo ela não acreditou — disse a morena. — Ela disse: "Que besteira! Isso é fofoca de balconista! Deve ser outra moça. Logo Edna? Ora!". E ela marchou de volta pra sala dela e ligou pra delegacia. Aí ela viu que era verdade.

— Mas eu não entendo — disse Janet, um tanto sonhadora. — Por que alguém ia querer matar Edna?

— Ela não tinha namorado nem nada — disse a morena.

As três olharam para Hardcastle, esperançosas, como se ele tivesse a resposta do problema. Ele suspirou. Não havia nada ali para ele. Talvez alguma das outras moças se mostrasse mais útil. E havia ainda Sheila Webb.

— Sheila Webb e Edna Brent eram amigas próximas? — perguntou ele.

As moças se entreolharam de forma vaga.

— Íntimas, não.

— Aliás, onde está miss Webb?

Ele foi informado de que Sheila Webb estava no Hotel Curlew, trabalhando com o professor Purdy.

19

O professor Purdy soou irritado: ele interrompera o ditado para atender o telefone.

— Quem? O quê? Ele está aqui *agora?* Pergunte a ele se tem como ser amanhã... Ah, tudo bem então, tudo bem. Diga para ele subir.

— Sempre tem alguma coisa — disse ele, contrariado. — Como é que eu posso trabalhar com tanta interrupção? — Ele olhou um pouco contrariado para Sheila Webb e disse: — Agora onde é que nós estávamos?

Sheila ia responder quando bateram à porta. O professor Purdy se forçou para esquecer por algum tempo as dificuldades cronológicas de aproximadamente três mil anos.

— Sim? — disse ele a contragosto. — Sim, pode entrar, o que foi? Eu pedi expressamente para não ser perturbado hoje à tarde.

— Eu sinto muitíssimo, senhor, que isto seja necessário. Boa tarde, miss Webb.

Sheila Webb se levantara, deixando o bloco de notas de lado. Hardcastle se perguntou se a apreensão que ele achara ter detectado nela era real ou apenas imaginada.

— Bem, do que se trata? — disse o professor ríspido.

— Eu sou o inspetor-chefe Hardcastle, como miss Webb aqui já sabe.

— Muito bem. Muito bem.

— Na verdade eu gostaria de trocar algumas palavras com miss Webb.

— Não dá para esperar? No momento isso é *muito* inconveniente. Muito inconveniente. Estávamos chegando em um ponto crucial. Miss Webb estará liberada em mais ou menos quinze minutos... Oh, bem, talvez meia hora. Perto disso. Ai minha nossa, já são *seis horas?*

— Sinto muito, professor Purdy — o tom de Hardcastle era firme.

— Oh, pois muito bem, muito bem. O que foi? É alguma infração de trânsito? Esses guardas de trânsito hoje em dia são muito zelosos. Outro dia um deles ficou teimando comigo que eu tinha deixado o carro estacionado quatro horas e meia na frente do parquímetro. Impossível!

— É um pouco mais sério que uma infração de trânsito, senhor.

—Ah, sim. Ah, sim. E você não tem um carro, tem, minha filha? — Ele olhou para Sheila Webb de forma vaga. — Sim, eu lembrei que você vem de ônibus. Bom, inspetor, do que se trata?

— É sobre uma moça chamada Edna Brent. — Ele se voltou para Sheila Webb. — Creio que a senhorita a conhece.

Ela o encarou. Tinha belos olhos. Olhos azuis como uma centáurea. E faziam com que ele se lembrasse de alguém.

— O senhor disse Edna Brent? — Ela ergueu as sobrancelhas. —Ah, sim, eu a conheço, é claro. O que tem ela?

— Então você ainda não soube. Onde a senhorita almoçou hoje?

A moça corou.

— Eu almocei com um amigo no Ho Tung, se é que o senhor tem mesmo que saber.

— A senhorita não seguiu de lá para o escritório?

— Para o Escritório Cavendish? Eu liguei pra lá e me disseram que era para eu vir direto para cá, às duas e meia.

— Isso mesmo — disse o professor, acenando com a cabeça. — Às duas e meia. E estamos trabalhando desde então. Desde então. Ai minha nossa, eu devia ter pedido um chá. Me desculpe, minha filha, aposto que a senhorita sentiu falta do chazinho. Nessas horas é bom me lembrar.

— Ah, não tem importância nenhuma, professor Purdy.

— Foi descuidado de minha parte, muito descuidado. Mas enfim. É melhor eu não interromper, o inspetor quer perguntar alguma coisa.

— Então a senhorita não sabe o que aconteceu com Edna Brent?

— *Aconteceu?* — perguntou Sheila, abruptamente, e sua voz subiu. — O que aconteceu com ela? O que o senhor quer dizer? Ela sofreu algum acidente, ela.. .foi atropelada?

— Ai ai, olha aí a correria no que é que dá... — intrometeu-se o professor.

— Sim, alguma coisa aconteceu com ela. — Hardcastle fez uma pausa e disse, brutal: — Ela foi estrangulada perto de meio-dia e meia em uma cabine telefônica.

— Em uma cabine telefônica? — disse o professor, demonstrando algum interesse.

Sheila Webb não respondeu. Ela apenas ficou encarando. Sua boca se abriu um pouco, seus olhos se arregalaram. Hardcastle pensou: "Ou essa é a primeira vez que ela recebe a notícia, ou ela é uma atriz danada de boa".

— Ai ai ai — disse o professor. — Estrangulada em uma cabine telefônica. Isso me parece muito extraordinário. Extraordinário demais. Eu não escolheria um lugar assim. Quer dizer, se eu fosse fazer isso. Não, não mesmo. Coitada da moça. Que infelicidade para ela.

— Edna... *morta!* Mas por quê?

— A senhorita sabia que Edna Brent andava bem ansiosa anteontem e querendo falar com a senhorita? Que ela foi até a casa da sua tia e ficou esperando a sua volta lá por algum tempo?

— Isso também foi minha culpa — disse o professor, com ar pesaroso. — Eu retive miss Webb até tarde nessa noite. Eu me lembro. Até bem tarde. Eu ainda me sinto mal por isso. Não se esqueça *mesmo* de me lembrar do horário, minha filha. Pode me lembrar.

— Minha tia me falou. Mas eu não achei que fosse nada importante. Era? Edna estava com algum problema?

— Nós não sabemos — disse o inspetor. — Talvez jamais saibamos. A menos que *você* possa nos dizer.

Ela sacudiu a cabeça.

— Eu não faço ideia mesmo.

— Ela não deu nenhuma indireta, não falou com a senhorita no escritório sobre qualquer coisa?

— Não. Não, ela nunca... Ela não disse nada. Eu fiquei fora do escritório ontem o dia todo. Fui até Landis Bay para trabalhar com um dos nossos clientes escritores.

— A senhorita não a achou preocupada com alguma coisa por esses dias?

— Bom, Edna sempre estava preocupada ou confusa com alguma coisa. Ela tinha... Como direi... O pensamento dela era meio incerto e hesitante. Quer dizer, ela nunca tinha certeza se o que estava fazendo era certo ou não. Uma vez ela saltou duas páginas quando datilografava o livro de Armand Levine, e morreu de preocupação porque só percebeu o erro depois de enviar o livro.

— Entendo. E ela pediu a opinião de vocês sobre o que fazer nesse caso?

— Sim. Eu falei que era melhor ela escrever para ele rápido. Nem sempre as pessoas pegam a cópia datilografada para revisar assim que a recebem. Ela podia escrever, contar o que tinha acontecido e pedir que ele não reclamasse com miss Martindale. Mas ela disse que não gostava de fazer isso.

— Geralmente ela pedia conselhos a vocês quando esses problemas aconteciam?

— Ah, sim, sempre. Mas é claro que o problema era que nós nem sempre concordávamos com o que devia ser feito. E aí ela ficava confusa de novo.

— Então se ela estivesse com algum problema, seria natural que ela procurasse uma de vocês? Isso acontecia frequentemente?

— Sim, acontecia sim.

— A senhorita não acha que dessa vez poderia ser algo mais sério?

— Eu acho que não. Que coisa séria poderia ser?

O inspetor se perguntou se Sheila Webb estava realmente tão tranquila quanto tentava demonstrar.

— Eu não sei sobre o que ela queria falar comigo — continuou ela, falando mais rápido e um tanto sem fôlego. — Não faço ideia mesmo. E certamente não faço ideia de por que ela iria até a casa da minha tia para falar comigo *lá*.

— Parece que era algo que ela não queria comentar com a senhorita no Escritório Cavendish, não parece? Diante das outras moças. Talvez alguma coisa que ela quisesse manter em segredo entre ela e a senhorita Poderia ter sido algo assim?

— Eu acho bastante improvável. Acho que não foi o caso mesmo. — Ela ainda respirava rapidamente.

— Então a senhorita não pode me ajudar, miss Webb?

— Não. Sinto muito. Sinto muitíssimo quanto a Edna, mas não sei de nada que possa ajudar.

— Nada que possa ter conexão com o que aconteceu no dia 9 de setembro?

— O senhor quer dizer... o homem em Wilbraham Crescent?

— Isso mesmo.

— Como poderia? O que é que Edna poderia saber sobre isso?

— Talvez nada muito importante — disse o inspetor —, mas *alguma coisa*. E qualquer coisa ajudaria. *Qualquer coisa*, não importa o quão pequena. — Ele fez uma pausa. — A cabine telefônica onde ela foi assassinada fica em Wilbraham Crescent. Isso quer dizer alguma coisa para a senhorita?

— Nada mesmo.

— A senhorita por acaso esteve em Wilbraham Crescent hoje?

— Não, não estive — disse ela, veemente. — Nem cheguei perto. Estou começando a achar que é um lugar horrível. Eu queria nunca ter ido lá para começo de conversa, queria jamais ter sido envolvida nisso. Por que mandaram me chamar, a mim, especialmente, naquele dia? Por que Edna acabou morrendo lá perto? O senhor *precisa* descobrir, inspetor, o senhor *precisa!*

— É nossa intenção descobrir, miss Webb — disse o inspetor. Houve um leve tom de ameaça em sua voz quando ele continuou: — Isso eu garanto.

— Você está tremendo, minha filha — disse o professor Purdy. — Eu acho melhor, acho que é melhor mesmo você aceitar uma tacinha de *cherry.*

20

A NARRATIVA DE COLIN LAMB

Eu me apresentei a Beck assim que cheguei a Londres.

Ele gesticulou com o charuto enorme em minha direção.

— Parece que pode haver alguma coisa nessa sua ideia idiota de crescentes afinal — disse.

— Então finalmente eu encontrei alguma coisa, não foi?

— Não vou tão longe, mas, como eu disse, *parece* haver alguma coisa. Nosso engenheiro de construções, mr. Ramsay, do 62, anda escondendo o jogo. Ele anda pegando alguns projetos curiosos ultimamente. Firmas genuínas, mas sem quase nenhum histórico de negócios. Quando existe é algo bem peculiar: Ramsay viajou às pressas há cinco semanas. Foi para a Romênia.

— Não foi o que ele disse à esposa.

— Possivelmente não, mas é para onde ele foi. E é onde está agora. Nós queremos saber mais sobre ele. Então pode meter sebo nas canelas e partir atrás. Já estou com os vistos todos prontos e um passaporte novinho. "Nigel Trench" dessa vez. Vá dando um verniz no que você sabe sobre plantas raras dos Bálcãs. Você é botânico.

— Alguma instrução especial?

— Não. Passaremos o seu contato quando você retirar seus documentos. Descubra tudo o que puder sobre nosso mr. Ramsay. — Ele olhou para mim com olhar penetrante. — Você não parece tão animado quanto deveria. — Eu senti seus olhos perscrutando através da fumaça do charuto.

— É sempre bom quando um palpite dá certo — respondi evasivo.

— Crescente certo, número errado. No 61 mora um construtor perfeitamente inocente. Inocente para nós, claro. O pobre Hanbury pegou o número errado, mas não ficou muito longe.

— O senhor investigou os outros? Ou só Ramsay?

— Diana Lodge parece ser puro feito Diana. Uma longa história de gatos. McNaughton... vagamente interessante. Professor aposentado, como você sabe. Matemática. Parece que bem brilhante. Renunciou à cátedra bem subitamente, alegando saúde ruim. Talvez seja verdade, mas ele parece forte e saudável. E parece que ele se isolou de todos os amigos, o que é bem estranho.

— O problema é que nós nos acostumamos a pensar que tudo que *todo mundo* faz é altamente suspeito.

— Talvez você tenha razão. Há vezes em que eu suspeito que *você,* Colin, passou para o outro lado. Há vezes em que eu suspeito que *eu mesmo* passei para o outro lado, e então passei para este de volta! É uma bagunça do diabo.

Meu avião partiu às 22h. Antes, eu fui visitar Hercule Poirot. Dessa vez ele estava bebendo um *sirop de cassis* (para você e para mim, xarope de cassis). Ele me ofereceu um pouco. Eu recusei. George me trouxe uísque. Tudo como sempre.

— Você parece deprimido — disse Poirot.

— Nem um pouco. Estou saindo do país.

Ele olhou para mim. Eu concordei com a cabeça.

— Então é isso?

— Sim, é isso aí.

— Desejo-lhe todo sucesso.

— Obrigado. E quanto a você, Poirot, como vai o dever de casa?

— *Pardon?*

— O Assassinato dos Relógios de Crowdean. Você se reclinou, fechou os olhos e achou a resposta?

— Eu li o que você deixou com grande interesse.

— Não tinha muita coisa ali, não é? Eu falei que esses vizinhos foram uma negação...

— Pelo contrário. No caso de pelo menos *duas* pessoas, algumas declarações esclarecedoras foram feitas...

— Quais? E que declarações?

Com alguma irritação Poirot me disse para ler minhas anotações com cuidado.

— Você verá por si só então — salta aos olhos. O que você deve fazer agora é falar com mais vizinhos.

— Não há mais vizinhos.

— Tem que haver. *Alguém* tem que ter visto alguma coisa. É um axioma.

— Pode ser um axioma, mas não nesse caso. E eu tenho mais alguns detalhes para você. Houve outro assassinato.

— É mesmo? Tão cedo? Que interessante. Conte-me mais.

Eu contei. Ele me questionou a fundo até obter todos os detalhes. Eu também mencionei o cartão postal que entreguei a Hardcastle.

Poirot leu:

— Lembre-se, quatro um três ou quatro e treze. Sim, é o mesmo padrão.

— O que você quer dizer com isso?

Poirot fechou os olhos.

— Só falta uma coisa neste cartão-postal: uma impressão digital sangrenta.

Eu olhei para ele, confuso.

— O que você acha disso?

— Está tudo bem mais claro... Como sempre, o assassino não consegue deixar o assunto morrer.

— Mas quem é o assassino?

Matreiro, Poirot não respondeu.

— Enquanto você está fora, me permite fazer algumas pesquisas?

— De que tipo?

— Amanhã eu instruirei miss Lemon a escrever uma carta a um velho advogado amigo meu, o senhor Enderby. Eu pedirei que ela consulte os registros de casamento em Somerset House. E também vou precisar que ela mande um telegrama para o exterior.

— Não sei se isso vale — objetei. — Assim você já não está mais apenas pensando sentado.

— É exatamente isso que estou fazendo! O que miss Lemon vai fazer é verificar para mim as respostas que eu já encontrei. Eu não preciso de informação, mas de *confirmação*.

— Eu não acredito mesmo, Poirot! Você está blefando. Ora, ninguém nem sabe ainda quem é o morto e...

— Eu sei.

— Qual o nome dele?

— Não faço ideia. O nome dele não importa. Eu sei não *quem* ele é, mas quem ele é. Se você me entende.
— Um chantagista?
Poirot fechou os olhos.
— Um detetive particular?
Poirot abriu os olhos.
— Eu tenho uma citação para você. Como da última vez. E depois disso, não direi mais nada.
Ele recitou, com a maior solenidade:
— *A, B, C — Venha já aqui morrer.**

* Cantiga de ninar. [N.T.]

21

O inspetor-chefe Hardcastle olhou para o calendário na mesa. 20 de setembro. Mais de dez dias. Eles não tinham conseguido fazer muitos progressos quanto ele gostaria por ainda estarem encalacrados com a dificuldade inicial: identificar o cadáver. Estava demorando mais do que ele pensava ser possível. Todas as pistas pareciam ter dado em nada, fracassado. O exame de laboratório efetuado nas roupas não revelara nada de particularmente útil. As roupas também não tinham revelado pistas. Eram roupas de boa qualidade, não novas, mas bem cuidadas. Ninguém tinha podido ajudar: dentistas, lavanderias, nada. O homem morto continuava a ser um "homem misterioso"! E no entanto Hardcastle sentia que ele não era realmente um homem misterioso. Não havia nada de espetacular ou dramático a seu respeito. Tratava-se apenas de um homem que ninguém ainda pudera reconhecer. Hardcastle tinha certeza de que era só isso. Ele suspirou ao pensar na enxurrada de telefonemas e cartas que inundara o distrito após a publicação na imprensa da fotografia com a legenda: VOCÊ CONHECE ESTE HOMEM? Impressionante o número de pessoas que acreditava conhecer aquele homem. Filhas esperançosas que escreviam sobre pais que não viam há anos. Uma senhora de noventa anos, certa de que a fotografia era do filho que tinha saído de casa há trinta anos. Inúmeras esposas tinham achado tratar-se de seus maridos desaparecidos. Irmãs não tinham se mostrado assim tão ansiosas para reaver os irmãos. Talvez irmãs não nutrissem esperanças tão facilmente. E, é claro, havia as inúmeras pessoas certas de terem visto aquele homem em Lincolnshire, Newcastle, Devon, Londres, no metrô, no ônibus, vagando pelo cais, parecendo sinistro em alguma esquina, tentando esconder o rosto ao sair do cinema. Centenas de pistas. As mais promissoras eram investigadas pacientemente apenas para não dar em nada.

Mas naquele dia o inspetor se sentia um pouco mais esperançoso. Ele olhou novamente para a carta em sua mesa. Merlina Rival. Ele não gostou do primeiro nome. Ninguém certo do juízo batizaria a filha de Merlina. Sem dúvida era algum nome falso adotado pela mulher. Mas ele gostara do que lera na carta. Não era extravagante nem confiante demais. Dizia apenas que a remetente achava possível que o homem em questão fosse seu marido, de quem ela havia se separado há vários anos. Ela marcara de aparecer aquela manhã. Ele pressionou o botão do interfone e o sargento Cray apareceu.

— A tal mrs. Rival ainda não chegou?
— Acabou de chegar nesse minuto. Eu estava vindo avisar.
— Como ela é?
— Meio teatral — respondeu Cray, após pensar um pouco.
— Muita maquiagem... e não muito boa. Parece uma mulher confiável, eu diria.
— Ela parece perturbada?
— Não. Não que dê para notar.

— Muito bom. Deixe-a entrar.

Cray saiu e voltou em seguida, dizendo:

— Mrs. Rival, senhor.

O inspetor se levantou e apertou a mão da mulher. Tinha por volta de cinquenta anos, ele diria, mas de longe, bem de longe, talvez lhe dessem trinta. De perto, a maquiagem mal aplicada fazia-a parecer até mais velha que cinquenta, mas ele estava certo da estimativa. Bastante henna nos cabelos negros. Sem chapéu, altura e portes medianos, casaco e saia escuros e blusa branca. Carregava uma grande bolsa tartan. Alguns braceletes que tilintavam, vários anéis. No geral, pensou ele, baseando o julgamento moral em sua experiência, ela parecia um bom tipo. Não devia ser escrupulosa demais, mas fácil de se conviver, razoavelmente generosa, possivelmente bondosa. Confiável? Aí estava a questão. Ele não apostaria nisso, mas de qualquer forma não podia apostar nesse tipo de coisa.

— Fico feliz em conhecê-la, mrs. Rival, e espero que a senhora possa nos ajudar.

— É claro que eu não tenho certeza — disse mrs. Rival, em tom de quem pede desculpas. — Mas parecia Harry. Parecia bem com Harry. Claro que pode muito bem não ser, estou preparada para isso. E espero não tomar o seu tempo desnecessariamente.

Seu tom realmente era de quem pedia desculpas.

— Não se sinta assim. Nós estamos precisando de uma boa ajuda nesse caso.

— Sim, eu entendo. Espero poder ter certeza. Sabe, já faz um bom tempo desde que o vi.

— Vamos estabelecer alguns fatos para ajudar? Quando foi a última vez em que a senhora viu o seu marido?

— Eu vim tentando me lembrar da data certa durante toda a viagem até aqui. Horrível como a memória da gente não presta para coisas de data. Acho que na carta eu dizia dez anos, mas é bem mais que isso. Sabe, acho que é mais para quinze anos. O tempo passa tão rápido. Acho que a gente pensa que é menos porque daí nos sentimos mais jovens. O senhor não acha?

— Acho que deve ser por aí — disse o inspetor. — Mas então a senhora acha que já se vão quinze anos desde que o viu? Quando vocês se casaram?

— Deve ter sido uns três anos antes disso.

— E onde vocês moravam?

— Num lugar chamado Shipton Bois em Suffolk. Boa cidade. Cidade de comércio. Mas um tanto sem graça, se o senhor me entende.

— E o que o seu marido fazia?

— Ele era corretor de seguros. Pelo menos era o que ele dizia.

O inspetor lançou-lhe um olhar perscrutador.

— A senhora descobriu que não era verdade?

— Bom, não... não exatamente. Não na época. Foi só bem depois que eu vim a achar que talvez não fosse verdade. Parece algo fácil de um homem inventar, não é?

— Suponho que sim, em certas circunstâncias.

— Quer dizer, isso dá uma desculpa para passar longos períodos longe de casa.

— Seu marido ficava longe de casa por muito tempo, mrs. Rival?

— Sim. No começo eu não pensava muito nisso.

— Mas e depois?

Ela não respondeu imediatamente. Quando o fez, disse:

— Será que podemos ver logo isso? Afinal se *não for* Harry...

Ele se perguntou em que ela estaria pensando exatamente. Havia uma certa tensão na voz dela, alguma emoção, talvez? Ele não tinha certeza.

— Eu entendo que a senhora queira acabar logo com isso. Vamos lá.

Ele se levantou e a conduziu para fora da sala até o carro que os aguardava. O nervosismo que ela demonstrou quando eles partiram para seu destino não era mais pronunciado que o nervosismo de outras pessoas que ele levara para o mesmo lugar. Ele disse as coisas reconfortantes de costume.

— Vai ser tudo tranquilo. Nada que assuste. Só vai levar um minuto ou dois.

A bandeja foi puxada e o atendente puxou o lençol. Ela ficou encarando por alguns momentos, respirando mais rápido. Deu um pequeno arquejo e se voltou abruptamente. Ela disse:

— É Harry. Sim. Está bem mais velho, parece diferente... mas é Harry.

O inspetor acenou para o atendente, então tocou o braço de mrs. Rival e a levou novamente até o carro. Eles voltaram para a delegacia. Ele não disse nada. Achara melhor dar tempo para que ela se recompusesse sozinha. Quando voltaram à sua sala, um oficial veio quase no mesmo instante com uma bandeja de chá.

— Pronto, mrs. Rival. Tome uma xícara, vai ajudar a acalmá-la. Então nós conversaremos.

— Obrigada.

Ela pôs bastante açúcar no chá e bebeu depressa.

— Estou melhor — disse ela. — Eu não estou *triste*. É só que... isso mexe com a gente um pouco, não é?

— A senhora tem certeza absoluta de que esse homem é mesmo o seu marido?

— Tenho certeza. Claro que ele está mais velho, mas não mudou tanto assim. Ele sempre teve uma boa aparência. Arrumado, sabe, classudo.

Sim, pensou Hardcastle. Era uma boa descrição. Classudo. Provavelmente Harry parecia bem mais classudo do que era realmente. Alguns homens eram assim, e isso ajudava em certos casos.

Mrs. Rival disse:

— Ele sempre tomava muito cuidado com as roupas e tudo mais. É por isso que eu acho que elas caíam na dele tão fácil. Nunca suspeitavam de nada.

— Quem caía na dele, mrs. Rival? — A voz de Hardcastle era gentil e compreensiva.

— As mulheres. Com mulheres, era onde ele estava na maior parte do tempo

— Entendo. E a senhora descobriu a respeito.

— Bom, eu... eu suspeitava. Quer dizer, ele sempre estava viajando. É claro que eu sabia como são os homens. Eu achei que devia haver alguma mulher ocasionalmente. Mas não é bom perguntar isso aos homens. Eles mentem e fica por isso mesmo. Mas eu não pensei... eu nunca cheguei a pensar que ele tinha tornado isso um *negócio*.

— E ele fez isso mesmo?

Ela aquiesceu com a cabeça.

— Acho que fez, sim.

— Como a senhora descobriu?

Ela deu de ombros.

—Um dia ele voltou de viagem. Segundo *ele*, de Newcastle. Disse que teria que sumir, e rápido. Disse que o jogo tinha acabado. Que tinha arranjado um problema com uma mulher. Uma professora, eu acho. E disse que talvez fosse ter barulho. Então eu perguntei, e ele não se importou de me responder. Talvez achasse que eu sabia mais do que eu sabia de fato. Elas caíam na dele muito fácil, sabe, como eu caí. Ele dava um anel, eles passavam a morar juntos. Aí ele dizia que ia investir o dinheiro delas para os dois. Geralmente elas davam o dinheiro facilmente.

— Ele tentou a mesma coisa com a senhora?

— Na verdade tentou, mas eu não dei nada.

— Por que não? A senhora não confiava nele?

— Bom, eu nunca fui do tipo que confia assim tão fácil. Eu tinha, como se diz, experiência do mundo, dos homens, de como as coisas são. E enfim, eu não precisava que ele investisse meu dinheiro por mim. O dinheiro que eu tinha, eu mesma poderia investir. Se a gente não toma cuidado, dinheiro na mão é vendaval! Eu já vi tantas mocinhas e mulheres feitas caindo em cada esparrela...

— Quando ele quis investir o seu dinheiro? Antes de vocês se casarem ou depois?

— Acho que ele sugeriu alguma coisa antes, mas eu não respondi e ele descartou a ideia imediatamente. Então, depois que nos casamos, ele me falou de uma oportunidade maravilhosa que tinha encontrado. Eu disse: "Nada feito". Não só porque eu não confiava nele, mas também porque eu já ouvi homens dizendo que fazem e acontecem, e aí no final eles é que são feitos de bobo.

— O seu marido já teve problemas com a polícia?

— Nunca. As mulheres não gostam que as pessoas saibam que elas foram feitas de idiota. Mas daquela vez parece que as coisas foram diferentes. Essa tal moça tinha educação e não era tão fácil de enganar quanto as outras.

— Ela engravidou...?

— Sim.

— Isso já havia acontecido em outras ocasiões?

— Acho que sim. — Ela acrescentou: — Eu honestamente não sei por que ele começou com isso. Se foi *só* pelo dinheiro... um jeito de ganhar a vida, como se diz, ou se ele era desses homens que *precisam* de mulher, e achou que seria melhor se elas pagassem a conta da brincadeira. — Já não havia amargura em sua voz.

Hardcastle disse gentilmente:

— A senhora gostava dele, mrs. Rival?

— Eu não sei. Eu honestamente não sei. Devo ter gostado de alguma forma, ou não teria me casado com ele...

— A senhora, desculpe-me, a senhora *casou* com ele?

— Nem isso eu sei dizer com certeza — disse mrs. Rival, com franqueza. — Nós nos casamos, até na igreja, mas eu não sei se ele já tinha se casado com outras mulheres usando um nome diferente ou algo assim. O nome dele era Castleton quando nos casamos. Acho que não era o nome de verdade dele.

— Harry Castleton, é isso?

— Sim.

— E vocês viveram nesse lugar, Shipton Bois, como marido e mulher, por quanto tempo?

— Nós já estávamos morando lá há dois anos. Antes disso nós moramos em Doncaster. Não posso dizer que fiquei surpresa no dia que ele voltou e me contou tudo. Acho que eu já sabia que ele era um tipo errado há algum tempo. Mas era difícil acreditar, porque, bom, ele sempre pareceu tão respeitável. Um cavalheiro nato!

— E o que aconteceu depois?

— Ele disse que tinha que sair dali rápido, e eu disse que ele podia ir, e já ia tarde, que eu não ia tolerar aquilo! — Ela acrescentou, pensativa: — Eu dei dez libras a ele. Era tudo o que eu tinha em casa. Ele disse que não tinha dinheiro... Desde então eu nunca mais o vi nem soube dele. Até hoje. Ou melhor, até ver a fotografia no jornal.

— Ele não tinha nenhuma marca no corpo? Cicatrizes? Alguma operação ou fratura, algo assim?

Ela sacudiu a cabeça.

— Creio que não.

— Alguma vez ele usou o nome Curry?

— "Curry"? Não, acho que não. Não que eu saiba, pelo menos.

Hardcastle mostrou a ela o cartão.

— Isso estava no bolso dele.

— Ainda dizendo que é corretor de seguros... — observou ela. — Acho que ele deve... *devia*, quer dizer, usar vários nomes diferentes.

— A senhora disse que não ouviu falar dele pelos últimos quinze anos?

— Ele não me mandou nenhum cartão de Natal, se é isso que o senhor quer saber — disse ela, demonstrando um humor súbito. — Acho que ele não sabia onde eu estava. Eu voltei aos palcos por algum tempo depois que ele partiu. Estava sempre em turnê... mas não era isso tudo. E eu abandonei o nome de Castleton também. Voltei a ser Merlina Rival.

— Então Merlina não é seu nome verdadeiro?

Ela sacudiu a cabeça e um tímido sorriso otimista apareceu em seu rosto.

— Eu que inventei. Bem incomum. Meu nome de verdade é Flossie Gapp. Meu nome de batismo é Florence, mas todos sempre me chamaram de Flossie ou Flô. Flossie Gapp. Não é muito romântico, não é?

— O que a senhora faz hoje em dia? Ainda está atuando, mrs. Rival?

— Ocasionalmente — disse ela, com alguma hesitação. — Aqui e ali, como se diz.

— Entendo — disse Hardcastle, demonstrando tato.

— Eu faço bicos esporadicamente — disse ela. — Ajudo em festas, trabalho de *hostess*, coisas assim. Não é uma vida ruim. Sempre dá pra conhecer pessoas. Às vezes as coisas apertam um pouco.

— A senhora nunca mais recebeu notícias de ou sobre Harry Castleton desde que se separou dele?

— Nem uma palavra. Eu achei que talvez ele tivesse partido para o exterior, ou que tivesse morrido.

— A última coisa que preciso perguntar, mrs. Rival, é se a senhora faz alguma ideia de por que Harry Castleton veio para essa vizinhança.

— Não. Claro que não faço ideia. Eu também não sei o que ele andou fazendo por todos esses anos.

— Seria provável que ele estivesse vendendo apólices fraudulentas ou algo assim?

— Eu simplesmente não sei. Mas não parece muito provável. Quer dizer, Harry era sempre muito cuidadoso. Ele não arriscaria o pescoço se metendo em algo que pudesse encrencá-lo com a lei. Mais provavelmente eu acho que ele continuava enganando mulheres.

— A senhora acha que talvez ele estivesse metido em algum negócio de chantagem?

— Bom, eu não sei... acho que sim, pode ser. Alguma mulher que talvez não quisesse o passado remexido. Com essas coisas ele se sentia à vontade. Mas veja, não estou dizendo que foi isso, estou dizendo que *pode ter sido*. Também não acho que ele ia exigir muito dinheiro. Não a ponto de deixar alguém desesperado, sabe. Talvez ele quisesse uma pequena soma. — Ela confirmou com a cabeça e disse: — É.

— Então as mulheres gostavam dele?

— Sim. Sempre caíam na dele muito facilmente. Acho que por ele parecer sempre tão classudo e respeitável. Elas se orgulhavam de ter conquistado um homem assim. Esperavam um futuro bom e seguro ao lado dele. Esse é o melhor jeito de descrever a coisa. Eu me senti da mesma forma — acrescentou mrs. Rival com franqueza.

— Só mais um detalhe — Hardcastle falou com o subalterno: — Traga os relógios, por favor.

Os relógios vieram em uma bandeja, cobertos por um pano. Hardcastle puxou o pano e os expôs ao olhar de mrs. Rival. Ela os inspecionou com interesse a aprovação.

— São bonitos, não? Eu gosto desse — ela tocou o relógio *ormolu*.

— A senhora nunca os viu antes? Eles não significam nada para a senhora?

— Nada. Era para significarem?

— A senhora consegue pensar em alguma conexão entre o seu marido e o nome Rosemary?

— "Rosemary"? Deixe-me ver. Houve uma ruiva... não, o nome dela era Rosalie. Sinto muito, mas não consigo pensar em ninguém. Mas eu não iria saber mesmo, não é. Harry mantinha seus casos em segredo absoluto.

— Se a senhora visse um relógio com os ponteiros mostrando quatro e treze... — Hardcastle fez uma pausa.

Mrs. Rival deu uma risadinha.

— Eu acharia que já era hora do chá.

Hardcastle suspirou.

— Bem, mrs. Rival — disse ele —, nós ficamos muito gratos à senhora. O inquérito foi adiado e será retomado depois de amanhã, como eu falei. A senhora não se importa de prestar depoimento identificando a vítima, não é?

— Não. Não tem problema nenhum. Eu só tenho que dizer quem ele era, não é? Não vou precisar entrar em detalhes? Não vou ter que falar da vida dele, nada dessas coisas?

— No momento isso não será necessário. A senhora só terá que declarar em juízo que ele é Harry Castleton, o homem com quem a senhora foi casada. A data exata estará registrada em Somerset House. Onde a senhora se casou? Consegue se lembrar?

— Um lugar chamado Donbrook. Acho que St. Michael›s era o nome da igreja. Espero que não tenha sido há *mais* de vinte anos. Isso me faria sentir com o pé na cova.

Ela se levantou e estendeu a mão. Hardcastle disse adeus. Ele voltou à sua mesa e ficou lá sentado batendo com o lápis no tampo. O sargento Cray entrou.

— Foi satisfatório?
— Parece que sim. O nome do sujeito é Harry Castleton. Provavelmente é pseudônimo. Temos que ver o que dá para descobrir sobre esse camarada. Parece provável que mais de uma mulher possa ter razão para se vingar dele.
— Parece bem respeitável.
— Parece que esse era o principal capital de giro dele.
Ele pensou outra vez no relógio com "Rosemary" escrito. Lembrança?

22

A NARRATIVA DE COLIN LAMB

— Então você voltou — disse Hercule Poirot.
Ele colocou um marcador de página no livro que estava lendo. Uma xícara de chocolate quente estava sobre a mesa perto de seu cotovelo. Poirot tem um gosto horrível para bebidas! Dessa vez ele não me convidou para acompanhá-lo.
— Como vai? — perguntei.
— Estou perturbado. Estou muito perturbado. Eles vão renovar, redecorar, até fazer alterações estruturais nos apartamentos.
— Mas isso não vai melhorá-los?
— Vai melhorar, sim — mas será um grande incômodo para *mim*! Eu terei que me desalojar. Tudo vai ficar cheirando a tinta!
— Ele olhou para mim com um ar ultrajado.
Então, afastando as dificuldades com um gesto, ele perguntou:
— Você teve sucesso, sim?
Eu disse lentamente:
— Eu não sei.
— Ah, é assim mesmo.
— Eu descobri o que me mandaram para descobrir. Eu não encontrei o sujeito propriamente. Eu mesmo não sei o que estávamos querendo. Informação? Ou um corpo?

— Falando de corpos, eu li a transcrição do inquérito adiado em Crowdean. Homicídio doloso por pessoa ou pessoas desconhecidas. E o corpo finalmente ganhou um nome.

Eu aquiesci.

— Harry Castleton, seja lá quem ele for.

— Identificado pela esposa. Você esteve em Crowdean?

— Ainda não. Eu pensei em ir lá amanhã.

— Ah, você tem algum tempo livre?

— Ainda não. Ainda estou nesse outro caso. E é por causa dele que vou pra lá... — eu fiz uma pausa e disse: — Eu não sei muito sobre o que andou acontecendo enquanto estive fora. Só soube que identificaram o corpo. O que você acha disso?

Poirot deu de ombros.

— Era esperado.

— Sim. A polícia trabalha muito bem...

— E as esposas não se importam de ajudar.

— Mrs. Merlina Rival! Que nome!

— Me lembra de alguma coisa... do que é que isso me faz lembrar?

Ele olhou para mim, pensativo, mas não pude ajudá-lo. Conhecendo Poirot, aquilo poderia tê-lo lembrado de qualquer coisa.

— Uma visita a um amigo... em uma casa de campo... — murmurou Poirot, e então sacudiu a cabeça: — Não... já faz tanto tempo.

— Quando eu voltar de Londres, vou vir aqui e vou contar tudo o que Hardcastle me informar sobre mrs. Merlina Rival — prometi.

Poirot acenou com a mão em dispensa e disse:

— Não é necessário.

— Você está dizendo que já sabe tudo sobre ela sem ninguém contar?

— Não. Estou dizendo que não tenho interesse nela.

— Você não está interessado... Mas por quê? Eu não entendo — disse e sacudi a cabeça.

— Temos que nos concentrar no essencial. Em vez disso, fale-me da moça chamada Edna, que morreu na cabine telefônica em Wilbraham Crescent.

— Eu não posso dizer mais do que já disse: eu não sei nada sobre essa moça.

— Então tudo o que você sabe — acusou Poirot — ou pode me dizer é que essa moça era uma pombinha assustada que você viu em um escritório falando do salto que tinha quebrado no bueiro — ele se interrompeu. — Onde fica esse bueiro, aliás?

— Ora, Poirot, como é que eu vou saber?

— Você poderia saber se tivesse *perguntado*. Como você espera saber de *alguma coisa* se não faz as perguntas certas?

— O que é que importa *onde* o tal salto quebrou?

— Talvez não importe. Por outro lado, nós saberíamos de um local específico onde essa moça esteve, e isso poderia ter ligação com alguma pessoa que ela tivesse encontrado ali... ou com algum evento que tivesse acontecido.

— Agora você está forçando. E eu até sei que é perto do escritório, porque ela disse. E disse que tinha comprado um pãozinho e capengou de volta até o escritório para almoçar, e terminou perguntando como é que iria pra casa daquele jeito.

— Ah, e *como* ela foi pra casa?

— Não faço ideia.

— Ah, mas é impossível, essa sua mania de não fazer as perguntas certas! O resultado é você nunca saber nada de importante.

Irritado, eu disse:

— É melhor ir até Crowdean e perguntar você mesmo.

— Isso é impossível no momento. Vai haver uma venda de manuscritos de escritores deveras interessante semana que vem.

— Ainda no hobby?

— Oh sim, claro. — Seus olhos se acenderam. — Considere por exemplo as obras de John Dickson Carr ou Carter Dickson, outro nome que ele usa...

Eu escapei antes que ele pudesse engrenar, alegando um compromisso urgente. Eu não estava no clima para palestras sobre grandes mestres da arte da ficção policial.

II

Na tarde seguinte eu estava sentado no batente da porta da casa de Hardcastle. Ergui-me em meio à penumbra do crepúsculo quando ele chegou.

— Oi, Colin? É você? Então você voltou. Tudo azul por lá?

— Voltei. Tudo *vermelho* seria mais apropriado.

— Há quanto tempo você está sentado no meu batente?

— Ah, uma meia hora.

— Desculpe você ter ficado esperando do lado de fora.

— Eu poderia ter entrado muito facilmente — eu disse, indignado. —Você não conhece nosso treinamento!

— Então por que você não entrou?

— Eu não iria minar o seu prestígio assim. Pegaria muito mal para um inspetor ter a casa invadida de forma tão sem-cerimônia.

Hardcastle pegou as chaves do bolso e abriu a porta da frente.

— Entre e não diga bobagens.

Ele me conduziu até a sala de estar e providenciou as bebidas.

— Diga quando.

Eu disse, não cedo demais, e nos aconchegamos com nossos copos.

—As coisas estão avançando finalmente — disse Hardcastle. Identificamos o cadáver.

— Eu sei. Dei uma olhada nos registros de jornal. Quem era Harry Castleton?

— Um homem aparentemente da maior respeitabilidade, que ganhava a vida com casamentos ou noivados com mulheres crédulas e abastadas. Elas confiavam as economias a ele, impressionadas pelo seu superior conhecimento de finanças... e um pouco depois ele sumia sem deixar rastros.

— Ele não parecia esse tipo de homem.

— E isso era o principal capital de giro dele.

— Ele nunca foi processado?

— Não. Nós andamos investigando, mas não conseguimos muita coisa. Ele mudava de nome frequentemente. E embora o pessoal na Scotland Yard ache que Harry Castleton, Raymond Blair, Lawrence Dalton e Roger Byron sejam a mesma pessoa, nunca puderam provar nada. As mulheres não abriam o jogo. Preferiam perder o dinheiro. Esse sujeito era mais um nome que qualquer outra coisa. Aparecia aqui e ali, sempre no mesmo padrão. Mas bem difícil de pegar. Por exemplo, Roger Byron desaparecia de Southend, e um homem chamado Lawrence Dalton iniciava operações em Newcastle ou Tyne. Ele não gostava de aparecer em fotografias e sempre conseguia evitar que as esposas tirassem fotos dele. Isso tudo já faz muito tempo, quinze a vinte anos. Por essa época ele pareceu desaparecer de verdade. Os boatos davam conta de que ele tinha morrido, mas algumas pessoas diziam que ele tinha partido para o exterior.

— E ninguém teve mais notícias até ele aparecer morto no carpete da sala de estar de miss Pebmarsh?

— Exato.

— Certamente isso abre algumas possibilidades.

— Certamente.

— Uma mulher rejeitada e magoada? — sugeri.

— Acontece, não é? Há mulheres por aí com memórias excelentes...

— E se uma mulher assim ficasse cega, seria um agravante em uma situação já ruim...

— Isso é só conjectura. Não temos nada para provar isso ainda.

— Como era a esposa, a tal mrs. Merlina Rival? Que nome! Não pode ser verdadeiro.

— O nome de verdade é Flossie Gap. O outro é inventado. Mais adequado para a profissão dela.

— Ela é o quê? Da noite?

— Não profissional.

— O que costumava se chamar romanticamente de "mulher de vida fácil"?

— Eu diria que se trata de uma mulher de boa índole, que não se incomoda de prestar favores a amigos. Se descreveu como ex-atriz. Ocasionalmente pega trabalhos de *hostess*. Simpática.

— Confiável?

— Tanto quanto possível. Reconheceu o copo com bastante certeza, sem hesitação.

— Que alívio.

— Sim. Eu já estava perdendo as esperanças. Quantas esposas eu não entrevistei! Começava a achar que as mulheres não olham para a cara dos maridos. Mas olhe, acho que mrs. Rival sabia mais sobre o marido do que deu a entender.

— Ela própria já se envolveu em atividades criminosas?

— Nada com registro. Acho que ela pode ter tido, ou ainda tem, amigos de reputação duvidosa. Nada sério, trambiqueiros, coisas do tipo.

— E quanto aos relógios?

— Não significam nada para ela. Acho que ela estava falando a verdade. Nós rastreamos a origem deles. Portobello Market. De lá vieram o *ormolu* e o de porcelana de Dresden. E não adiantou nada descobrir isso. Você sabe como é lá aos sábados. O vendedor *acha* que foram comprados por uma senhora americana. Mas eu acho que é palpite. Portobello Market é cheio de turistas americanos. A esposa do vendedor disse que um homem os comprou. Ela não se lembra da aparência dele. O de prata veio de um ourives de Bournemouth. Uma senhora alta que queria um presente para a filhinha! Tudo o que a vendedora se lembra é que a mulher usava um chapéu verde.

— E o quarto relógio? O que desapareceu?
— Sem comentários — disse Hardcastle.
Eu sabia perfeitamente o que ele queria dizer.

23

A NARRATIVA DE COLIN LAMB

O hotel em que eu estava hospedado era um lugar insignificante perto da estação. Servia boas carnes, mas isso era tudo que tinha a seu favor. Além, é claro, do preço.

Às dez da manhã eu liguei para o Escritório Cavendish e disse que estava precisando de uma estenógrafa para transcrever algumas cartas e datilografar um contrato. Meu nome era Douglas Weatherby e eu estava no Clarendon Hotel (hotéis modestos sempre têm nomes grandiosos). Miss Sheila Webb estava disponível? Um amigo a tinha achado bastante eficiente.

Eu tive sorte. Sheila podia vir imediatamente. No entanto, ela tinha um compromisso ao meio-dia. Eu disse que teria terminado bem antes disso, pois também tinha um compromisso.

Eu estava do lado de fora, perto da entrada do Clarendon quando Sheila apareceu. Eu me adiantei.

— Sr. Douglas Weatherby a seu serviço — eu disse.

— Então era *você*?

— Era eu.

— Mas você não pode fazer isso. — Ela parecia escandalizada.

— Por que não? Eu posso pagar ao Escritório Cavendish pelos seus serviços. O que importa pra eles se gastarmos o seu tempo precioso e caro no Café Botão de Ouro? É mais divertido que ficar ditando cartas, "Vimos por meio desta etc. e tal..." Vamos, vamos tomar café sem graça em algum local relaxante.

O Café Botão de Ouro fazia jus ao nome: era violenta e agressivamente amarelo. Tampos de mesa de fórmica, almofadas de plástico e xícaras e pires eram todos da mesma cor dourada.

Eu pedi café e biscoitos para dois. Era bem cedo, e tínhamos o lugar só para nós.

Quando a garçonete anotou o pedido e se afastou, nós olhamos um para o outro.

— Você está bem, Sheila?
— O que você quer dizer... eu pareço bem?

Seus olhos estavam com círculos de um escuro tão forte que pareciam violeta em vez de azuis.

— Você está passando por algum momento difícil?
— Sim. Não. Eu não sei. Eu pensei que você tinha ido embora.
— Eu fui. E voltei.
— Por quê?
— Você sabe o porquê.

Ela abaixou os olhos.

— Eu tenho medo dele — disse ela, após uma pausa de pelo menos um minuto, que é bastante tempo.

— De quem você tem medo?
— Daquele seu amigo, o inspetor. Ele pensa... ele acha que eu matei aquele homem, e que eu matei Edna, também.
— Ah, esse é só o jeito dele — disse eu, reconfortando-a.
— Ele sempre parece que suspeita de todo mundo.

— Não, Colin, não é isso. Não fique falando essas coisas só para me animar. Desde o começo ele acha que eu tive alguma coisa a ver com o que aconteceu.

— Minha linda, não há provas contra você. Só porque você estava lá no dia, porque alguém armou para você...

— Ele acha que eu mesma fiz aquilo. Ele acha que é tudo armação. Ele acha que Edna sabia disso de algum jeito, e que Edna reconheceu minha voz no telefone, fingindo ser miss Pebmarsh.

— *Era* a sua voz?

— É claro que não. Não fui eu quem fez a ligação. Eu já disse.

— Olhe, Sheila. Não importa o que você diga para os outros, para *mim* você precisa dizer a verdade.

— Então você não acredita em nada do que eu digo!

— Acredito sim. Talvez você *tenha* feito a ligação por algum motivo inocente. Alguém pode ter *pedido* a você que fizesse a ligação, talvez dizendo que era só brincadeira, mas você ficou assustada e, depois de ter mentido a respeito, teve que continuar mentindo. Foi isso?

— Não, não, *não!* Quantas vezes eu tenho que dizer?

— Tudo bem, Sheila, mas há *algo* que você não está me contando. Eu quero que você confie em mim. Hardcastle *tem* alguma coisa contra você, algo que ele não me falou...

— Você espera que ele conte tudo a você?

— Bom, não há motivo para ele não dizer. Nós trabalhamos em ramos parecidos.

A garçonete voltou com nossos pedidos. O café era fraco feito a história de Sheila.

— Eu não sabia que você também era metido com a polícia — disse ela, mexendo o café lentamente.

— Não é bem a polícia. É um ramo completamente diferente. Mas o que eu estava dizendo é que se Dick não me conta tudo o que sabe a seu respeito, é porque tem um motivo. Ele acha que eu estou interessado em você. Bom, eu estou interessado em você. Mais do que isso. Eu estou *do seu lado*, Sheila, seja lá o que você tenha feito. Naquele dia você saiu da casa em pânico. Realmente assustada. Você não estava fingindo. Você não conseguiria fingir aquilo tão bem.

— É claro que eu estava assustada. Eu fiquei horrorizada.

— E apenas encontrar o corpo foi o que assustou você? Ou havia algo mais?

— O que mais poderia haver?

Eu me preparei.

— Por que você pegou o relógio escrito "Rosemary"?

— Do que você está falando? Por que eu ia pegar isso?

— Eu perguntei primeiro.

— Eu nunca nem toquei nele.

— Você disse que precisava voltar à casa porque havia esquecido as luvas. Você não estava de luvas naquele dia. Era um dia claro de setembro. Eu nunca vi você de luvas. Então, você voltou àquela sala e pegou o relógio. Não minta para mim. Foi o que você fez, não foi?

Ela ficou em silêncio por um momento ou dois, esmigalhando o biscoito no prato.

— Está bem — disse ela quase sussurrando. — Está bem. Eu peguei. Eu peguei o relógio e enfiei na bolsa e depois saí de lá.

— Mas por que você fez isso?

— Por causa do nome... Rosemary. É o meu nome.
— Seu nome é Rosemary, não Sheila?
— Os dois. Rosemary Sheila.
— E só isso foi suficiente? O fato do seu nome ser o mesmo que estava escrito em um dos relógios?

Ela percebeu minha descrença mas manteve-se firme.
— Eu estava muito assustada mesmo.

Eu olhei para ela. Sheila era *minha* mulher — a mulher que eu queria, e queria a sério. Mas não era bom nutrir ilusões a respeito dela. Sheila era uma mentirosa e provavelmente sempre seria. Era a sua maneira de lutar pela sobrevivência: a negação rápida, fácil e imprudente. Era a arma de uma criança, e ela pelo jeito jamais aprendera a deixar de usá-la. Se eu quisesse Sheila, eu deveria aceitá-la como ela era. Estar pronto para ajudá-la com suas fraquezas. Nós todos temos nossas partes fracas. As minhas eram diferentes das dela, mas existiam.

Eu resolvi atacar, e o fiz. Era a única maneira.
— O relógio era *seu*, não era? Pertencia a você?

Ela arquejou.
— Como você sabia?
— Conte-me a respeito.

A história foi saindo em meio a uma enxurrada de palavras embaralhadas. Ela possuíra o relógio quase a vida toda. Até perto dos seis anos ela sempre atendera pelo nome de Rosemary, mas odiava o nome e insistia em ser chamada de Sheila. Ultimamente o relógio começara a dar defeito. Ela pensou em deixá-lo em uma relojoaria perto do escritório. Mas esquecera-se dele em algum lugar: no ônibus, talvez, ou na lanchonete onde fora comprar um sanduíche para o almoço.

— Quanto tempo antes do assassinato no nº 19 de Wilbraham Crescent foi isso?

Ela achava que tinha sido coisa de uma semana. Não tinha se importado muito porque o relógio estava velho e vivia dando a hora errada; era melhor comprar um novo mesmo.

E então:

— Eu não notei de primeira — disse ela. — Não notei quando entrei na sala. Então eu encontrei o... homem morto. Fiquei paralisada. Eu me levantei depois de tocá-lo e fiquei lá... e foi quando vi meu relógio diante de mim em uma mesa perto da lareira. *Meu relógio*. E minha mão estava suja de sangue... e então ela entrou e eu me esqueci de tudo porque ela ia pisar nele. E... e aí eu — eu corri. Eu só queria sair dali.

Eu aquiesci.

— E depois?

— Eu comecei a pensar. Ela disse que não havia telefonado me requisitando. Então quem tinha ligado? Quem tinha me levado, e ao meu relógio, até ali? Eu disse aquilo sobre as luvas, e voltei e meti o relógio na bolsa. Acho que foi burrice minha.

— Isso foi a coisa mais estúpida que você podia ter feito. Para certas coisas, Sheila, você não tem a menor noção.

— Mas tem alguém tentando me envolver nisso. Aquele cartão-postal deve ter sido enviado por alguém que sabe que eu levei o relógio. E o próprio cartão mostrando o *Old Bailey*. Se meu pai fosse um bandido...

— O que você sabe sobre seu pai e sua mãe?

— Eles morreram em um acidente quando eu era bebê. Foi o que minha tia me contou, foi o que eu sempre soube. Mas ela nunca fala deles, nunca diz nada sobre eles. Uma ou duas vezes quando eu perguntei, ela falou uma coisa e mais tarde falou outra. Então eu sempre soube, sabe, que tinha *alguma coisa* errada.

— Continue.

— Então eu acho que meu pai era algum criminoso... quem sabe até um assassino. Ou talvez minha mãe. Dizer para uma criança que os pais dela morreram e evitar falar qualquer coisa sobre eles só faz sentido se houver alguma coisa horrível demais para a criança saber.

— E aí você ficou preocupada. Provavelmente deve ser alguma coisa simples. Talvez você só seja filha ilegítima.

— Eu também pensei nisso. As pessoas às vezes tentam esconder essas coisas das crianças. É muito estúpido. Seria melhor falar a verdade de uma vez. Hoje em dia ninguém dá mais tanta importância para isso. Mas o problema todo é que eu simplesmente não sei. Eu não sei o que está por trás disso tudo. Por que eu fui batizada de Rosemary? Não é um nome da família. Significa "lembrança", não é?

— Que pode ser um bom significado.

— É, pode. Mas acho que não é o caso. Enfim, depois que o inspetor me interrogou aquele dia, eu comecei a pensar. Por que alguém quis que eu estivesse lá? Junto com um homem estranho, morto? Ou foi o morto quem quis que eu o encontrasse lá? Será que ele era meu pai, e queria que eu fizesse alguma coisa por ele? E daí apareceu alguém e o matou. Ou será que alguém desde o início queria que parecesse que eu era a assassina? Ah, eu me atrapalhei toda de medo. Parecia que tudo estava apontando pra mim. Me levar até lá, e o morto, e meu nome em um relógio que não era pra estar ali. Então eu entrei em pânico e fiz algo estúpido, como você disse.

Eu sacudi a cabeça.

— Você anda lendo ou datilografando histórias de mistério e *thrillers* demais. E quanto a Edna? Você não faz nenhuma ideia do que ela tinha metido na cabeça a seu respeito? Por que ela foi até sua casa se ela via você todo dia no escritório?

— Eu não faço ideia. Com certeza ela não achava que eu tinha algo a ver com o assassinato. Com certeza.

— Talvez fosse algo que ela ouviu e entendeu mal, formando uma ideia errada?

— Não foi nada, estou dizendo. Nada!

Eu fiquei imaginando. Não podia evitar... Mesmo ali eu não acreditava que Sheila estivesse dizendo a verdade.

— Você tem algum inimigo? Homens rejeitados, moças recalcadas... alguém meio desequilibrado que tivesse alguma rixa com você?

Soava implausível já enquanto eu falava.

— É claro que não.

E era isso. Mas eu não estava convencido. Era uma história fantástica. 413. O que significavam os números? Por que escrevê-los em um cartão-postal com a palavra "LEMBRE-SE!", a não ser que significassem *alguma coisa* para o destinatário?

Eu suspirei, paguei a conta e me levantei.

— Não se preocupe — eu disse. (Certamente a frase mais anódina do inglês ou de qualquer outra língua.) O Serviço Pessoal Colin Lamb está no caso. Você vai ficar bem, nós vamos nos casar e viver felizes para sempre com a mixaria que eu ganho. Aliás — eu disse, embora soubesse que teria sido melhor terminar na nota romântica. É que a Curiosidade Pessoal Colin Lamb era forte demais: — O que foi que você fez com o relógio? Escondeu em sua gaveta de meia-calça?

Ela esperou um momento antes de dizer:

— Eu joguei na lixeira da casa ao lado.

Eu fiquei bastante impressionado. Aquilo fora simples e provavelmente muito eficiente. Pensar naquilo fora inteligente da parte dela. Talvez eu tivesse subestimado Sheila.

24
A NARRATIVA DE COLIN LAMB

I

Quando Sheila partiu, eu fui até o Clarendon, fiz as malas e as deixei a postos com o porteiro. Era o tipo de hotel que insiste em que você faça o check-out antes do meio-dia.

Então parti. Meu caminho passava pela delegacia e, após hesitar um pouco, eu entrei. Perguntei por Hardcastle. Eu o encontrei franzindo a testa enquanto lia uma carta.

— Estou partindo outra vez hoje à noite, Dick. De volta a Londres.

Ele olhou para mim com uma expressão pensativa.

— Aceita um conselho?

— Não — respondi imediatamente.

Ele não se importou. As pessoas não se importam quando querem dar um conselho.

— Se você sabe o que é melhor pra você, é melhor ir para longe e ficar longe.

— Ninguém pode julgar o que é melhor para os outros.

— Duvido disso.

— Vou te dizer uma coisa, Dick. Quando eu tiver completado minha missão atual, vou parar. Quer dizer, acho que vou.

— Por quê?

— Eu sou como um daqueles clérigos vitorianos antiquados. Eu tenho dúvidas.

— Dê tempo ao tempo.

Não tive certeza do que ele quis dizer. Eu perguntei o que é que o preocupava tanto.

— Leia isso. — Ele me passou a carta que estivera examinando.

Caro senhor,
Eu me lembrei de uma coisa. O senhor me perguntou se meu marido tinha alguma marca que o identificasse, e eu disse que não. Mas eu estava errada. Na verdade ele tem uma cicatriz atrás da orelha esquerda. Ele se cortou com uma lâmina quando um cão que tínhamos pulou nele. Teve que levar pontos. Foi tão pequeno e sem importância que eu não me lembrei naquele dia.
Atenciosamente,
Merlina Rival

— Letra bonita, arrojada — eu disse —, mas não gosto de tinta roxa. O morto tinha uma cicatriz?

— Tinha sim. Bem onde ela disse.

— Ela não viu quando mostraram o corpo a ela?

— A orelha tapa. É preciso dobrar a orelha para frente para poder ver.

— Então está tudo certo. Uma excelente comprovação. O que está incomodando você?

Hardcastle disse, sinistro, que aquele caso era um inferno! Ele perguntou se eu planejava ver meu amigo francês ou belga em Londres.

— Provavelmente. Por quê?

— Eu o mencionei ao comissário-chefe, que disse que se lembra bem dele. Daquele caso da moça guia. Minhas ordens são de dar a ele cordiais boas-vindas se ele resolver vir aqui.

— Não aquele ali — eu disse. Ele é praticamente um caranguejo-ermitão.

II

Eram 12h15 quando toquei a campainha do nº 62 de Wilbraham Crescent. Mrs. Ramsay abriu a porta. Ela mal ergueu a vista para falar comigo.

— O que foi?

— Posso falar com a senhora um instante? Eu estive aqui há uns dez dias. Talvez a senhora não se lembre.

Ela ergueu os olhos para me olhar com mais atenção e franziu um pouco a testa.

— Você esteve aqui com o inspetor de polícia, não foi?

— Isso mesmo, mrs. Ramsay. Eu posso entrar?

— Se você faz questão... Não é bom recusar o que a polícia pede. Eles não veem isso com bons olhos.

Ela me conduziu até a sala de estar, fez um gesto abrupto na direção de uma cadeira e se sentou diante de mim. Havia um leve tom ácido em sua voz, mas seu comportamento agora tinha um abatimento que eu não notara antes.

Eu disse:

— Hoje está quieto aqui... então seus filhos voltaram à escola?

— Sim. Faz toda a diferença. Acho que o senhor quer fazer mais perguntas, não é, sobre esse último assassinato? A moça que foi morta na cabine telefônica.

— Não, não é bem isso. Sabe, eu não estou realmente vinculado à polícia.

Ela pareceu levemente surpresa.

— Eu achei que o senhor era um sargento... sargento Lamb, não era?

— Meu nome é Lamb, sim, mas eu trabalho em um departamento completamente diferente.

O abatimento sumiu da expressão de mrs. Ramsay. Ela me encarou rapidamente, de um jeito duro.

— Oh... mas então o que é?

— Seu marido ainda está fora do país?

— Sim.

— Ele partiu faz um bom tempo, não, mrs. Ramsay? E bem para longe, não foi?

— O que o senhor sabe sobre isso?

— Bom, ele foi para trás da Cortina de Ferro, não foi?

Ela ficou em silêncio por alguns instantes, e então disse com uma voz sem entonação:

— Sim. Sim, o senhor está certo.

— A senhora sabia que ele estava indo?

— Mais ou menos. — Ela pausou por alguns instantes e então disse: — Ele queria que eu o acompanhasse.

— Ele já vinha pensando nisso há algum tempo?

— Acho que sim. Ele não me disse nada até bem recentemente.

— A senhora não simpatiza com as opiniões dele?
— Acho que já simpatizei. Mas o senhor já deve saber disso... O senhor verifica bem essas coisas, não? Remexe no passado, descobre quem viajou junto com quem, quem era membro do partido, tudo isso.
— A senhora pode nos dar informações que nos seriam bem úteis.
Ela sacudiu a cabeça.
— Não. Não posso fazer isso. Não é que eu não queira. Mas ele nunca me falou de nada. Eu não queria saber. Eu estava cansada, farta disso tudo! Quando Michael me disse que estava saindo do país, fugindo, para ir a Moscou, isso não me assustou. Eu tive que decidir na hora o que é que *eu* queria fazer.
— E a senhora decidiu que não simpatizava com os objetivos do seu marido...?
— Não, eu não diria isso! Eu tenho direito às minhas opiniões pessoais. As mulheres são assim, a menos que se trate de uma fanática. E mulheres podem ser *bem* fanáticas, mas eu nunca fui. Eu sempre fui só moderadamente de esquerda.
— Seu marido estava metido no caso Larkin?
— Eu não sei. Talvez ele tenha participado. Ele nunca me falou nada.
Subitamente ela pareceu mais animada.
— Vamos esclarecer uma coisa, mr. Lamb. Ou mr. Lobo, ou seja lá qual for o seu nome. Eu amava o meu marido, e talvez até amasse o bastante para acompanhá-lo até Moscou, concordando ou não com as opiniões políticas dele. Ele queria que eu levasse os meninos. Eu não quis levar os meninos! Foi simples assim. Eu decidi ficar aqui com eles. Não sei se um dia vou ver

Michael outra vez. Ele precisa escolher como vai viver a vida, e eu também, mas eu sei de uma coisa com certeza: depois que ele falou comigo, eu quis que os meninos fossem criados aqui, no país deles. Eles são ingleses. Eu quero que sejam criados como meninos ingleses normais.

— Entendo.

— E eu acho que isso é tudo — disse mrs. Ramsay, levantando-se.

Agora seus modos pareciam bem decididos.

— Deve ter sido uma decisão difícil. Eu sinto muito.

Eu sentia mesmo. Talvez o tom de empatia em minha voz a tenha convencido. Ela sorriu um pouco.

— É, quem sabe... Acho que no seu trabalho o senhor precisa ter empatia com as pessoas, saber o que elas pensam e sentem. Foi um golpe bem duro para mim, mas o pior já passou... Agora eu preciso ter meus planos, o que fazer, pra onde ir, ficar aqui ou ir para outra parte. Vou ter que arranjar emprego. Eu já trabalhei como secretária. Acho que vou fazer um curso de estenografia e datilografia.

— Bom, só não vá trabalhar para o Escritório Cavendish.

— Por que não?

— As funcionárias de lá costumam ter muita má sorte.

— Se o senhor acha que eu sei alguma coisa sobre isso, está errado. Eu não sei nada.

Eu lhe desejei sorte e parti. Não tinha descoberto nada com ela. Eu nem acreditava que poderia descobrir algo, mas temos que atar todas as pontas soltas.

III

Saindo pelo portão eu quase trombei com mrs. McNaughton. Ela carregava uma sacola de compras e parecia bem instável.

— Com licença — eu disse, e peguei a sacola. Ela pareceu querer retê-la, mas então inclinou a cabeça para frente, olhando para mim, e relaxou.

— Você é o rapaz da polícia. Eu não o reconheci de imediato.

Eu carreguei a sacola de compras até a porta da frente e ela me seguiu. A sacola estava mais pesada do que eu esperava. Me perguntei o que haveria nela... quilos de batatas?

— Não toque a campainha. A porta não está fechada.

Parecia que ninguém fechava as portas em Wilbraham Crescent.

— E como andam as coisas? — perguntou ela, animada. — Parece que ele casou com alguém de uma classe bem mais baixa.

Eu não sabia do que ela estava falando.

— Quem casou? Eu estive fora.

— Ah, sim. *Seguindo* alguém, não é? Eu falo de mrs. Rival. Eu fui ao inquérito. Uma mulher de aparência *tão* ordinária. Ela não me pareceu muito triste pela morte do marido.

— Ela já não o via há quinze anos.

— Angus e eu já estamos casados há vinte anos. — Ela suspirou. — É bastante tempo. E toda essa coisa de mexer com jardinagem agora que ele não leciona mais... É difícil a gente saber como se ocupar.

Naquele instante mr. McNaughton apareceu dobrando a esquina da casa de pá na mão.

— Ah, querida, você voltou. Deixe eu pegar as coisas...

— Pode deixar na cozinha — disse mrs. McNaughton, me cutucando com o cotovelo. — São só os sucrilhos, ovos e um melão — disse ela ao marido sorrindo.

Eu pus a sacola na mesa da cozinha. Fez barulho de vidro batendo.

Sucrilhos uma ova! Deixei que meus instintos de espião tomassem conta. Debaixo de uma bandeja de gelatina havia três garrafas de uísque.

Eu compreendi por que mrs. McNaughton às vezes se mostrava tão alegre e briguenta, e por que às vezes parecia um pouco instável ao se mover. E talvez o motivo de mr. McNaughton ter abdicado de sua posição na universidade.

Era uma manhã para ver vizinhos. Eu encontrei mr. Bland enquanto seguia ao longo do crescente na direção de Albany Road. Mr. Bland parecia estar em boa forma. Ele me reconheceu imediatamente.

— Como vai? E os crimes? Soube que o tal corpo foi identificado. Parece que o sujeito tratava mal a esposa, não é. Aliás, desculpe, mas o senhor não é daqui, não é?

Eu disse que tinha vindo de Londres e deixei por aí.

— Então a Scotland Yard está de olho?

— Bom... — eu estiquei a palavra, sem me comprometer.

— Entendi. Em boca fechada não entra mosca. Mas o senhor não estava no inquérito.

Eu disse que tinha estado fora.

— Eu também, meu caro! Eu também! — ele piscou pra mim.

— A alegre Paris? — eu perguntei, piscando também.

— Quem dera. Não, uma viagem de um dia à Bolonha.

Ele me cutucou com o cotovelo (como mrs. McNaughton, aliás!).

— Não levei a patroa. Fiquei lá com uma coisinha linda. Loira. Um espetáculo.

— Viagem comercial, então? — E ambos rimos como homens do mundo.

Ele continuou em direção ao n⁰ 61 e eu fui na direção de Albany Road.

Eu estava insatisfeito comigo mesmo. Como Poirot dissera, tinha que haver algo mais a ser descoberto com os vizinhos. Era realmente impossível que *ninguém* tivesse visto nada! Talvez Hardcastle tivesse feito as perguntas erradas. Mas será que eu conseguiria pensar em perguntas melhores? Enquanto eu dobrava em Albany Road, fiz uma lista mental de perguntas. Era mais ou menos assim:

Mr. Curry (Castleton) foi dopado — Quando? Mr. Curry foi morto — Onde?

Mr. Curry (Castleton) foi levado até o n⁰ 19 — Como? Alguém deve ter visto alguma coisa! — Quem? Alguém deve ter visto alguma coisa! — O quê?

Eu dobrei à esquerda outra vez. Agora eu caminhava ao longo de Wilbraham Crescent, como fizera no dia 9 de setembro. Será que eu deveria visitar miss Pebmarsh? Tocar a campainha e dizer... bom, dizer o quê?

Visitar miss Waterhouse? Mas o que eu poderia dizer a *ela?*

Talvez mrs. Hemming? No caso dela, pouco importava o que eu dissesse. Ela não escutaria, e o que ela dissesse, embora pudesse parecer irrelevante e fora de propósito, talvez fornecesse alguma pista.

Eu continuei caminhando, notando os números como da outra vez. Teria o finado mr. Curry passado por aqui, também notando os números, até chegar ao número desejado?

Wilbraham Crescent jamais parecera tão arrumada. Quase me peguei exclamando à moda vitoriana: "Oh, se essas pedras falassem!" Era uma frase popular daquela época, parece. Mas as pedras não falam, nem os tijolos e a argamassa, nem o gesso e o estuque. Wilbraham Crescent permanecia em silêncio. Antiquada, distante, um tanto desgastada e pouco afeita à conversação. E eu tinha certeza que o lugar não encorajava espreitadores itinerantes que sequer sabiam o que buscavam.

Havia algumas pessoas por ali; alguns meninos em bicicletas passaram por mim e também duas mulheres com sacolas de compra. As próprias casas pareciam múmias embalsamadas, julgando pelos sinais de vida dentro delas. Eu sabia o motivo. Já era, ou estava bem perto de, uma da tarde, a hora sagrada, santificada pela tradição inglesa para o consumo da refeição vespertina. Em uma ou duas casas eu vi, pelas janelas devassadas, grupos de pessoas ao redor da mesa de jantar, mas até isso era raro. Ou as janelas estavam fechadas discretamente com redes de nylon (em vez da outrora popular renda de Nottingham) ou, o que era bem mais provável, quem estava em casa almoçava na cozinha "moderna", de acordo com os costumes da década de 60.

Eu refleti que era a hora perfeita para um assassinato. Me perguntei se o assassino teria pensado nisso. Teria aquilo feito parte do seu plano? Finalmente cheguei ao nº 19.

Como tantos outros membros estupefatos da população, eu fiquei parado, encarando. Agora já não havia nenhum ser humano à vista.

— Nada de vizinhos — eu disse triste. — Nada de testemunhas inteligentes.

Senti uma dor aguda no ombro. Eu estava errado. *Havia* um vizinho ali, um vizinho que, se pudesse falar, teria sido muito útil. Eu estava encostado ao poste do nº 20, e o mesmo grande gato laranja que eu vira antes estava ali sentado. Eu parei e troquei algumas palavras com ele, tendo antes soltado sua unha brincalhona da carne do meu ombro.

— Se gatos falassem — eu disse para quebrar o gelo.

O gato laranja abriu a boca e miou alto e melodiosamente.

— Eu sei que você sabe falar. E tão bem quanto eu. Mas você não fala a minha língua. Você estava sentado aqui naquele dia? Você viu quem entrou naquela casa ou quem saiu dela? Você sabe tudo o que aconteceu? Eu não me surpreenderia com isso, chaninho.

O gato não gostou do meu comentário. Virou as costas pra mim e começou a abanar a cauda.

— Desculpe-me, majestade.

Ele me deu um olhar frio por cima do ombro e começou a se lamber com bastante atenção. Eu refleti, amargo: *Vizinhos!* não havia dúvida: havia poucos vizinhos em Wilbraham Crescent. O que eu queria, o que Hardcastle queria, era alguma senhorinha fofoqueira, intrometida e curiosa, com muito tempo livre. Sempre ansiando em olhar para fora e ver alguma coisa escandalosa. O problema é que esse tipo de velhinha parece ter acabado hoje em dia. Estão todas sentadas, reunidas em lares para idosos, com todos os confortos, ou lotam os hospitais, cujos leitos são necessários para os realmente doentes. Os inválidos, entrevados e idosos já não vivem nas próprias casas, servidos por domésticas atenciosas ou algum parente desvalido, feliz por ter um lar. Aquilo era um tremendo obstáculo à investigação.

Eu olhei para o outro lado da rua. Por que não havia vizinhos ali? Por que não podia haver uma boa fileira de casas me encarando, em vez daquele grande e inumano bloco de concreto? Uma espécie de cortiço humano, sem dúvida, habitado por abelhas operárias que ficavam fora o dia todo e só voltavam à noite para se lavar, passar maquiagem e sair de novo para encontrar rapazes. Pensando na desumanidade daquele bloco de apartamentos, eu quase senti alguma simpatia pela delicadeza vitoriana evanescente de Wilbraham Crescent.

Notei um clarão em algum ponto na metade do prédio. Fiquei intrigado. Eu olhei para cima. Sim, lá estava o clarão outra vez. Uma janela aberta e alguém olhando por ela. Um rosto encoberto por algo posto à frente. Houve outro clarão. Meti a mão no bolso. Mantenho algumas coisas em meus bolsos, coisas que podem ser úteis. É surpreendente as coisas que podem se mostrar úteis. Um pouco de fita adesiva. Alguns instrumentos de aparência inofensiva que podem abrir a maioria das portas, uma latinha de pó cinza cujo rótulo mentia sobre o conteúdo junto com um soprador e mais um ou dois itens que a maioria das pessoas não reconheceria. Entre outras coisas, eu tinha um pequeno binóculo. Não muito potente, mas bom o bastante. Eu o peguei e levei aos olhos.

Havia uma criança na janela. Pude ver uma longa trança loira sobre um ombro. Ela tinha um binóculo de ópera e me estudava com o que podia ser atenção lisonjeira. Mas como não havia mais nada para ela olhar por ali, talvez não fosse tão lisonjeiro assim. No entanto, naquele instante houve outra pequena distração em Wilbraham Crescent.

Um Rolls-Royce, muito velho e muito digno, assomou na rua, dirigido por um chofer de aparência anciã. Ele também parecia digno, mas um tanto desgostoso com a vida. Ele passou por mim com a solenidade de uma procissão de carros. Eu notei que minha pequena espiã agora apontava os binóculos para ele. Fiquei ali pensando.

Eu acredito que, se você esperar tempo suficiente, *algum* golpe de sorte acaba acontecendo. Algo com o qual você não pode contar e em que você jamais pensaria, mas que simplesmente *acontece*. Seria aquele o *meu* golpe de sorte? Olhando outra vez para o grande bloco de concreto, eu prestei atenção na posição exata da janela em que eu estava interessado, contando a partir dela até cada canto do prédio e do chão até ela. Terceiro andar. Então caminhei ao longo da rua até dar com a entrada do bloco de apartamentos. Havia uma ampla via de acesso para carros contornando o prédio com canteiros de flores espaçados em posições estratégicas na grama.

Eu sempre acho bom fazer as coisas direito, então saí da via de acesso em direção ao bloco de apartamentos, olhei para o alto como se espantado, me abaixei, fingi procurar algo na grama e finalmente me levantei, fingindo enfiar alguma coisa no bolso. Então dei a volta no prédio até chegar à entrada.

Na maior parte do tempo devia haver um porteiro ali, mas o saguão de entrada ficava vazio entre uma e duas horas. Havia uma campainha com uma placa grande em cima dizendo POR-

TEIRO, mas eu não toquei. Fui até o elevador e apertei o botão do terceiro andar. Depois disso, precisei me certificar do que estava fazendo.

Parece simples situar uma sala vista do lado de fora, mas o interior de um prédio pode ser confuso. No entanto, eu já tinha grande prática nisso, e tinha bastante certeza de que tinha chegado à porta certa. O número na porta era 77. Eu pensei: "Bom, sete é o número da sorte. Vamos lá". Apertei a campainha e recuei, esperando para ver o que ia acontecer.

25

A NARRATIVA DE COLIN LAMB

Eu só precisei esperar um minuto ou dois, e então a porta se abriu.

Uma grande moça loira, nórdica, de rosto afogueado e vestida em cores brilhantes me olhou de maneira inquisitiva. Suas mãos tinham sido enxugadas às pressas, mas havia resíduos de farinha nelas e também na ponta do seu nariz; era fácil adivinhar o que ela estava fazendo.

— Perdão, mas acho que aqui mora uma menininha, não é? Ela deixou algo cair da janela.

A moça sorriu para mim, encorajando-me. A língua inglesa ainda não era seu ponto forte.

— Desculpe, que disse?

— Uma criança aqui, uma menina.

— Sim, sim. — Ela aquiesceu com a cabeça.

— Deixou algo cair pela janela.

Aqui eu gesticulei um pouco.

— Eu peguei e trouxe para ela.

Eu estendi a mão aberta. Era uma faquinha prateada de descascar frutas. A moça olhou para o item sem reconhecê-lo.

— Eu acho que não... eu não vi...

— Você está ocupada na cozinha...
— Sim, sim, eu cozinha. — Ela aquiesceu vigorosamente.
— Não quero atrapalhar. Posso só ir lá entregar a ela?
— Desculpe?

Por fim ela pareceu entender. A moça me conduziu pelo saguão e abriu uma porta. Dava para uma agradável sala de estar. Um sofá fora arrastado até a janela, e uma criança de uns nove ou dez anos sentava-se nele, com uma perna envolta em gesso.

— Esse cavalheiro, ele diz que você... você derrubar...
— Pode ir. Eu cuido disso.

Ela saiu rapidamente. Eu entrei na sala, fechei a porta atrás de mim e fui até o sofá.

— Como vai? — perguntei.

A menina disse:

— Como vai?

E me lançou um olhar tão demorado e penetrante que quase me desarmou. Era uma criança comum, com cabelos lisos arranjados em duas tranças. Sua testa era pronunciada, o queixo era fino e ela tinha olhos cinzentos bastante inteligentes.

— Eu sou Colin Lamb. Qual o seu nome?

Ela respondeu prontamente.

— Geraldine Mary Alexandra Brown.
— Minha nossa, que nome enorme. Como chamam você?
— De Geraldine. Às vezes Gerry, mas eu não gosto. Papai não gosta de apelidos.

Uma das grandes vantagens de lidar com crianças é que elas têm sua própria lógica. Qualquer adulto teria me perguntado imediatamente o que eu queria. Geraldine estava pronta para entabular uma conversa sem se distrair com questões tolas.

Ela estava sozinha e entediada, e a chegada de qualquer visita era uma novidade apreciada. Ela estava pronta para conversar, até o momento em que não me mostrasse um sujeito chato e sem graça.

— Seu pai não está, não é?

Ela respondeu com a mesma prontidão e riqueza de detalhes que já demonstrara.

— Ele trabalha na Empresa de Engenharia Cartinghaven em Beaverbridge. Fica a exatamente vinte e dois quilômetros e meio daqui.

— E sua mãe?

— A mamãe morreu — disse Geraldine, sem parecer entristecer-se. —Ela morreu quando eu tinha só dois meses. Ela estava num avião vindo da França. Caiu e todo mundo morreu.

Ela falou com uma certa satisfação, e eu percebi que para algumas crianças que perderam os pais há um certo orgulho no fato da morte ter ocorrido em um acidente total e devastador.

— Entendo. Então você tem uma... — eu olhei para a porta.

— Ela é a Ingrid. Ela é da Noruega. Ela chegou tem só duas semanas. Ainda nem fala inglês direito. Eu estou ensinando inglês a ela.

— E ela está ensinando norueguês a você?

— Não muito.

— Você gosta dela?

— Gosto. Ela é legal. Mas ela cozinha uns trecos esquisitos de vez em quando... Sabia que ela às vezes come peixe cru?

— Eu já comi peixe cru na Noruega. Às vezes é bem bom.

Geraldine pareceu duvidar bastante daquilo.

— Ela está tentando fazer torta de melaço hoje.

— Parece bom.

— Hmm, é, eu gosto de torta de melaço. — E ela acrescentou, educadamente: — O senhor veio almoçar?

— Não. Na verdade eu estava passando, e acho que você derrubou algo da janela.

— Eu?

— Sim. — Eu mostrei a faca.

Geraldine olhou para ela, de início desconfiada, e então mostrando sinais de aprovação.

— É bonita. O que é?

— Uma faquinha para frutas.

Eu a abri.

— Ah, entendi. Para descascar maçãs e coisas assim.

— Sim.

Geraldine suspirou.

— Não é minha. Eu não derrubei. Por que o senhor pensou que fui eu?

— Bom, você estava olhando pela janela, e daí...

— Eu fico na janela quase o tempo todo. É que eu caí e quebrei a perna.

— Que azar.

— É, né. E nem quebrei fazendo nada interessante. Só estava descendo do ônibus, aí o motorista acelerou e eu caí. No começo doía um pouco, mas agora não dói mais tanto.

— Você deve ficar bem entediada.

— Fico sim. Mas o papai traz coisas pra mim. Massinha, e livros, lápis de cor, quebra-cabeças... Mas a gente acaba se cansando de ficar fazendo coisas. Por isso eu passo um tempão olhando pela janela com isso aqui.

Ela mostrou com orgulho os binóculos de ópera.

Eu peguei os binóculos, ajustei-os aos meus olhos e olhei pela janela.

— São bons pra burro.

E eram de fato excelentes. O pai de Geraldine, se era mesmo ele quem os tinha obtido, não poupara despesas. Era espantoso o quão nitidamente era possível ver o nº 19 de Wilbraham Crescent e as casas vizinhas. Eu devolvi os binóculos.

— São excelentes. Coisa fina.

— São de verdade mesmo — disse Geraldine, orgulhosa. — Não são para criança nem para brincar.

— Não, posso ver que não.

— Eu tenho um caderninho.

Ela me mostrou.

— Eu anoto coisas nele, junto com os horários. Como brincar de contar os trens. Eu tenho um primo chamado Dick e ele brinca disso também. A gente também conta os números dos carros. Sabe, começando no um e vendo até onde vai.

— É uma brincadeira legal — eu disse.

— Sim, é sim. Mas infelizmente não passam muitos carros aqui pela rua, então por agora eu desisti disso.

— Então você deve saber tudo sobre as casas daqui, quem mora nelas, essas coisas, não é?

Eu mencionei isso casualmente, mas Geraldine respondeu sem demora:

— Ah, sim. Claro que não sei o nome dos moradores de verdade, então eu invento.

Eu disse:

— Deve ser bem divertido.

— Ali é a Marquesa de Carrabás — disse Geraldine, apontando. — A com as árvores mal-cuidadas. Sabe, que nem no "Gato de Botas". Ela cria um horror de gatos.

— Eu estava conversando com um agora mesmo. Um alaranjado.

— É, eu vi o senhor

— Você parece bem esperta. Você não deixa passar nada, não é?

Geraldine sorriu satisfeita. Ingrid abriu a porta e entrou, sem fôlego.

— Vocês estão bem, sim?

— Estamos bem, sim — disse Geraldine firme. — Não se preocupe, Ingrid.

Ela aquiesceu violentamente com a cabeça e gesticulou.

— Pode voltar, vá cozinhar.

— Está bom, eu vou. Que bom você tem visita.

— Ela fica nervosa quando cozinha — explicou Geraldine. — Quando tenta cozinhar alguma coisa nova. Às vezes a gente come tarde por causa disso. Que bom que o senhor apareceu. É bom ter alguém pra distrair a gente, aí a gente não lembra da fome.

— Conte-me mais sobre as pessoas daquelas casas, sobre o que você vê. Quem vive na casa ao lado, a arrumadinha?

— Ah, mora uma mulher cega lá. Ela é cega-cega, mas caminha direitinho. O porteiro quem me falou. Harry. O Harry é muito legal. Ele me conta várias coisas. Me contou do assassinato que teve.

— O assassinato? — perguntei, parecendo subitamente atônito.

Geraldine confirmou com a cabeça. Seus olhos brilhavam de importância pela informação que estava prestes a divulgar.

— Teve um assassinato naquela casa. Eu praticamente *vi*.

— Mas que interessante!

— Não é? Eu nunca vi um assassinato. Quer dizer, nunca tinha visto um lugar onde tivesse acontecido um assassinato.

— O que foi que você viu?

— Bom, na hora não tinha muita coisa acontecendo. Sabe, é uma hora morta do dia. Ficou emocionante quando alguém saiu gritando da casa. E aí é claro que eu entendi que tinha alguma coisa acontecendo.

— Quem estava gritando?

— Uma moça. Bem nova e bem bonita. Ela saiu pela porta e gritava e gritava. E tinha um homem vindo pela rua. Ela saiu pelo portão e agarrou ele assim — ela fez um gesto com os braços e de repente me encarou. — Ele parecia o senhor

— Será que é o meu dublê? — disse por alto. — Mas o que aconteceu depois? Isso é muito emocionante.

— Bom, ele fez ela sentar. Sabe, no chão, e depois entrou na casa, e o Imperador — Imperador é o gato, eu chamo ele assim porque ele é muito orgulhoso. O Imperador parou de se lamber e pareceu ficar surpreso. A Dona Encrenca saiu de casa, aquela ali, nº 18 — ela saiu e ficou nos degraus olhando.

— Dona Encrenca?

— Eu chamo ela assim porque ela é muito má. Está sempre atormentando o irmão.

— Continue.

— E aí um montão de coisa aconteceu. O homem saiu da casa outra vez... tem certeza de que não era o senhor?

OS RELÓGIOS 277

— Eu sou um sujeito de aparência bem comum. Tem muita gente parecida comigo.

— É, acho que sim. — concordou Geraldine, um tanto sem tato. — Bom, enfim, esse homem desceu pela rua e telefonou da cabine. E logo a polícia chegou. — Os olhos dela brilharam. — Polícia pra burro. E daí levaram o corpo embora, tipo numa ambulância. Daí claro que nessa hora já tinha um montão de gente olhando. Eu vi o Harry lá. É o porteiro daqui. E depois ele me contou tudo.

— Ele disse quem foi assassinado?

— Ele só disse que foi um homem. Ninguém sabia o nome dele.

— Isso é mesmo bem interessante.

Eu orei fervorosamente para que Ingrid não escolhesse aquele momento para entrar novamente com uma torta de melaço ou outra guloseima.

— Mas volte um pouco, por favor. Fale de mais cedo. Você viu esse homem, o que foi morto, você viu ele entrar na casa?

— Não, não vi. Acho que ele devia estar lá o tempo todo.

— Então ele morava lá?

—Ah, não, só miss Pebmarsh mora lá.

— Então você sabe o nome de verdade dela?

—Ah, sim, saiu no jornal. Sobre o assassinato. E a moça gritando se chama Sheila Webb. Herry me disse que o homem que foi morto se chamava mr. Curry. Que nome engraçado, não é, parece de comer. E teve um outro assassinato, sabia? Não no mesmo dia, foi mais tarde, na cabine telefônica no fim da rua. Dá pra ver daqui, mas só botando a cabeça para fora da janela. Claro que eu não *vi* nada, porque se eu soubesse o que ia acontecer, eu teria olhado. Mas claro que eu não sabia o que ia acontecer, então não olhei. Tinha muita gente nesse dia de manhã, parada lá na rua olhando pra casa. Isso é bem estúpido, o senhor não acha?

— Sim. Bem estúpido.

Ingrid apareceu outra vez.

— Eu venho já. Eu venho já já.

E ela saiu outra vez. Geraldine disse:

— A gente não quer ficar com ela. Ela se preocupa muito com a comida. Mas ela só tem que cozinhar uma vez, tirando o café da manhã. De noite o papai vai ao restaurante e traz alguma coisa pra mim. Peixe, coisa pouca assim. Não um jantar inteiro.

— Parecia haver um desejo implícito na voz dela.

— A que horas você geralmente almoça, Geraldine?

— Você quer dizer que horas eu janto? Isso aqui já é o jantar. À noite eu não janto, eu ceio. Mas, bom, eu como na hora em que Ingrid consegue terminar de cozinhar. Ela é meio assim com coisa de horário. O café ela tem que fazer na hora porque senão o papai fica bravo, mas a refeição da tarde ninguém sabe. Às vezes nós comemos ao meio-dia, outras vezes só lá para duas. Ingrid diz que refeição não tem hora certa, a hora é quando fica pronta.

— Bom, assim parece fácil. E a que horas você almoçou, quer dizer, jantou — no dia do assassinato?

— Foi numa vez que a comida saiu ao meio-dia. Nesses dias Ingrid sai. Ela vai ao cinema ou ao cabeleireiro, e aí mrs. Perry vem me fazer companhia. Ela é muito chata! Fica dando tapinha.

— Tapinha?

— Sabe, aqui na cabeça. Fica dizendo: "mas que mocinha linda". Não dá para conversar sobre nada sério com ela. Mas ela me traz doces e balinhas.

— Qual sua idade, Geraldine?

— Eu tenho dez anos. Dez anos e três meses.

— Você parece saber conversar muito bem.

— É porque eu converso um montão com o papai — disse Geraldine séria.

— Então você jantou cedo no dia do assassinato?

— Sim, para Ingrid poder se arrumar e sair depois da uma.

— Então você estava olhando pela janela nessa manhã, observando as pessoas.

— Ah, sim. Durante algum tempo. Mais cedo, ali pelas dez, eu estava fazendo palavras cruzadas.

— Agora eu fiquei curioso, será que você não viu mr. Curry chegando na casa?

Geraldine sacudiu a cabeça.

— Não vi não. Mas isso é mesmo bem estranho.

— Bom, talvez ele tenha chegado bem cedo.

— Ele não foi até a porta da frente nem tocou a campainha. Eu teria visto.

— Talvez ele tenha entrado pelo quintal. Do outro lado da casa, quer dizer.

— Ah, não. Fica encostado nas outras casas. Não iam gostar de alguém passando pelo quintal deles.

— É, acho que não.

— Eu bem queria saber como era a aparência dele.

— Bom, ele era bem velho. Perto de sessenta anos. Não tinha barba e usava um terno cinza-escuro.

Geraldine sacudiu a cabeça.

— Parece muito comum — disse ela, desaprovando.

— Bom, acho que é difícil diferenciar um dia do outro, já que você está sempre aqui, e sempre observando.

— Não é difícil não. — Ela aceitou o desafio. — Eu posso contar tudo sobre aquela manhã. Eu sei quando a Dona Caranguejo chegou e a que horas saiu.

— Essa é a faxineira, não é?

— É. Ela anda parecendo um caranguejo. Ela tem um filhinho. Às vezes ela traz ele junto, mas naquele dia não trouxe. E depois miss Pebmarsh saiu às dez. Ela foi ensinar as criancinhas cegas na escola especial. A Dona Caranguejo saiu às doze. Às vezes ela sai carregando um pacotinho, mas dessa vez não. Deve ser manteiga ou pedaços de queijo, porque miss Pebmarsh não vê nada. Eu lembro bem do que aconteceu maquete dia porque, sabe, Ingrid e eu tínhamos brigado e ela não estava falando comigo. Eu estou ensinando inglês a ela, e ela queria saber como se diz "até a próxima". Ela me disse em alemão. *Auf Wiedersehen*. Eu sei por que já fui à Suíça uma vez e as pessoas falam isso lá. E eles também dizem *Grüss Gott*. Em inglês é rude dizer isso.

— E o que você disse a Ingrid?

Geraldine começou a dar risadinhas sapecas. Ela começou a falar mas o riso a impedia de continuar, até que por fim ela conseguiu dizer:

— Eu falei para ela dizer "Cai fora daqui!", e ela disse isso para miss Bulstrode, a nossa vizinha, e miss Bulstrode ficou *possessa*. Então Ingrid ficou bem braba comigo e a gente só fez as pazes lá na hora do chá no dia seguinte.

Eu digeri aquela informação.

— Então você estava concentrada nos óculos de ópera.

Geraldine aquiesceu.

— É por isso que eu sei que mr. Curry não entrou pela porta da frente. Acho que ele deu algum jeito de entrar à noite e se escondeu no sótão. O senhor acha possível?

— Acho que tudo é possível, na verdade... mas não parece muito provável.

— Não... ele teria ficado com fome, não é? E se ele estava se escondendo de miss Pebmarsh, ele não iria pedir café da manhã para ela.

— E ninguém foi até a casa? Ninguém mesmo? Ninguém de carro, um vendedor, uma visita?

— O rapaz da mercearia vem às segundas e quintas e o leiteiro vem todo dia oito e meia.

A menina era realmente uma enciclopédia.

— As couves-flores e outras coisas assim, miss Pebmarsh mesmo sai pra comprar. Ninguém apareceu exceto a lavanderia. Era uma lavanderia nova.

— Uma nova lavanderia?

— Sim. Geralmente vem a Lavanderia Southern Downs. A maioria das pessoas usa a Southern Downs. Naquele dia foi uma lavanderia nova, a Lavanderia Floco de Neve. Eu nunca tinha visto essa. Devem ter começado agora.

Eu lutei bastante para evitar o tom de interesse indevido em minha voz. Não queria que ela começasse a inventar coisas.

— E eles entregaram roupas ou vieram buscar?

— Entregar — disse Geraldine. — Numa cesta enorme, aliás. Bem maior que a normal.

— Miss Pebmarsh recebeu a lavanderia?

— Não, claro que não, ela já tinha saído de novo.

— E que horas eram então, Geraldine?

— Exatamente 13h35. Eu anotei — acrescentou ela, orgulhosa.

Ela esticou o braço para pegar um pequeno caderno e, abrindo-o, apontou com um dedo bem sujo para uma linha: *Lavanderia apareceu 13h35 no n° 19.*

— Você tinha que trabalhar na Scotland Yard.

— Eles aceitam mulheres detetives? Eu acharia bem bacana. Mas não policiais mulheres, eu acho isso bem bobo.

— Você não me disse o que aconteceu exatamente quando a lavanderia apareceu.

— Não aconteceu nada. O motorista desceu, abriu a van, retirou a cesta e seguiu todo sem força pelo lado da casa até a porta dos fundos. Mas acho que não tinha como ele entrar. Miss Pebmarsh provavelmente a deixa trancada. Acho que ele só deixou a cesta lá e voltou.

— Como ele era?

— Bem comum.

— Como eu?

— Ah, não, bem mais velho que você. Mas eu não vi ele direito porque ele dirigiu até a casa por esse lado — ela apontou para a direita. — Ele parou na frente do 19, mas do lado errado da rua. Mas numa rua que nem essa isso não importa. E depois ele passou pelo portão todo encurvado sobre a cesta. Eu só consegui ver a nuca dele, e quando ele voltou, estava enxugando o rosto. Acho que ele passou calor e se cansou carregando a cesta.

— E depois ele foi embora?

— Sim. Por que o senhor acha isso tão interessante?

— Bom, eu não sei. Eu pensei que talvez *ele* tivesse visto algo interessante.

Ingrid abriu a porta. Ela empurrava um carrinho.

— Agora nós jantar — disse ela, acenando alegremente.

— Oba! Que fome!

Eu me levantei.

— Bom, é melhor eu ir embora. Adeus, Geraldine.

— Adeus. E isso aqui? — Ela pegou a faca de fruta. — Não é minha. — Algum desejo transpareceu em sua voz. — Eu queria que fosse.

— Parece que não é de ninguém em particular, não é?

— Então é tipo um tesouro, como é que se diz, achado não é roubado?

— Tipo isso. É melhor você ficar com ela. Quer dizer, até alguém vir pedir. Mas eu não acho que vai aparecer alguém.

— Me traga uma maçã, Ingrid.

— Maçã?

— *Pomme! Apfel!*

Ela fez o melhor que podia linguisticamente. Eu as deixei para se entenderem sozinhas.

26

Mrs. Rival abriu a porta do bar Aos Braços do Pavão e foi em direção ao balcão, movendo-se ligeiramente trôpega. Ela murmurava alguma coisa. Não era estranha ao lugar e foi cumprimentada com afeto pelo barman.

— E aí, Flo, tudo em cima?

— Não está certo. Não é justo. Não, não é justo. Eu sei do que estou falando, Fred, e te digo que não é justo.

— Claro que não é justo. Mas o quê? Vai querer o de sempre, coração?

Mrs. Rival aquiesceu. Ela pagou e começou a beber. Fred afastou-se para atender outro cliente. A bebida animou um pouco mrs. Rival. Ela ainda murmurava, mas com uma expressão um pouco mais leve. Quando Fred aproximou-se outra vez ela falou, agora de modo um pouco mais suave:

— Mas não interessa, eu não vou concordar com isso. Não vou mesmo. Se tem uma coisa que eu não suporto é tramoia. Eu não tolero tramoia, nunca fui disso.

— Claro que não — disse Fred.

Ele a inspecionou com um olhar treinado. "Já emborcou algumas", pensou ele. "Mas acho que ainda aguenta mais umas. Tem algo aborrecendo ela."

— Tramoia — repetiu mrs. Rival. — Estelinho... esterli... ah, você sabe do que eu estou falando.

— Sei sim.

Ele se voltou para cumprimentar outro conhecido. O desempenho insatisfatório dos cães de corrida começou a ser discutido. Mrs. Rival continuou a murmurar.

— Eu não gosto disso e não vou tolerar. E vou dizer. Estão achando que podem me tratar assim? Não, senhor. Ora, tem cabimento, isso? A gente tem que se defender, se a gente não se defender, quem é que vai defender a gente? Me dá mais um, querido — acrescentou ela mais alto.

Fred obedeceu.

— Se eu fosse você iria para casa depois desse — aconselhou ele.

Ele se perguntou o que teria aborrecido tanto a velha conhecida. Geralmente ela era bem sensata e ponderada. Uma alma amiga, sempre disposta a dar risadas.

— Isso vai acabar mal para mim, Fred. Se alguém pede para a gente fazer uma coisa, então ela tem que contar tudo pra gente. Ela tem que contar tudo, o que aquilo significa e por que estão fazendo, direitinho. Mentirosos. Malditos mentirosos, é o que eles são. E eu não vou tolerar isso.

— Eu iria para casa, se fosse você — disse Fred, ao ver uma lágrima descer, borrando a maquiagem de mrs. Rival. — Vai chover logo, e muito. Vai estragar esse seu chapéu bacana.

Mrs. Rival deu um sorriso agradecido.

— Eu sempre gostei de centáureas — disse ela. — Ai, ai, eu não sei o *que* fazer, não sei...

— Eu iria para casa, tiraria uma pestana...

— Bom, talvez, mas...

— Vamos, não vai querer estragar seu chapéu.

— É mesmo. Sim, é mesmo. Isso que você disse é bem... bem a prosó, a protótipo? Não, não é isso, como é mesmo?

— "Isso que você disse é bem a propósito, Fred" — disse Fred.

— Obrigada.

— De nada.

Mrs. Rival desceu do banquinho e foi em direção à porta com passos um tanto incertos.

— Tem alguma coisa incomodando a Flo hoje — disse um dos fregueses.

— Geralmente ela é bem alegre. Mas todo mundo tem seus altos e baixos — disse outro homem, um indivíduo um tanto depressivo.

— Se alguém tivesse me falado — disse o primeiro homem — que Jerry Grainger chegaria em quinto, bem atrás da Rainha Caroline, eu não teria acreditado. Se vocês querem saber, teve maracutaia aí. Hoje em dia o turfe anda podre. Eles dopam os cavalos. Todos eles fazem isso.

Mrs. Rival tinha saído do Aos Braços do Pavão. Ela olhou para o céu, com uma expressão incerta. Sim, talvez *fosse* chover mesmo. Ela caminhou pela rua, apressando-se um pouco, então virou à esquerda, depois à direita, e parou diante de uma casa de aparência precária. Ao pegar a chave e se aproximar dos degraus da frente, uma voz falou da área mais abaixo, e uma cabeça apareceu atrás da porta olhando para ela.

— Tem um cavalheiro esperando por você no andar de cima.

— Por mim?

Mrs. Rival pareceu levemente surpresa.

— Bom, algo parecido. Muito bem vestido e tudo mais, mas também não é o lorde Algernon Vere de Vere.

Mrs. Rival consegui encontrar a fechadura, girou a chave e entrou.

A casa cheirava a repolho, peixe e eucalipto. O último odor era quase permanente naquela área em particular. A senhoria de mrs. Rival tinha fixação por cuidar da saúde do peito no inverno e começava os trabalhos nesse sentido já em setembro. Mrs. Rival subiu as escadas, apoiando-se no corrimão. Ela abriu a porta do primeiro andar e entrou. E então estacou de súbito e deu um passo para trás.

— Ah, é você.

O inspetor-chefe Hardcastle ergueu-se da cadeira.

— Boa noite, mrs. Rival.

— O que *você* quer? — perguntou mrs. Rival com menos tato do que teria mostrado normalmente.

— Bom, eu vim a trabalho até Londres, e havia uma ou duas coisas que eu precisava esclarecer com a senhora, então resolvi arriscar ver se a encontrava. A mulher lá embaixo achou que logo a senhora estaria de volta.

— Oh. Bom, eu não sei o que... bem...

O inspetor Hardcastle empurrou uma cadeira para frente.

— Por favor, sente-se.

Era como se suas posições tivessem se invertido e ele fosse o anfitrião e ela, a visita. Mrs. Rival se sentou. Ela o encarou duramente e perguntou:

— E que coisas são essas?

— Alguns detalhes, coisas que surgem.

— O senhor diz... sobre Harry?

— Isso mesmo.

— Olhe aqui — disse mrs. Rival, com um tom levemente beligerante na voz. Um aroma de álcool agrediu as narinas do inspetor Hardcastle. — *Já deu de Harry*. Eu não quero mais pensar nele. Eu me apresentei, não foi, quando vi a foto no jornal? Eu fui lá e contei tudo sobre ele. Isso já faz muito tempo e eu não quero ser lembrada mais disso. Não tenho mais nada pra contar. Eu contei tudo de que me lembrava e não quero mais ouvir falar disso.

— É um detalhe bem pequeno — disse o inspetor Hardcastle. Ele falava suavemente, como quem se desculpa.

— Ora, então pronto! — disse mrs. Rival, rude. — O que é? Vamos logo com isso.

— A senhora reconheceu o homem como seu marido ou, enfim, como o homem com quem a senhora coabitou por algum tempo, há quinze anos mais ou menos. Isso está certo, não está?

— Eu imaginava que a essa altura o senhor já saberia exatamente há quanto tempo foi isso.

"Mais esperta do que eu pensava", disse o inspetor Hardcastle para si mesmo. Ele continuou.

— Sim, a senhora tem razão. Nós investigamos. A senhora se casou no dia 15 de maio de 1948.

— Não dá sorte casar em maio, dizem — disse mrs. Rival, sombria. — Não me trouxe boa sorte alguma.

— Apesar dos anos que se passaram, a senhora conseguiu identificar o seu marido com facilidade.

Mrs. Rival se mexeu com algum desconforto.

— Ele não envelheceu tanto... Harry sempre soube se cuidar.

— E a senhora ainda nos forneceu uma identificação adicional. A senhora escreveu para mim falando de uma cicatriz.

— Isso mesmo. Atrás da orelha esquerda. Aqui. — Mrs. Rival ergueu a mão e apontou para o local.

— Atrás da orelha *esquerda?* — Hardcastle frisou a palavra.

— Bom — ela pareceu momentaneamente incerta —, sim. Bom, acho que sim. É isso, tenho certeza. A gente nunca distingue direito a esquerda da direita assim na pressa, não é? Mas sim, era do lado esquerdo do pescoço. Aqui. — Ela colocou a mão outra vez no mesmo local.

— E a senhora falou que ele se cortou fazendo a barba?

— Isso mesmo. O cachorro pulou em cima dele. Um cachorro muito agitado que nós tínhamos na época. Ele ficava correndo para dentro de casa, era muito afetuoso. Ele pulou em Harry, que estava com a navalha, e foi um talho fundo. Saiu muito sangue. E sarou, mas a marca ficou. — Agora ela falava com mais segurança.

— Esse é um detalhe precioso, mrs. Rival. Afinal, um homem pode se parecer muito com outra pessoa, especialmente quando tantos anos se passaram. Mas encontrar um homem parecido com o seu marido que também tem uma cicatriz no mesmo lugar... bom, isso torna a identificação um processo seguro e fácil, não é? Parece que temos algo para ir atrás.

— Fico feliz que vocês estejam felizes.

— E esse acidente com a navalha aconteceu quando?

Mrs. Rival pensou um instante.

— Deve ter sido uns... ah, uns seis meses depois que nos casamos. Sim, foi isso. Eu me lembro que nós compramos o cachorro naquele verão.

— Então foi entre outubro e novembro de 1948. É isso?

— É.

— E depois que seu marido deixou a sra. em 1951...

— Ele não me deixou, eu o mandei embora — disse mrs. Rival com dignidade.

— Muito bem. Como a senhora preferir. Mas enfim, depois que a senhora mandou seu marido embora em 1951, a senhora jamais o viu novamente até topar com a fotografia no jornal?

— Sim. Foi o que eu disse a vocês.

— E a senhora tem bastante certeza disso, mrs. Rival?

— Claro que tenho certeza. Nunca mais encontrei Harry Castleton até o dia em que o vi morto.

— Isso é esquisito, sabe. Bem esquisito.

— Ora... como assim?

— Bom, é que tecido de cicatriz é bem peculiar. Quer dizer, para nós não faz diferença, uma cicatriz é uma cicatriz e acabou. Mas os médicos conseguem ler muita coisa nelas. Eles podem dizer aproximadamente quanto tempo alguém já tem uma cicatriz.

— Não sei aonde o senhor quer chegar.

— Bom, indo direto ao ponto, mrs. Rival: de acordo com nosso cirurgião e outro médico que consultamos, o tecido da cicatriz atrás da orelha do seu marido mostra bem claramente que a ferida em questão aconteceu há uns cinco ou seis anos no máximo.

— Mas que bobagem é essa. Eu não acredito. Eu... ninguém tem como saber uma coisa dessa. E enfim, não foi nessa...

— A senhora entende — emendou Hardcastle, em um tom de voz suave — que se a ferida deixou uma cicatriz há apenas cinco ou seis anos, isso quer dizer que se o homem *era mesmo* o seu marido, então ele não tinha aquela cicatriz quando deixou a senhora em 1951.

— Talvez não. Mas era Harry mesmo assim.

— Mas a senhora não o viu desde então, mrs. Rival. Ou seja, se a senhora não o viu mais, como poderia saber que ele tinha adquirido uma cicatriz uns cinco ou seis anos atrás?

— O senhor me confunde. O senhor está me confundindo. Talvez não tenha sido há tanto tempo, em 1948... Não dá pra lembrar de todas essas coisas. Mas Harry tinha aquela cicatriz, eu sei que tinha e pronto.

— Entendo — disse o inspetor Hardcastle, e se levantou. — Acho melhor a senhora pensar direitinho sobre o seu depoimento, mrs. Rival. A senhora não vai querer ter problemas.

— Como assim ter problemas?

— Bom — o inspetor Hardcastle falou quase como se pedisse desculpas. — Perjúrio.

— Perjúrio! Eu!

— Sim. É um crime muito sério, sabe. A senhora pode se complicar, até ser presa. Claro que a senhora não estava sob juramento no inquérito, mas pode vir a ser preciso que a senhora jure em tribunal. Então... bom, eu gostaria que a senhora pensasse nisso com cuidado, mrs. Rival. Quem sabe alguém não sugeriu que a senhora nos contasse essa história sobre a cicatriz...?

Mrs. Rival se levantou e ficou bastante ereta; seus olhos faiscaram. Naquele momento ela era quase magnífica.

— Eu nunca ouvi tanta besteira na minha vida. Pura besteira. Eu tento cumprir com meu dever. Eu vou lá para ajudar vocês e conto tudo de que me lembro. Se eu me enganei, tenho certeza de que deve ser bem normal. Afinal, eu conheço muitos... bom, eu tenho muitos amigos, e às vezes a gente se engana. Mas eu não acho que eu tenha me enganado. Aquele homem era Harry, e Harry tinha uma cicatriz atrás da orelha esquerda, eu tenho certeza. E agora, inspetor Hardcastle, talvez o senhor queira ir embora, em vez de ficar aqui insinuando que eu estou mentindo.

O inspetor Hardcastle se levantou imediatamente.

— Boa noite, mrs. Rival. Só pense a respeito. É só isso.

Mrs. Rival fez um gesto brusco com a cabeça. Hardcastle saiu pela porta. Assim que ele saiu, a atitude de mrs. Rival mudou completamente. A bela altivez de sua postura combativa desmoronou. Ela pareceu preocupada e amedrontada.

— No que me meteram... Olhe onde me meteram... Eu não vou continuar com isso. Eu não vou me encrencar por causa de ninguém. Mentindo para mim, me enganando... Isso é monstruoso, é monstruoso e eu vou dizer.

Ela caminhou de um lado a outro, incerta, e finalmente se decidiu. Pegou um guarda-chuva no canto da sala e saiu outra vez. Caminhou até o final da rua, hesitou perto de uma cabine telefônica e então seguiu até uma agência dos correios. Trocou uma nota em moedas e foi até um dos telefones. Pediu uma ligação à telefonista e ficou ali parada enquanto a ligação era completada.

— Pode falar, a pessoa está na linha.

Ela falou.

— Alô... ah, é você. É a Flo. Sim, eu sei que você falou, mas eu tive que ligar. Você não jogou limpo comigo. Você nunca me disse no que é que eu estava me metendo. Só falou que seria um problema para você se identificassem o homem. Eu jamais imaginei que ia me meter em história de assassinato... É, agora você diz isso, mas não foi o que você me disse na hora.... Sim, eu acho. Acho que tem seu dedo nisso de alguma forma... Bom, eu não vou tolerar isso, entendeu... Vou acabar virando comp... ahm, cúmplice, ou alguma coisa assim. É como se eu entrasse na história como culpada também, e eu estou com medo...Você me disse para escrever para eles e falar da cicatriz. Agora parece que ele ganhou a cicatriz há um ou dois anos, só, e eu lá jurando que ele já tinha a cicatriz quando me abandonou anos atrás... Isso é perjúrio e eu posso ir para a cadeia por isso. Não, não adianta tentar me enrolar... Não. Fazer um favor é uma coisa... sim, eu sei... eu sei que você me pagou. E não pagou muito... Tudo bem, eu vou escutar, mas não vou... está bem, está bem, eu vou ficar quieta... O que você disse? Quanto? É muito dinheiro isso. Como é que eu vou saber que você tem... bom, sim, claro que faz diferença. Você jura que não teve nada a ver com aquilo? Com o assassinato... Não, claro, tenho certeza de que não. Claro, eu entendo... às vezes a gente se mistura com quem não presta e... e os outros fazem alguma coisa e não é culpa da gente e... Você sempre faz as coisas parecerem tão sensatas... Sempre fez. Bom, tudo bem, eu vou pensar, mas tem que ser rápido... Amanhã? Que horas? Sim... sim, eu vou, mas não quero cheque. Vai que volta. Acho que não é bom eu continuar com isso mesmo com... Bom, se você diz... Não, eu não quis ser grosseira... Está bem.

Ela saiu da agência dando gingadinhas de um lado a outro da calçada e sorrindo.

Valia a pena arriscar algum problema com a polícia por aquela quantia. Aquilo daria um jeito na vida dela. E não era muito arriscado no final. Era só ela dizer que tinha esquecido ou que não podia lembrar. Muitas mulheres não conseguiam se lembrar sequer do que tinha acontecido no ano anterior. Ela diria que tinha confundido Harry com outro homem de sua vida. Ah, ela podia pensar em muita coisa para dizer.

Mrs. Rival tinha o temperamento agitado e agora estava tão feliz quanto antes estivera deprimida. Ela começou a pensar seriamente e com concentração na maneira como iria gastar o dinheiro...

27
A NARRATIVA DE COLIN LAMB

I

— Então você não conseguiu muita coisa com a tal mrs. Ramsay.
— Não havia muito o que conseguir.
— Certeza?
— Sim.
— Ela não participou de nada...?
— Não.
Beck olhou para mim inquisitivamente.
— Você está satisfeito?
— De verdade, não.
— Você esperava mais?
— Isso não resolve o problema.
— Bom, vamos ter que procurar em outra parte... desistir dos crescentes, não é?
— Sim.
— Você está falando pouco. Ressaca?
— Eu não presto para esse serviço — eu disse lentamente.
— Quer que eu lhe dê um tapinha na cabeça e diga "pronto, pronto"?
Não me contive e ri.

— Assim é melhor. Agora, do que se trata? Problema com mulher, aposto.

Eu sacudi a cabeça.

— Isso já tem algum tempo.

— Na verdade eu já tinha notado — disse Beck inesperadamente. — O mundo anda bem confuso hoje em dia. As questões não são claras como costumavam ser. Quando vem o desalento, é como cupim na madeira. Corrói por dentro e quando você vai ver, desaba tudo! Se esse é o caso, sua utilidade pra nós acabou. Rapaz, você fez alguns trabalhos de primeira classe para nós. Alegre-se com isso. Volte a mexer com aquelas suas malditas algas.

Ele fez uma pausa e disse:

— Você realmente gosta desses trecos, não é?

— Eu acho o assunto apaixonante.

— Eu acho repelente. Que esplêndida variação na natureza, não acha? Falo dos gostos das pessoas. E quanto àquele seu assassinato? Aposto que foi a moça.

— Está errado.

Beck sacudiu o dedo para mim em aviso, como um tio experiente.

— Só digo uma coisa: esteja preparado. E não estou falando de escotismo.

Segui por Charing Cross Road perdido em pensamentos.

Na estação de metrô eu comprei um jornal.

Li que uma mulher, que supostamente teria desmaiado na hora do rush em Victoria Station no dia anterior, fora levada ao hospital. Ao chegar lá, descobriram que ela tinha sido esfaqueada. Ela morreu sem recobrar a consciência.

O nome dela era mrs. Melina Rival.

II

Telefonei para Hardcastle.

— Sim — respondeu ele. — Foi como disseram no jornal.

Sua voz soava endurecida e amarga.

— Eu fui visitá-la anteontem à noite. Contei para ela que a história da cicatriz não ia colar. Que o tecido da cicatriz era relativamente recente. Engraçado como as pessoas escorregam quando exageram em seus esforços. Alguém pagou para essa mulher identificar o cadáver como sendo do esposo que havia fugido há anos. E ela representou muito bem! Eu acreditei nela. Mas aí a pessoa por trás isso tentou dar uma de esperta e passou da medida. Se lembrar de um detalhe insignificante como aquela cicatriz *depois de alguns dias* passou convicção e confirmou a identificação. Se ela tivesse mencionado isso de primeira, teria soado perfeitinho demais.

— Então Merlina Rival estava metida nisso até o pescoço?

— Sabe que eu duvido? Imagine que um velho amigo ou conhecido tenha falado pra ela: "Olha, eu estou encrencado. Um sujeito com quem eu tinha negócios foi assassinado. Se eles o identificarem e nossas transações forem descobertas, vai ser um desastre. Mas se você aparecer e disser que é o seu marido, Harry Castleton, que fugiu há muitos anos, então o caso vai ser esquecido".

— Com certeza ela não toparia, diria que é muito arriscado.

— Então esse velho amigo diria: "Qual o risco? No pior dos casos, você se enganou. Qualquer mulher pode se enganar depois de quinze anos". E provavelmente nessa hora uma bela quantia em dinheiro seria mencionada. E daí ela diz OK, tudo bem, e aceita.

— Sem suspeitar de nada...?

— Ela não era uma mulher desconfiada. Ora, meu Deus, Colin, sempre que pegamos um assassino nós topamos com conhecidos do criminoso que o conheciam intimamente e que não conseguem acreditar que ele seria capaz de algo assim!

— O que aconteceu quando você foi lá falar com ela?

— Eu dei um aperto nela. Depois que eu saí, ela fez o que eu esperava que ela fizesse. Tentou entrar em contato com a pessoa que a colocou nessa. Eu a segui, claro. Ela foi até uma agência dos correios e fez uma ligação. Infelizmente não usou a cabine que eu esperava que usasse, no final da rua, pois precisava de trocado. Ela saiu da cabine parecendo bem satisfeita consigo mesma. Continuamos a campana, mas nada de interessante aconteceu até ontem à noite, quando ela foi até Victoria Station e comprou passagem para Crowdean. Eram seis e meia, a hora do rush. Ela não estava atenta. Achou que iria se encontrar com quem quer que fosse só em Crowdean. Mas essa pessoa astuta estava um passo à frente. É a coisa mais fácil do mundo chegar por trás de alguém numa multidão e enfiar a faca... Acho que ela nem soube que tinha sido esfaqueada. Às vezes isso acontece, sabe. Se lembra daquele caso do Barton, a história do roubo da gangue Levitti? Ele caminhou quase a rua toda antes de cair morto. Você sente uma dor aguda súbita passa logo e você acha que está tudo bem. Mas não está. Você está morto em pé e não sabe.

Ele completou:

— Praga, maldita praga do inferno!

— Você mandou investigar alguém?

Eu tinha que perguntar. Não pude me conter.

A resposta foi rápida e ríspida.

— A tal Pebmarsh estava em Londres ontem. Ela tratou de alguns negócios para o Instituto e voltou a Crowdean no trem de 19h40. — Ele fez uma pausa. — E Sheila Webb estava em Londres trabalhando na revisão de um documento com um escritor estrangeiro que estava a caminho de Nova Iorque. Ela saiu do Ritz às 17h30 aproximadamente e foi ao cinema, sozinha, antes de voltar.

— Olhe aqui, Hardcastle, eu tenho algo pra você. Corroborado por uma testemunha. Uma van de lavanderia parou no nº 19 de Wilbraham Crescent às 13h35 do dia 9 de setembro. O homem que dirigia entregou uma grande cesta de lavanderia na porta dos fundos. Uma cesta de lavanderia bem grande.

— Lavanderia? Que lavanderia?

— Lavanderia Floco de Neve. Conhece?

— Assim de primeira nada me ocorre. Sempre há novas lavanderias surgindo. É um nome comum de lavanderia.

— Bom, pode verificar. Um *homem* estava dirigindo, e um *homem* levou a cesta até a casa...

Hardcastle me interrompeu, alerta e desconfiado.

— Você está inventando isso, Colin?

— Não. Eu falei que tenho testemunha. Vá verificar, Dick. E vá logo.

Eu desliguei antes que ele pudesse me infernizar mais.

Saí da cabine e olhei para o relógio. Eu tinha muito o que fazer e queria estar longe do alcance de Hardcastle enquanto isso. Eu tinha toda minha vida futura para preparar.

28

A NARRATIVA DE COLIN LAMB

I

Eu cheguei em Crowdean às onze da noite, cinco dias depois. Fui até o Hotel Clarendon, peguei um quarto e fui para a cama. Tinha ficado bem cansado na noite anterior e por isso dormi demais. Quando acordei eram quinze para as dez.

Pedi café e torradas e o jornal. Meu pedido chegou junto com um grande bilhete quadrado endereçado a mim com as palavras ENTREGUE PESSOALMENTE no canto superior esquerdo.

Eu o examinei um tanto surpreso. Aquilo era inesperado. O papel era grosso e caro e o sobrescrito era de boa impressão.

Depois de virar o papel e averiguá-lo, eu finalmente o abri.

Dentro havia uma folha de papel. Nela, impressas em letras grandes, estavam as palavras:

Hotel Curlew 11h30
Quarto 413
(Bata três vezes)

Eu fiquei encarando a folha, virando-a nas mãos... O que significava aquilo?

Percebi o número do quarto: 413, o mesmo do caso dos relógios. Coincidência? Ou então não era coincidência.

Cheguei a pensar em ligar para o Hotel Curlew. Então pensei em ligar para Dick Hardcastle. Não fiz nenhum dos dois.

Minha letargia sumira. Eu me levantei, me barbeei, tomei banho, me vesti e saí. Caminhei seguindo a rua à beira-mar até o Hotel Curlew e cheguei na hora marcada.

A temporada de verão já havia terminado e não havia muita gente no hotel.

Não fiz perguntas na recepção. Peguei o elevador até o quarto andar e caminhei pelo corredor até o nº 413.

Fiquei ali parado por alguns instantes. Então, sentindo-me um completo idiota, bati três vezes.

Uma voz disse:

— Entre.

Eu virei a maçaneta; a porta não estava fechada. Então entrei e estaquei de súbito.

Eu estava olhando para a última pessoa que esperava ver.

Hercule Poirot estava sentado de frente para mim. Ele abriu um grande sorriso.

— *Une petite surprise, n'est-ce pas?* — disse ele. — Mas agradável, assim espero.

— Poirot, sua raposa velha. Como é que *você* veio parar aqui?

— Eu vim em uma limusine Daimler — muito confortável.

— Mas o *que* você está fazendo aqui?

— Foi muito irritante. Eles insistiram, insistiram muito em redecorar meu apartamento. Imagine meu atrapalhamento. O que posso fazer? Para onde ir?

— Vários lugares — respondi friamente.

— Possivelmente, mas foi sugerido a mim por meu médico que o ar marinho me faria bem.

— Um desses médicos subservientes que sabem para onde o paciente quer ir e o aconselham a ir para lá! Foi você quem me enviou *isto?* — eu sacudi a carta que tinha recebido.

— Naturalmente. Quem mais?

— É coincidência que seu quarto tenha o número 413?

— Não é coincidência. Eu pedi esse quarto especialmente.

— Por quê?

Poirot inclinou a cabeça de lado e piscou para mim.

— Pareceu-me apropriado.

— E bater três vezes?

— Eu não pude resistir. Teria sido ainda melhor se eu tivesse enviado junto um galhinho de alecrim. Pensei em cortar o dedo e deixar uma impressão sangrenta na porta. Mas seria demais. Eu podia pegar uma infecção.

— Pelo jeito você está na segunda infância — observei frio.

— Hoje à tarde vou comprar um balão e um ursinho de pelúcia para você também.

— Eu acho que você não está gostando da surpresa. Você não expressa nenhuma alegria por me ver.

— Você esperava o contrário?

— *Pourquoi pas?* — Vamos, falemos sério, agora que já brinquei um pouquinho. Eu espero poder ajudar. Eu entrei em contato com o comissário-chefe, que se mostrou extremamente gentil, e no momento estou esperando o seu amigo, o inspetor-chefe Hardcastle.

— E o que você vai dizer a ele?

— Eu pensei que nós três poderíamos entabular uma conversa.

Eu olhei para ele e ri. Ele chamava de conversa, mas eu sabia que só ele iria falar.

Hercule Poirot!

II

Hardcastle tinha chegado. Fizemos as apresentações e saudações e agora nos sentávamos calmamente. De vez em quando Dick olhava disfarçadamente para Poirot, com o ar de um homem no zoológico estudando um espécime novo e surpreendente. Duvido que ele já tivesse encontrado alguém como Hercule Poirot antes!

Finalmente, quando todas as amenidades e delicadezas tinham sido observadas, Hardcastle pigarreou e falou.

— *Monsieur* Poirot — disse ele cauteloso —, suponho que o senhor vai querer ver... bom, o caso inteiro, não é? Não vai ser muito fácil... — Ele hesitou. — O comissário-chefe disse que eu deveria fazer tudo o que pudesse pelo senhor. Mas o senhor deve saber que há dificuldades, algumas objeções e perguntas que vão acabar sendo feitas... Mas já que o senhor veio até aqui...

Poirot o interrompeu com um toque de frieza.

— Eu vim até aqui por causa da reconstrução do meu apartamento em Londres.

Eu gargalhei alto e Poirot me lançou um olhar de reprovação.

— *Monsieur* Poirot não precisa sair por aí vendo nada — eu disse. — Ele sempre insistiu em que é possível fazer tudo sem sair da poltrona. Mas isso não é bem verdade, não é, Poirot? Se não, por que é que você veio até aqui?

Poirot respondeu com dignidade.

— Eu disse que não era necessário ser o galgo, o sabujo, o cão de caça, correndo de lá pra cá perseguindo um rastro. Mas eu admito que um cão é necessário para a perseguição. Um retriever, meu amigo. Um bom retriever.

Ele se voltou para o inspetor. Ele torceu a ponta do bigode com um gesto satisfeito.

— Deixe-me dizer: eu não sou como os ingleses, obcecados com cães. Pessoalmente, eu posso viver sem o cão. Mas eu aceito, ainda assim, o seu ideal do cão. O homem ama e respeita o seu cão. Ele o mima, ele se gaba da inteligência do cão para os amigos. Agora imagine que o contrário também pode acontecer! O cão aprecia o dono. Ele mima o dono! Ele também se gaba do dono, se gaba da sagacidade e inteligência do dono. E assim como o homem se levanta para passear com o cão mesmo quando não quer, só porque o cão gosta muito de passear, da mesma forma o cão se esforça para dar ao dono aquilo que o dono deseja ter.

"Foi esse o caso com meu amigo Colin aqui. Ele veio me ver, não para pedir ajuda com seu problema; ele tinha certeza de que podia resolver sozinho, e pelo que eu entendi, resolveu. Não, ele se preocupou com o fato de eu andar desocupado e sozinho, de forma que ele me trouxe um problema que achou que me interessaria e que me daria algo em que trabalhar. Ele me desafiou com o problema, me desafiou a fazer o que eu frequentemente tinha lhe dito, sobre ser possível ficar sentado em minha poltrona e, no devido tempo, resolver o problema. Eu suspeito que houve um *pouquinho* de malícia por trás do desafio, só um pouquinho assim, inofensivo. Digamos que ele queria provar para mim que não era assim tão fácil. *Mais oui, mon ami*, isso é verdade! Você queria fazer troça de mim, só um pouco! Eu não o repreendo. Tudo o que eu digo é que você não conhece o seu Hercule Poirot."

Ele estufou o peito e aguçou as pontas do bigode.

Eu olhei para ele e sorri afetuosamente.

— Muito bem — eu disse. — Dê-nos a resposta para o problema, se você sabe qual é.

— Mas é claro que eu sei!

Hardcastle encarou Poirot incrédulo.

— O senhor está dizendo que *sabe* quem matou o homem no n° 19 de Wilbraham Crescent?

— Certamente.

— E também quem matou Edna Brent?

— É claro.

— Você conhece a identidade do homem morto?

— Eu sei quem ele deve ser.

Hardcastle tinha um expressão de dúvida séria no rosto. Mas lembrando-se do comissário-chefe, ele não perdeu a linha. Havia ceticismo em sua voz quando ele falou:

— Desculpe-me, *monsieur* Poirot, o senhor alega que sabe quem matou três pessoas. E o motivo?

— Sim.

— Então esse caso está encerrado?

— Isso não.

— O que você quer dizer é que tem um palpite — eu disse, com alguma maldade.

— Eu não vou brigar com você por uma palavra, *mon cher* Colin. Tudo o que estou dizendo é que eu *sei*.

Hardcastle suspirou.

— Mas entenda, *monsieur* Poirot, eu *preciso* de provas.

— Naturalmente, mas com os recursos que o senhor tem a seu dispor, será possível, eu acho, obter essas provas.

— Não tenho tanta certeza disso.

— Ora vamos, inspetor. Se nós sabemos — sabemos *com certeza* —, não é esse o primeiro passo? Quase sempre não é possível começar daí?

— Nem sempre — disse Hardcastle com um suspiro. — Há homens andando soltos por aí que deviam estar no xadrez. Eles sabem disso, e nós sabemos também.

— Mas é uma porcentagem pequena, não é?

Eu interrompi.

— Está bem, está bem. *Você sabe...* Agora conte pra gente também!

— Eu percebo que vocês ainda não acreditam. Mas antes deixem-me dizer uma coisa: *Ter certeza* significa que, quando a solução certa é encontrada, as peças se encaixam todas em seus lugares. Nós percebemos que as coisas não poderiam ter se passado *de nenhuma outra maneira*.

— Pelos meus filhinhos — eu disse —, ande logo com isso! Eu concedo todos os pontos que você mencionou.

Poirot se posicionou confortavelmente na cadeira e fez um gesto para que o inspetor enchesse seu copo.

— Uma coisa, *mes amis*, deve ser perfeitamente compreendida. Para resolver qualquer problema é necessário ter os *fatos*. E para isso precisamos de um cão, o cão que é o retriever, que traz as peças uma a uma e as deposita aos pés do...

— Aos pés do dono — eu disse. — Está entendido.

— Não é possível resolver um caso baseando-se no que se lê nos jornais. Os fatos devem ser exatos, e os jornais quase nunca são exatos, se é que chegam a ser. Eles noticiam que algo aconteceu às quatro, quando foi às quatro e quinze, dizem que um homem tinha uma irmã chamada Elizabeth quando na verdade era uma cunhada chamada Alexandra... e assim por diante. Mas Colin, ele é um cão de habilidades notáveis. Habilidades que, se me atrevo a dizer, o levaram longe em sua profissão. Ele sempre teve uma memória prodigiosa. Ele pode repetir, dias depois, conversas que tenha ouvido. Ele pode repeti-las exatamente — isto é, não simplesmente relatando-as, como a maioria de nós faz, a partir das impressões recebidas. Trocando em miúdos, ele não diria: "E às onze e vinte o correio chegou". Em vez disso ele descreveria exatamente o que aconteceu: uma batida na porta da frente, alguém entrando na sala com as cartas na mão, e assim por diante. Isso é muito importante. Significa que ele ouviu o que *eu* teria ouvido se eu tivesse estado no local, e viu o que eu teria visto.

— Mas o pobre cãozinho não fez as deduções necessárias.

— Assim, tanto quanto possível, eu tenho os fatos, eu "estou por dentro". Era como se dizia durante a guerra, não? "Ficar por dentro". A primeira coisa que notei quando Colin contou a história foi sua natureza bastante fantástica. Quatro relógios, todos mais ou menos uma hora adiantados e todos introduzidos na casa sem que a proprietária soubesse, ou pelo menos foi o que ela disse. Pois jamais devemos acreditar no que ouvimos, não é, até que tais declarações tenham sido verificadas.

— Sua mente funciona do mesmo modo que a minha — disse Hardcastle aprovando.

— Um homem morto jaz no chão, um homem respeitável e de certa idade. Ninguém sabe quem ele é (ou, novamente, assim *dizem*). Em seu bolso há um cartão com o nome de mr. R. H. Curry, Denvers Street nº 7. Companhia de Seguros Metropolis. Não existe uma Denvers Street, e parece que não existe um mr. Curry. São provas negativas, mas *são provas*. Vamos prosseguir. Às dez para as duas um escritório de serviços de secretaria recebe uma ligação. Uma tal miss Millicent Pebmarsh requisita uma estenógrafa para o nº 19 de Wilbraham Crescent às três da tarde. Miss Webb é enviada. Ela chega poucos minutos antes das três. Seguindo as instruções que recebeu, ela segue para a sala de estar, encontra um homem morto no chão e sai da casa correndo e gritando. Ela se joga nos braços de um homem.

Poirot parou e olhou para mim. Eu fiz uma mesura.

— Eis nosso jovem herói — eu disse.

— Viram? — observou Poirot. — Nem mesmo você resiste a usar um tom de farsa e melodrama quando menciona o assunto. A história toda é melodramática, fantástica e completamente irreal. É o tipo de coisa que aconteceria nas histórias de escritores como Garry Gregson, por exemplo. Eu devo mencionar que quando meu jovem amigo chegou com essa história eu tinha embarcado em uma jornada pelas obras de escritores de ficção policial dos últimos sessenta anos. Muito interessante. Quase é possível avaliar crimes reais à luz da ficção. Quer dizer, se eu noto que um cão não latiu quando devia, eu digo a mim mesmo: "Rá! Um crime à la Sherlock Holmes!" E se o corpo é encontrado em uma sala fechada, eu digo naturalmente: "Rá! Um caso a la Dickson Carr!" E no caso de minha amiga, miss Oliver, se eu encontrasse... Mas não falarei mais disso. Vocês entendem?

Então aqui temos o cenário de um crime em circunstâncias tão improváveis que imediatamente sentimos que tal livro, se escrito, não seria fiel à vida. Tudo nele é irreal demais. Mas, enfim, isso aqui não nos ajuda nada, pois essa história é real. *Aconteceu.* Isso nos faz pensar com afinco, não é?

Hardcastle não teria se expressado da mesma forma, mas ele concordava integralmente com o sentimento expresso por Poirot, e sacudiu a cabeça vigorosamente. Poirot prosseguiu:

— Seria, digamos assim, o oposto de Chesterton: "Onde você esconderia uma folha? Na floresta. Onde você esconderia um pedregulho? Na praia". Aqui neste caso temos exagero, fantasia, melodrama! Quando eu digo a mim mesmo, imitando Chesterton: "Onde uma mulher de meia-idade esconde sua beleza fenescente?", eu não respondo: "Entre outros rostos de meia-idade". Não mesmo. Ela esconde debaixo da maquiagem, com blush e sombra, debaixo de peles que a envolvem e com joias no pescoço e orelhas. Estão entendendo?

— Bom... — disse o inspetor, disfarçando o fato de que não entendia.

— Porque nesse caso, entendem, as pessoas vão olhar para as peles e joias e o *coiffure* e a *haute couture*, e não vão reparar na *própria mulher!* Então eu digo a mim mesmo — e a meu amigo Colin: esse assassinato tem tantos detalhes fantásticos como distração que na verdade ele deve ser muito simples. Eu não disse?

— Disse, sim. Mas ainda não entendo como é que você pode ter razão.

— Para isso você terá que esperar. Assim, nós descartamos os *detalhes* do crime e nos atemos ao *essencial*. Um homem foi morto. Por que ele foi morto? E quem é ele? A resposta à primeira pergunta dependerá, obviamente, da resposta à segunda. E até que você obtenha a resposta certa para essas duas perguntas, é impossível continuar. Ele podia ser um chantagista, um estelionatário, um marido cuja existência era perigosa ou irritante para a esposa. Ele podia ser uma dúzia de coisas. Quanto mais eu ouvia falar do caso, mais as pessoas pareciam concordar em que ele *parecia* um senhor de idade de boa reputação, bem de vida e perfeitamente comum. E de repente eu penso comigo mesmo: "Você diz que esse crime deve ser simples? Pois muito bem, então torne-o simples. Considere que esse homem seja *exatamente o que parece*: um senhor de idade respeitável".

Ele olhou para o inspetor.

— Entendeu?

— Bem... — repetiu o inspetor, e fez uma pausa educada.

— Então aqui temos alguém, um homem idoso comum, boa-gente, cuja eliminação é necessária para *alguém*. Para quem? E aqui finalmente podemos afunilar um pouco o escopo. Temos algum conhecimento da área: de miss Pebmarsh e seus hábitos, do Escritório Cavendish, de uma moça que trabalha ali chamada Sheila Webb. E assim eu digo ao meu amigo Colin: "Os vizinhos. Converse com eles. Descubra coisas sobre eles. O passado deles. Mas acima de tudo, entabule conversações. Pois na conversação não obtemos apenas respostas para perguntas; na conversa, certas coisas inesperadas às vezes aparecem. As pessoas ficam alertas quando o assunto pode lhes ser prejudicial, mas na conversa normal elas relaxam, sucumbem ao alívio de falar a verdade, que é sempre muito mais fácil que mentir. E assim elas deixam escapar algum fato menor que, sem que elas desconfiem, faz toda a diferença.

— Admirável explicação — eu disse. — Infelizmente isso não aconteceu nesse caso.

— Mas, *mon cher*, *aconteceu*. Uma pequena frase de importância incomensurável.

— O quê? Quem disse? Quando?

— Na hora certa, *mon cher*.

— O senhor estava dizendo...? — o inspetor gentilmente conduziu Poirot de volta ao assunto.

— Se desenharmos um círculo ao redor do número 19, qualquer um dentro dele *poderia* ter matado mr. Curry. A mrs. Hemming, os Blands, os McNaughtons, miss Waterhouse. Mas ainda mais importante, há as pessoas que já estavam no local. Miss Pebmarsh, que poderia tê-lo matado antes de sair às 13h35, e miss Webb, que poderia ter combinado de encontrá-lo lá e poderia tê-lo matado antes de sair correndo da casa, dando o alarme.

— Ah — disse o inspetor. — Agora estamos chegando ao ponto.

— E é claro — disse Poirot, voltando-se para mim —, *você*, meu caro Colin. Você também estava no local. Procurando por um número alto num local onde os números eram baixos.

— Ora, vamos — eu disse, indignado. — O que mais falta você dizer?

— Eu, ora, eu digo qualquer coisa! — declarou Poirot imponente.

— Mas se fui *eu* quem foi até você e jogou o caso no seu colo!

— Assassinos são frequentemente convencidos — observou Poirot. — E talvez você quisesse se divertir às minhas custas.

— Se você continuar, vai acabar *me* convencendo — eu disse.

Eu estava começando a me sentir desconfortável.

Poirot voltou-se para o inspetor Hardcastle.

— Eu digo a mim mesmo: "Aqui temos um crime que deve ser essencialmente simples. A presença de relógios irrelevantes, a hora adiantada, o arranjo deliberado da maneira em que o corpo seria encontrado, tudo isso deve ser deixado de lado no momento. São, como sua "Alice" imortal diz, como "sapatos e navios e cera de sinete / e repolhos e os reis da nação". O ponto vital é que um senhor de idade está morto e que alguém o queria morto. Se nós soubéssemos quem o homem morto era, isso nos daria uma pista do assassino. Se ele era um chantagista conhecido, teríamos que procurar um homem que pudesse ser chantageado. Se era um detetive, então trata-se de um homem com algum segredo criminoso; se era um homem rico, procuramos entre os herdeiros. Mas se nós *não* sabemos quem era o homem, então temos a tarefa mais difícil de procurar, entre os que estavam dentro do círculo, por alguém com motivos para matar.

"Deixando de lado miss Pebmarsh e Sheila Webb, quem ali pode não ser quem diz ser? A resposta é decepcionante. Com a exceção de mr. Ramsay, que, pelo que entendi, *não* era quem parecia ser. — Poirot olhou inquisitivamente para mim e eu concordei com a cabeça. — As fachadas de todos eram verdadeiras. Bland é um construtor local bem conhecido, McNaughton lecionou em Cambridge, mrs. Hemming é a viúva de um leiloeiro da área, os Waterhouses são moradores antigos e respeitáveis. Assim, voltamos a mr. Curry. De onde ele veio? O que o levou ao nº 19 de Wilbraham Crescent? E aqui foi quando uma declaração muito valiosa foi dita por um dos vizinhos, mrs. Hemming. Quando ela soube que o morto não vivia no nº 19, ela disse: "Ah!

Entendo. Ele veio aqui para ser assassinado. Que estranho." Ela teve o dom — não compartilhado entre os que estão ocupados demais com os próprios pensamentos para prestar atenção no que os outros dizem — de ir direto ao cerne do problema. Ela resumiu todo o crime. *Mr. Curry foi ao nº 19 de Wilbraham Crescent para ser morto.* Foi simples assim!

— Eu realmente achei interessante essa declaração na hora. Poirot não me deu atenção.

— "A, B, C — Venha já aqui morrer". Mr. Curry veio e foi morto. Mas isso não foi tudo. Era importante que *ele não fosse identificado*. Ele não tinha carteira, documentos, as marcas da alfaiataria tinham sido removidas das roupas. Mas isso não seria suficiente. O cartão impresso de Curry, corretor de seguros, foi apenas uma medida temporária. Se o objetivo era esconder *para sempre* a identidade do homem, ele tinha que receber uma identidade falsa. Eu tinha certeza de que mais cedo ou mais tarde alguém apareceria para reconhecê-lo, e esse ponto seria resolvido. Um irmão, uma irmã, uma esposa. Foi uma esposa. Mrs. Rival — e só o nome já poderia ter despertado suspeitas. Existe uma aldeia em Somerset, eu já fiquei lá uma vez com amigos. É a aldeia Curry Rival. Subconscientemente, sem saber por que esses dois nomes surgiram, eles foram escolhidos. Mr. Curry. mrs. Rival.

"Até aqui o plano é óbvio, mas o que me intrigou foi o fato de o assassino acreditar sem sombra de dúvidas que não haveria nenhuma identificação *verdadeira*. Se o homem não tinha família, sempre há senhorias, empregados, sócios. Isso me levou à próxima suposição: ninguém sabia que esse homem estava desaparecido.

"Outra suposição foi a de que ele não era inglês, e estava apenas visitando o país. Isso explicaria o fato de que a pesquisa de registros odontológicos não encontrou nada que batesse com a arcada dentária da vítima.

"Eu comecei a formar uma imagem vaga tanto da vítima quanto do assassino. Nada mais que isso. O crime foi bem planejado e executado com inteligência, mas então houve uma ocorrência, o golpe de azar que nenhum assassino pode prever."

— E o que foi isso? — perguntou Hardcastle.

Inesperadamente, Poirot derreou a cabeça para trás e recitou dramaticamente:

Por falta de cravo a ferradura se perdeu
Por falta de ferradura o cavalo se perdeu
Por falta de cavalo a batalha se perdeu
Por falta de batalha o reino se perdeu
Tudo por falta de um cravo de ferradura.

Ele se inclinou para diante.

— Muitas pessoas *poderiam* ter matado mr. Curry. Mas *apenas uma pessoa* poderia ter matado ou teria motivo para matar a tal moça, Edna.

Nós dois olhamos para ele.

— Consideremos o Escritório Cavendish. Oito moças trabalham lá. No dia 9 de setembro, quatro dessas moças estavam fora a serviço, não muito longe. Isto é, os clientes para quem trabalhavam lhes forneceram almoço. Eram as quatro que normalmente saíam para o almoço no primeiro turno, de 12h30 até 13h30. As quatro restantes, Sheila Webb, Edna Brent e duas outras moças,

Janet e Maureen, saíram no segundo turno, de 13h30 até 14h30. Mas naquele dia Edna Brent teve um acidente logo depois de sair do escritório. O salto do sapato dela se soltou ao prender numa boca de lobo. Ela não podia andar daquela maneira. Então comprou alguns pãezinhos e voltou ao escritório.

Poirot sacudiu o dedo enfaticamente em nossa direção.

— Disseram-me que Edna Brent estava preocupada a respeito de alguma coisa. Ela tentou falar com Sheila Webb fora do escritório, mas não conseguiu. Presumiu-se que essa alguma coisa tinha algo a ver com Sheila Webb, mas não há provas disso. Talvez ela quisesse apenas consultar Sheila Webb sobre algo que a intrigava. Mas se esse era o caso, uma coisa ficou clara: ela queria falar com Sheila Webb *longe* do escritório.

"As palavras dela ao oficial no inquérito são a única pista que temos sobre o que a preocupava. Ela disse algo como: "Não vejo como o que ela disse pode ser verdade". Três mulheres tinham prestado depoimento aquela manhã. Edna podia estar se referindo a miss Pebmarsh. Ou, como depois se acreditou, ela podia estar se referindo a Sheila Webb. Mas há uma terceira possibilidade — *ela poderia estar se referindo a miss Martindale*."

— Miss Martindale? Mas o depoimento dela só durou alguns minutos.

— Exato. Ela falou apenas do telefonema que recebeu, de alguém que dizia ser miss Pebmarsh.

— Você quer dizer que Edna sabia que o telefonema não tinha sido de miss Pebmarsh?

— Acho que é mais simples que isso. Eu estou sugerindo que não houve telefonema nenhum.

Ele continuou:

— O salto do sapato de Edna se soltou. A boca de lobo ficava bem perto do escritório. Ela voltou ao escritório. Mas miss Martindale, em sua sala, não sabia que Edna tinha retornado. Pelo que ela imaginava, não havia mais ninguém no escritório além dela. Tudo o que ela precisava *dizer* era que tinha havido um telefonema às 13h49. A princípio Edna não entende a importância dessa informação. Sheila é chamada à sala de miss Martindale e recebe a ordem de sair a trabalho. Edna não sabe como e quando o trabalho foi agendado. As notícias do assassinato começam a chegar e aos poucos a história vai ganhando contornos mais definidos. Miss Pebmarsh *telefonou* e requisitou Sheila Webb. Mas miss Pebmarsh diz que não foi ela quem telefonou. A informação é que o telefonema ocorreu dez para as duas da tarde. *Mas Edna sabe que isso não pode ser verdade.* Nesse horário não houve nenhum telefonema. Miss Martindale deve ter cometido um engano. Mas miss Martindale definitivamente não comete enganos. Quanto mais Edna pensa sobre isso, mas intrigada ela fica. Ela tem que perguntar a Sheila sobre isso. Sheila saberá a resposta.

"E então chega o inquérito. E todas as moças comparecem. Miss Martindale repete a história do telefonema e Edna entende definitivamente que a evidência que miss Martindale expõe tão claramente, com tanta precisão no que diz respeito ao horário, não é verdade. Foi nessa hora que ela pediu ao oficial para falar com o inspetor. Eu acho que miss Martindale, saindo de Cornmarket junto com a multidão, entreouviu Edna perguntando pelo inspetor. Talvez a essa altura ela já tivesse ouvido as moças fazendo troça de Edna por causa do sapato, mas sem compreender o que aquilo implicava. De qualquer forma, ela seguiu a moça até Wilbraham Crescent. Por que Edna foi até lá, eu me pergunto?"

— Só para olhar para o lugar onde o crime aconteceu, eu acho — disse Hardcastle e suspirou. — As pessoas fazem isso.

— Sim, isso é verdade. Talvez miss Martindale tenha falado com ela lá, e a acompanhado pela rua; Edna deixa escapar a dúvida que a atormenta. Miss Martindale age rapidamente. Elas estão perto da cabine telefônica. Ela diz: "Isso é muito importante. Você tem que ligar para a polícia imediatamente. O número da delegacia é esse. Ligue para lá e avise que nós duas estamos indo para lá agora". Edna tem o costume de fazer o que mandam. Ela entra na cabine, pega o telefone e miss Martindale aproxima-se por trás dela, puxa o lenço e o enrola no pescoço de Edna e a estrangula.

— E ninguém viu isso?

Poirot deu de ombros.

— Podiam ter visto, mas não viram! Era uma da tarde. Hora do almoço. E as pessoas que estavam no crescente estavam olhando todas para o nº 19. Foi um risco assumido com audácia por uma mulher sem escrúpulos.

Hardcastle sacudiu a cabeça, duvidando.

— Miss Martindale? Não vejo como ela pode fazer parte disso.

— Não. A princípio nós não vemos. Mas uma vez que miss Martindale sem dúvida matou Edna — ah, sim, apenas ela poderia ter matado Edna — então ela *tem que* fazer parte disso. E eu começo a suspeitar que na miss Martindale nós temos a Lady Macbeth deste crime, uma mulher implacável e sem imaginação.

— Sem imaginação? — perguntou Hardcastle.

— Oh, sim, sem imaginação. Mas muito eficiente. Uma boa planejadora.

— Mas por quê? Onde está o motivo?

Hercule Poirot olhou para mim e sacudiu o dedo.

— Então a conversa com os vizinhos não lhe serviu de nada, não é? Eu encontrei uma frase muito esclarecedora. Você se lembra de que, depois de falar sobre viver no exterior, mrs. Bland declarou que gostava de viver em Crowdean *porque ela tinha uma irmã ali*. Mas mrs. Bland não deveria ter uma irmã. Ela havia herdado uma grande fortuna um ano antes de um tio-avô canadense, pois ela era o único membro vivo da família dele.

Hardcastle sentou-se ereto e alerta.

— Então o senhor acha...

Poirot se recostou na cadeira e juntou as pontas dos dedos. Ele semicerrou os olhos e falou como num devaneio.

— Digamos que o senhor é um homem bastante comum e não escrupuloso demais, que está em dificuldades financeiras. Um dia chega uma carta de uma firma de advocacia dizendo que sua esposa herdou uma grande fortuna de um tio-avô do Canadá. A carta é endereçada para mrs. Bland, e a única dificuldade na história é que mrs. Bland que recebe a carta é a mrs. Bland errada: ela é a segunda esposa de mr. Bland, não a primeira. Imagine o embaraço! A raiva! E então surge uma ideia. Quem é que vai saber que essa é a mrs. Bland errada? Ninguém em Crowdean sabe que Bland foi casado antes. O primeiro casamento dele, há anos, aconteceu durante a guerra, quando ele estava além-mar. Presumivelmente sua primeira esposa morreu logo depois e ele casou outra vez quase imediatamente. Ele tem a certidão do primeiro casamento, vários papéis familiares, fotografias de parentes canadenses já falecidos... Vai ser tudo muito fácil. E de qualquer forma, vale o risco. Eles arriscam, e o plano dá certo. As formalidades legais são seguidas. E eis os Blands, ricos e prósperos; todos os seus problemas financeiros terminados...

"E então, um ano depois, algo acontece. O que acontece? Eu creio que alguém estava vindo do Canadá para este país, e que esse alguém conhecia a primeira mrs. Bland bem o suficiente para não ser enganado por uma imitação. Ele podia ser sido um dos advogados da família ou um amigo íntimo da família, mas, quem quer que fosse, ele *saberia*. Talvez eles tenham pensado em maneiras de evitar o encontro. Mrs. Bland poderia fingir alguma doença, poderia ir para o exterior... Mas algo assim apenas levantaria suspeitas. O visitante insistiria em ver a mulher que ele tinha ido ver..."

— E aí... assassinato?

— Sim. E eu imagino que nesse ponto, foi a irmã de mrs. Bland o espírito incitante. Ela pensou e planejou tudo.

— Você então parte do princípio de que miss Martindale e mrs. Bland *são* irmãs?

— É o único modo de as coisas fazerem sentido.

Hardcastle disse:

— Mrs. Bland me lembrou de alguém quando a vi. É verdade que as duas são bem diferentes no agir, mas é verdade, existe uma semelhança. Mas como eles esperavam se safar disso? Sentiriam a falta do homem, e haveria investigações...

— Se esse homem estivesse viajando para o exterior sem ser a negócios, e sim, digamos, a passeio, seus compromissos não seriam urgentes. Uma carta de um lugar, um cartão-postal de outro... Levaria algum tempo até que as pessoas se perguntassem por que não recebiam notícias dele. A essa altura, quem iria ligar um homem identificado e enterrado como Harry Castleton com um visitante canadense rico, que sequer fora visto nessa parte do mundo? Se eu fosse o assassino, teria ido até a França ou à Bélgica rapidamente e jogado fora o passaporte do homem morto em um trem ou transporte público, de forma que a investigação fosse conduzida em um desses países.

Eu me mexi involuntariamente e Poirot me encarou.

— Sim? — perguntou ele.

— Bland mencionou que recentemente viajou para a Bolonha, parece que na companhia de uma loira...

— O que tornaria a coisa bastante natural. Sem dúvida é um hábito dele.

— Isso tudo ainda é só especulação — objetou Hardcastle.

— Mas é possível investigar — disse Poirot.

Ele pegou uma folha de papel do bloco de anotações do hotel e o entregou a Hardcastle.

— Escreva para mr. Enderby, em Ennismore Gardens, nº 10, S.W.7. Ele prometeu conduzir algumas investigações para mim no Canadá. Ele é um advogado internacional bem conhecido.

— E essa presepada dos relógios?

— Ah! Os relógios. Os famosos relógios! — Poirot sorriu. — Creio que o senhor descobrirá que miss Martindale foi responsável por eles. Uma vez que o crime, como eu disse, foi um crime simples, a ideia foi disfarçá-lo de um crime fantástico. O relógio com "Rosemary" escrito, que Sheila Webb levou para conserto. Ela o perdeu no Escritório Cavendish? Miss Martindale o pegou para servir de alicerce dessa.... "presepada", como o senhor diz? Terá sido por causa desse relógio que ela escolheu Sheila Webb para descobrir o corpo?

Hardcastle exclamou:

— E o senhor diz que essa mulher não tem imaginação! Quando ela inventou isso tudo?

— Mas ela não inventou nada. Isso é que é interessante. Já estava tudo pronto, esperando por ela. Desde o começo eu detectei um padrão. Um padrão que eu conhecia. Um padrão familiar, pois eu andava lendo sobre padrões assim. Eu tive muita sorte. Colin pode confirmar para o senhor, esta semana eu compareci a uma *venda de manuscritos de escritores*. Entre eles havia alguns manuscritos de Garry Gregson. Eu não tinha esperanças de conseguir algum. Mas a sorte estava do meu lado. *Aqui!*

Como um feiticeiro ele retirou de uma gaveta dois cadernos velhos.

— Está tudo aqui! Entre as muitas tramas de livros que ele planejava escrever. Ele não viveu para escrever esse, mas miss Martindale, que era sua secretária, sabia tudo sobre ele. Ela apenas roubou para si a história, moldando-a para servir aos seus interesses.

— Mas os relógios então queriam dizer alguma coisa... Quer dizer, na trama que Gregson inventou.

— Ah, sim. Os relógios originalmente mostravam 5h01, 5h04 e 5h07. Era a combinação de um cofre, 515457. O cofre estava escondido atrás de uma cópia da *Mona Lisa*. Dentro do cofre — continuou Poirot, demonstrando desaprovação — estavam as joias da Coroa da família real russa. A coisa toda é *un tas de bêtises*!* E claro, havia um pouco de romance, a história de uma moça perseguida. Ah, sim, tudo muito útil para *la* Martindale. Ela apenas escolheu os personagens locais e adaptou a história. Todas essas pistas extravagantes levariam aonde? A lugar ne-

---

* No francês, no original: "Um monte de bobagens!". [N.T.]

nhum! Ah, sim, uma mulher eficiente. E eu me pergunto: ele deixou algum dinheiro para ela, não foi? Eu me pergunto como e de que ele terá morrido...?

Hardcastle não quis saber de história antiga. Ele pegou os cadernos e a folha de papel da minha mão. Pelos últimos dois minutos eu tinha estado olhando para ela fascinado. Hardcastle tinha escrito o endereço de Enderby sem se incomodar de virar a folha de cabeça para cima. O endereço do hotel estava de cabeça para baixo no canto inferior esquerdo.

Olhando para a folha de papel, eu percebi quão tolo eu tinha sido.

— Bem, obrigado, *monsieur* Poirot — disse Hardcastle. — Com certeza o senhor nos deu algo em que pensar. Agora, se vai sair alguma coisa disso...

— Eu estou muito feliz de ter podido ajudar.

Poirot estava bancando o modesto.

— Vou ter que verificar bastante coisa...

— Naturalmente, naturalmente.

Seguiram-se as despedidas e Hardcastle partiu.

Poirot voltou sua atenção para mim. Suas sobrancelhas se ergueram.

— *Eh bien!* Posso perguntar o que o incomoda? Você parece que viu um fantasma.

— Eu acabei de perceber o tolo que fui.

— Aha. Bom, isso acontece com muitos de nós.

Mas pelo jeito não com Hercule Poirot! Eu tinha que provocá-lo.

— Só me diga uma coisa, Poirot. Se, como você disse, você podia ter feito tudo isso sentado em sua cadeira em Londres, e podia também ter convocado Hardcastle e eu para irmos até lá, por que... ora, por que você acabou vindo até aqui?

— Eu já disse, estão reformando meu apartamento.

— Eles poderiam ter alugado outro apartamento para você. Ou você poderia ter ido para o Ritz. Lá você ficaria mais confortável que no Hotel Curlew.

— Sem dúvida — disse Hercule Poirot. — O café daqui, *mon dieu*, o café daqui!

— Bom, então *por quê?*

Hercule Poirot finalmente se irritou.

— *Eh bien*, já que você é estúpido demais para adivinhar, eu vou dizer. Eu sou humano, não sou? Eu posso ser uma máquina se for necessário. Eu posso ficar encostado, pensando. Posso resolver o problema assim. Mas eu sou humano, estou dizendo. E os problemas dizem respeito a seres humanos.

— E...?

— A explicação é simples como o assassinato foi simples. Eu vim por causa da curiosidade humana — disse Hercule Poirot, tentando salvar a dignidade.

29

Uma vez mais eu estava em Wilbraham Crescent, seguindo na direção oeste.

Parei diante do portão do nº 19. Ninguém saiu correndo e gritando da casa dessa vez. Estava tudo calmo e pacífico.

Fui até a porta da frente e toquei a campainha.

Miss Millicent Pebmarsh abriu.

— É Colin Lamb — eu disse. — Posso entrar e falar com a senhorita?

— Certamente.

Ela me conduziu até a sala de estar.

— O senhor parece passar bastante tempo por aqui, mr. Lamb. Pelo que eu tinha entendido, o senhor *não* tinha vínculos com a polícia local...

— E entendeu certo. Na verdade, eu acho que a senhorita já sabia exatamente quem eu era desde o primeiro dia em que falou comigo.

— Não sei se entendi o que o senhor quer dizer.

— Eu fui muito burro, miss Pebmarsh. Eu vim até aqui para encontrá-la. Eu a encontrei em meu primeiro dia aqui e não soube que tinha encontrado quem eu procurava!

— É possível que o assassinato o tenha distraído.

— Como queira. Eu também fui burro e olhei para um pedaço de papel que estava de cabeça pra baixo.

— E o que significa tudo isso?

— Significa apenas que o jogo acabou, miss Pebmarsh. Eu encontrei o aparelho onde todo o planejamento é orquestrado. Os registros e memorandos necessários são mantidos pela senhorita em braille. A informação que Larkin obteve em Portlebury foi repassada para a senhorita. Daqui ela seguiu para seu destino por meio de Ramsay. Quando necessário, ele vinha da casa dele até a sua à noite pelos fundos. Em uma dessas vezes ele deixou cair uma moeda tcheca em seu quintal...

— Ele foi descuidado.

— Todos somos descuidados de vez em quando. Sua fachada é muito boa. A senhorita é cega, trabalha em um instituto para crianças cegas, como é natural, a senhorita tem livros infantis em braille em sua casa, a senhorita é uma mulher de inteligência e personalidade incomuns. Eu não sei qual a força que a impele...

— Digamos que eu sou dedicada.

— Sim. Imaginei que seria isso.

— E por que o senhor está me contando isso tudo? Me parece estranho.

Eu olhei para o relógio.

— Vou lhe dar duas horas, miss Pebmarsh. Daqui a duas horas, agentes da inteligência irão chegar e assumir o caso.

— Eu não entendo o senhor. Por que vir aqui na frente do seu pessoal, para, ao que parece, me dar um aviso?

— É um aviso. Eu mesmo vim até aqui, e vou permanecer aqui até que meu pessoal chegue, para garantir que nada saia desta casa... com uma exceção. Essa exceção é a senhorita. Vou lhe dar duas horas de vantagem, se a senhorita escolher ir embora.

— Mas por quê? *Por quê?*

Eu disse lentamente:

— Porque eu acho que há uma chance de que em breve a senhora se torne minha sogra... Eu posso estar bem enganado.

Houve algum silêncio. Millicent Pebmarsh se levantou e foi até a janela. Eu não tirei os olhos dela. Eu não tinha ilusões a respeito de Millicent Pebmarsh. Não confiava nela nem um pouco. Ela era cega, mas mesmo uma cega pode nos surpreender se formos descuidados. A cegueira dela não a atrapalharia se ela tivesse a chance de apontar uma pistola para minhas costas.

Ela disse calmamente:

— Eu não vou dizer se o senhor está certo ou errado. O que o faz pensar que... que esse é o caso?

— Os olhos.

— Mas nós não nos parecemos no caráter.

— Não.

Ela falou quase como um desafio.

— Eu fiz o melhor que pude por ela.

— Isso é questão de opinião. No seu caso, a causa vem antes.

— Como deveria ser.

— Eu não concordo.

Houve mais silêncio. Então eu perguntei:

— A senhorita sabia quem ela era naquele dia?

— Não até eu ouvir o nome... Eu me mantive informada sobre ela. Sempre.

— A senhorita nunca foi tão desumana quanto teria gostado de ser.

— Não diga bobagens.

Eu olhei para meu relógio novamente.

— O tempo está passando — eu disse.

Ela retornou da janela e foi até a mesa.

— Eu tenho uma fotografia dela aqui, dela criança...

Eu estava atrás dela quando ela abriu a gaveta. Não era uma pistola. Era uma faca pequena e letal...

Fechei minha mão sobre a dela e tomei a faca.

— Posso ter o coração mole, mas não sou besta — eu disse.

Ela tateou buscando a cadeira e se sentou. Não demonstrava emoção alguma.

— Não vou aproveitar sua oferta. De que serviria? Eu vou ficar aqui até... até que eles cheguem. Sempre há oportunidades, até mesmo na prisão.

— De doutrinação?

— Se o senhor chama assim...

Ficamos ali sentados, ambos hostis, mas com compreensão mútua.

— Eu pedi desligamento do Serviço — eu disse. — Vou voltar ao meu antigo trabalho, biologia marinha. Há uma vaga disponível em uma universidade na Austrália.

— Acho que o senhor faz bem. O senhor não tem o que é preciso para esse ramo de trabalho. O senhor é como o pai de Rosemary. Ele nunca pôde entender o que Lênin disse: "Chega de corações moles".

Eu pensei nas palavras de Hercule Poirot.

— Eu estou satisfeito em ser humano.

Ficamos sentados ali em silêncio, cada um convencido de que o outro estava errado.

* * *

Carta do Inspetor-detetive Hardcastle para *monsieur* Hercule Poirot

Caro *monsieur* Poirot,

Estamos de posse de certos fatos, e creio que o senhor se interessará em conhecê-los.

Um certo mr. Quentin Duguesclin, de Quebec, saiu do Canadá para a Europa há aproximadamente quatro semanas. Ele não tinha parentes próximos e seus planos de retorno não estavam definidos. O passaporte dele foi encontrado pelo proprietário de um pequeno restaurante na Bolonha, que o entregou à polícia. Até o momento, o passaporte não foi requisitado por ninguém.

Mr. Duguesclin era um amigo íntimo e de longa data da família Montresor, de Quebec. O chefe da família, mr. Henry Montresor, morreu há dezoito meses, deixando uma fortuna considerável para sua única parenta viva, sua sobrinha-neta, Valerie, descrita como esposa de Josaiah Bland, de Portlebury, Inglaterra. Uma firma de advogados bastante respeitada de Londres agiu como procuradora dos executores testamentários canadenses. Todas as comunicações entre mrs. Bland e sua família no Canadá foram interrompidas quando ela se casou, pois sua família não aprovava o casamento. Mr. Duguesclin mencionou a um de seus amigos que ele tencionava procurar os Blands quando chegasse à Inglaterra, pois ele sempre gostara muito de Valerie.

O corpo que até o momento tinha sido identificado como o de Harry Castleton foi identificado positivamente como Quentin Duguesclin.

Algumas placas foram encontradas escondidas em um canto do canteiro de construção de Bland. Embora tivessem sido pintadas, as palavras LAVANDERIA FLOCO DE NEVE ficaram perfeitamente visíveis depois que as placas foram tratadas por peritos.

Eu não o incomodarei com os detalhes, mas o promotor público crê que podemos obter um mandado para a prisão de Josaiah Bland. Miss Martindale e a mrs. Bland são, como o senhor havia suposto, irmãs, mas embora eu concorde com suas opiniões quanto à participação de miss Martindale nesses crimes, provas conclusivas serão difíceis de obter. Ela é sem dúvida uma mulher muito esperta. Mas tenho esperanças quanto a mrs. Bland. Ela é o tipo de mulher que delata.

A morte da primeira mrs. Bland por causa de ações inimigas na França, bem como o segundo casamento de mr. Bland com Hilda Martindale (que estava na N.A.A.F.I.*) também na França pode ser, eu acho, claramente estabelecida, embora, é claro, muitos registros tenham sido destruídos à época.

Foi um grande prazer conhecer o senhor naquele dia, e eu preciso agradecer pelas sugestões extremamente úteis que o se-

---

* Siga de Navy, Army and Air Force Institutes [Institutos da Marinha, Exército e Aeronáutica]. [N.T.]

nhor deu naquela ocasião. Espero que as alterações e redecorações em seu apartamento de Londres tenham sido satisfatórias.

    Atensiosamente,

Richard Hardcastle

Mensagem subsequente de R. H. para H. P.

Boas notícias! Mrs. Bland cedeu! Admitiu tudo!!! Está culpando inteiramente a irmã e o marido. Ela "só foi entender o que eles queriam fazer quando já era tarde demais!". Ela pensou que eles iriam apenas "dopá-lo para que ele não percebesse que ela era a mulher errada!". Uma história bem mal-contada! Mas acho que é verdade que ela não foi a mandante.

As pessoas de Portobello Market identificaram miss Martindale como a senhora "americana" que comprou dois dos relógios.

Mrs. McNaughton agora diz que ela viu Duguesclin na van de Bland, que estava entrando na garagem. Mas será que viu mesmo?

Nosso amigo Colin casou-se com a tal moça. Se o senhor quer saber o que eu acho, ele ficou louco. Despeço-me desejando tudo de bom.

    Atenciosamente,

Richard Hardcastle

ESTE LIVRO, COMPOSTO NA FONTE FAIRFIELD, FOI IMPRESSO
EM PAPEL POLEN NATURAL 70 G/M² NA GRÁFICA RETTEC.
SÃO PAULO, BRASIL, JANEIRO DE 2023.